… Der Wanderwolf

1. Auflage 2018
© Ueberreuter Verlag GmbH, Berlin 2018
ISBN 978-3-7641-7078-3

Dieser Vertrag entstand durch die Vermittlung
der Verlagsagentur Lianne Kolf.
Alle Rechte vorbehalten. Das Werk darf – auch teilweise –
nur mit Genehmigung des Verlages wiedergegeben werden.
Übereinstimmungen und Ähnlichkeiten mit lebenden Personen
oder Familien sind rein zufällig und nicht beabsichtigt.
Lektorat: Kathleen Neumann
Umschlaggestaltung: Vivien Heinz, Henry's Lodge
unter der Verwendung von Fotos von © Fotolia / Maridav,
© Fotolia / Prochym und © Fotolia / Lightphoto2

Druck und Bindung: GGP Media GmbH, Pößneck
Gedruckt auf Papier aus geprüfter nachhaltiger Forstwirtschaft.
www.ueberreuter.de

Christopher Ross

DER WANDERWOLF

Folge deinem Herzen

ueberreuter

*Für Karin und Günter Zils –
liebe Freunde und Seelenverwandte*

Shadow

Ohne die anderen Wölfe eines Blickes zu würdigen, verließ Shadow sein Rudel. Er ignorierte den Anführer und seine Gefährtin, die ihm die kärglichen Reste der Beute überlassen wollten, und drehte sich kein einziges Mal um, als er über die weite Lichtung trottete und zwischen den Fichten verschwand. Mit gesenktem Kopf und hängender Zunge lief er durch den Fichtenwald, bis ihm sein scharfer Geruchssinn sagte, dass er die Markierungen des Anführers passiert und sein altes Revier verlassen hatte.

Seinen Namen hatte er von den Zweibeinern, die ihn vor einigen Tagen betäubt und ihm den seltsamen Kragen angelegt hatten. Shadow hatten sie ihn genannt, weil er wie ein Schatten durch den morgendlichen Nebel gehuscht war, bevor sie ihn mit dem Betäubungsgewehr erwischt hatten. Er war ein stattlicher Bursche mit gelben Augen, der sich trotz seines kräftigen Brustkorbs elegant zu bewegen verstand und selbst in der Niederlage eine gewisse Würde ausstrahlte.

In einem guten Rudel arbeiteten alle Wölfe zusammen. Nur gemeinsam war man bei der Jagd und in anderen Situationen erfolgreich. Shadow hatte das früh erkannt und sich gegen den Anführer gestellt, der jedes Mal im Mittelpunkt stehen und sogar seine Gefährtin übertrumpfen wollte. War ihnen der junge Elch nicht entwischt, weil der Anführer die erfolgreiche Taktik vernachlässigt und zu früh angegriffen hatte?

Shadow hatte ihn gestellt und seine Reißzähne entblößt, doch keiner der anderen Wölfe hatte ihn unterstützt, und er hatte sich eine blutige Schnauze geholt. Der Anführer fackelte nicht lange, wenn ihm ein anderer auf den Pelz rücken und ihm seine Stellung streitig machen wollte. Angeblich hatte er schon einen Artgenossen getötet.

Shadow war gerade erst ein Jahr alt und verspürte bereits seit einiger Zeit den Drang, sein Rudel zu verlassen. Nur das Gefühl, in einer Gemeinschaft besser gegen die zweibeinigen Feinde mit den Schusswaffen gewappnet zu sein, hatte ihn bisher daran gehindert. Es gab keine anderen Rudel in der Nähe, denen er sich anschließen konnte. Entweder er ordnete sich dem eitlen Anführer unter und nahm seine Launen in Kauf, oder er war gezwungen, das vertraute Umfeld zu verlassen und sich auf die Suche nach einem neuen Rudel zu machen.

Der Drang, endlich seinen eigenen Weg zu gehen, war stark. Wie jeder Wolf in seinem Alter steckte Shadow voller Tatendrang und dem Willen, irgendwo in der Ferne neue Abenteuer und ein neues Leben zu finden. Eine eigene Partnerin, mit der er ein Rudel gründen und sein eigenes Revier abstecken konnte. Eine Entscheidung, die viel Mut verlangte.

Shadow erreichte einen steilen Wiesenhang und blieb für einige Atemzüge stehen. Es tat gut, die warme Herbstsonne im Gesicht zu spüren. Das Gras stand hoch, es gab noch Wildblumen, und vor seinen Augen tanzte ein bunter Schmetterling. Der Anblick täuschte. Es würde nicht mehr lange dauern, bis der Wind eisig kalt von den Bergen herunterwehen und den nahenden Winter ankünden würde. Es wurde höchste Zeit, dass er sich auf den Weg machte.

Alana

Alana überquerte das blumengeschmückte Rondell auf dem Campus und beeilte sich, zum Parkplatz zu kommen. Sie hatte eine Entscheidung getroffen, die ihr ganzes Leben umkrempeln und ihr Verhältnis zu ihren Eltern verändern, vielleicht sogar zerstören würde. Sie würde nicht Medizin studieren. Auch wenn ihre Eltern beide im *Rosewood Medical Center* arbeiteten und sich in der Chirurgie einen beachtlichen Ruf erworben hatten, war die Medizin nicht ihr Ding. Sie würde ein Jahr pausieren und sich dann wahrscheinlich für amerikanische Geschichte entscheiden. Der Dekan hatte ihr einen einjährigen Aufschub gewährt. Ihre bisherigen Noten würde sie nicht verlieren – ein Deal, der durch irgendwelche Paragrafen abgesichert war. Eine andere Zusage brauchte sie nicht, um ihren neuen Weg zu gehen.

Sie wusste, welches Beben sie mit dieser Entscheidung auslösen würde. Ihre Eltern hatten keine Ahnung. Sie waren viel zu selten zu Hause, um ihren Sinneswandel mitbekommen zu haben, und gingen beide davon aus, dass sie in ihre Fußstapfen treten würde. So war es immer in ihren Familien gewesen. Vier Jahre College, dann zur Medical School und später als Spezialist in ein anerkanntes Krankenhaus wie das *Rosewood Medical*. Also hatte Alana Physik und organische Chemie belegt, um sich später für die Med School bewerben zu können, aber schon bald gemerkt, dass sie damit nicht glücklich wurde.

Die Anspannung war ihr deutlich anzumerken. Sie wirkte nervöser als sonst und ein wenig abwesend, weil sie schon jetzt darüber nachdachte, wie sie die Entscheidung ihren Eltern beibringen sollte. Als sie die Straße überquerte, lief sie beinahe vor einen Lieferwagen und handelte sich eine verärgerte Geste des Fahrers ein, weil der voll auf die Bremse treten musste. Sie hob entschuldigend eine Hand und war froh, als sie ihren Wagen erreichte.

»Hey«, erklang die Stimme eines jungen Mannes. Scott Wilbur, ein arroganter Streber, der ihr in organischer Chemie über den Weg gelaufen war und seitdem versuchte, sie zu einem Date zu überreden. Nicht gerade der Typ, mit dem sie um die Häuser ziehen wollte. »Was machst du denn noch hier?«

»Dasselbe könnte ich dich fragen.«

Er stand vor seinem roten Sportwagen, wie immer makellos und betont lässig gekleidet, eine pinkfarbene Brille auf der Nase, die wohl von seinem langweiligen Gesicht ablenken sollte, und die Haare kurz und streng gescheitelt, als wäre er zu den Marines unterwegs. Ein Saubermann, der sich für unwiderstehlich hielt und nicht akzeptieren wollte, dass sie ihn ablehnte.

»Ich hatte noch was zu erledigen. Lust auf einen Caffè Latte?«

Sie hatte die Wagentür bereits geöffnet und schnaufte erkennbar. »Kein Interesse, Scott. Wie oft muss ich dir das noch sagen? Ich hab keine Lust auf ein Date. So langsam solltest du's doch kapiert haben. Und glaub bloß nicht, dass sich irgendwas daran ändert, wenn du mir wie ein Stalker nachstellst!«

»Wie ein Stalker? Ich bin zufällig hier.«

»Na, klar. Und dass du mir gestern in der Dining Hall über den Weg gelaufen bist und du mir ein Herzchen nach dem anderen übers Handy jagst, ist wohl auch Zufall? Du nervst, Scott! Aber was rege ich mich auf. Ab nächster Woche bin ich sowieso nicht mehr hier, dann kannst du eine andere nerven.«

Die Nachricht schien ihn stärker zu treffen, als sie vermutet hatte. Er blickte sie lange an und erwiderte: »Du bist nicht mehr hier? Was meinst du damit?«

»Dass ich wegziehe, Scott. In eine andere Stadt.«

»Wohin denn?«

»Das geht dich gar nichts an.« Sie verriet ihm nicht, dass sie vom College abging und erwähnte auch nicht das Praktikum, das sie in einem Museum in Wyoming antreten würde. »Auf jeden Fall eine ganze Ecke weg von hier.«

Er wirkte betroffen. »Ich könnte dich begleiten!«

»Das fehlte noch!«

»Aber wir gehören zusammen, Alana!«

Seine Stimme klang höher als sonst, und in seine Augen trat ein seltsamer Glanz – wie bei einem Fanatiker, der seinen Willen nicht bekommt. Alana zog verwundert die Augenbrauen hoch. Sie konnte sich keinen Reim auf seine heftige Reaktion machen, hätte eher eine spöttische

Bemerkung erwartet, so was wie: »Ein Traumpaar wie uns kann niemand trennen, nicht mal, wenn du nach Australien oder in den Himalaya ziehst.« Stattdessen schien er den Tränen nahe, und seine Hände waren zu Fäusten geballt. Keine Spur von Coolness.

Sie hatte kein Mitleid. In Wirklichkeit ging es doch gar nicht um sie und dass sie aus Denver wegzog. Er konnte es vielmehr nicht ertragen, dass er seinen Willen nicht bekam. Er fühlte sich in seinem Stolz und seiner Männlichkeit verletzt und hatte Angst, dass man ihn auslachte. So waren sie doch alle, diese selbstgefälligen Machos. Sobald sie Contra von einer Frau bekamen, stürzte ihr Weltbild ein. Sie wollten überall die Größten sein und einen Harem williger Frauen um sich scharen, die sie von morgens bis abends bewunderten.

»Ich muss weiter«, sagte sie und stieg in ihren Wagen.

»Bleib hier!«, rief Scott ihr nach. Jetzt klang er wütend, ein vermeintlicher Champion, der einen unerwarteten Treffer eingesteckt hatte und die Machtverhältnisse gleich wieder geraderücken wollte. »So kannst du nicht mit mir umgehen! Ich hab dich wie eine Lady umgarnt. Du bist mir was schuldig!«

»Ich bin dir gar nichts schuldig«, erwiderte Alana. Sie setzte sich hinters Lenkrad und schlug die Tür zu. Auch sie war wütend. Als ob sie nicht schon genug am Hals hätte! Was fiel diesem Typ ein? Kapierte er denn nicht, dass auch ein geschniegelter Kerl wie er nicht bei jeder jungen Frau ankam?

Sie wendete ihren Wagen, einen unscheinbaren Toyota, und trat verärgert auf die Bremse, als Scott sich ihr in den Weg stellte. Er sagte etwas, das sie wegen der geschlossenen Fenster nicht verstand, und trat nach einiger Zeit widerwillig zur Seite. Sie würdigte ihn keines Blickes, als sie an ihm vorbeifuhr. »Auf einen Angeber wie dich kann ich leicht verzichten«, schimpfte sie.

Alana hatte keine guten Erfahrungen mit Männern gemacht. Es war schon auf der Highschool losgegangen, als sie zwei Jungen zum Abschlussball eingeladen hatten und sie leider auf den falschen reingefallen war – optisch weit vorn, aber schon mit einem leichten Alkoholpegel so unausstehlich, dass sie ihm von der Tanzfläche weggelaufen und mit einem Taxi nach Hause gefahren war. Zwischen Abschlussball und College hatte es dann ein kurzes Abenteuer gegeben, von dem außer ihr und dem Jungen niemand wusste, und auf dem College hatte sie sich bewusst zurückgehalten, aber während der letzten beiden Monate ständig diesen Scott im Nacken gehabt.

Scott war kein Footballer, aber ein Mädchentyp, weil er sich erwachsen gab und dennoch verletzlich wirken konnte, alles eine einstudierte Masche natürlich, und weil er meist im teuren Wagen seiner Mutter kam und genug Geld bei sich hatte, um seine Freundin in ein First-Class-Restaurant einzuladen und ihr teure Geschenke zu machen. An die hübsche Anführerin der Cheerleaders wagte er sich nicht ran, die gehörte dem Quarterback des Footballteams, doch bei den meisten anderen konnte er landen. Nur an ihr biss er sich die Zähne aus. Sie würde sich nur noch mit einem jungen Mann einlassen, der ihr respektvoll begegnete und sie ernst nahm. Ein Erbe ihrer indianischen Großmutter, die im Wind-River-Reservat der Arapaho-Indianer aufgewachsen und den Traditionen ihres Volkes zugeneigt gewesen war. Arapaho-Frauen hatten sich immer lange geziert, bevor sie einen Krieger erhört hatten.

Alana hielt an einer roten Ampel und blickte in den Spiegel. Ihre langen Haare, schwarz wie das Gefieder eines Raben, verrieten ihr indianisches Erbe, so wie ihre dunklen Augen, die leicht hervorstehenden Wangenknochen und ihr dunkler Teint. Das Amulett mit dem eingravierten Wolf erinnerte an den Clan, dem ihre Großmutter angehört hatte. Alana hatte keine Modelmaße wie die hübsche Cheerleaderin, dazu war sie etwas zu klein, und sie hatte auch nicht vor, riesige Summen für Klamotten und Make-up auszugeben. Ein junger Mann, der während der ersten Monate auf dem College um sie herumgestrichen war, hatte ihr »natürliches Aussehen« bewundert. Ein Kompliment, das sie bereitwillig angenommen hatte. Sie hatte keine Lust, jeden Morgen eine Stunde vor dem Spiegel zu stehen und sich aufzustylen.

Die Ampel schaltete auf Grün, und sie bog in die Seitenstraße, die zum Haus ihrer Eltern führte. Sie wohnten in einem Bungalow am Riverfront Park in Denver, waren erst vor einem Jahr von Stapleton in das exklusive Viertel gezogen. Ihre Eltern verdienten ein Heidengeld und konnten sich den teuren Lebenswandel locker leisten. Alana profitierte davon, mit ihrem Taschengeld hätte sie sich genauso viel wie die hübsche Cheerleaderin leisten können. Sie blieb aber sparsam, auch weil sie wusste, dass ihre Eltern ein ausschweifendes Leben bei ihrer Tochter niemals dulden würden. Als Studentin konzentrierte man sich aufs Lernen.

Als sie das Haus betrat, klingelte ihr Handy. Sandy war dran, ihre beste Freundin. Sie hatten sich auf der Highschool kennengelernt. Seit Sandy bei ihrem Freund eingezogen war und auf ein College am anderen Ende der Stadt ging, hatten sie sich etwas aus den Augen verloren, tauschten aber immer noch Geheimnisse aus. Sandy wusste allerdings nicht, dass sie vorhatte, vom College abzugehen, und bald umziehen würde.

»Hey, wie läuft's?«, fragte Sandy.

Alana warf ihren Rucksack mit den Büchern auf die Couch und ließ sich in einen Sessel fallen. »Geht so. Mir ist so ein blöder Macho auf den Fersen.«

Sandy kannte Scott Wilbur nicht. »Sieht er wenigstens gut aus?«

»Geschniegelt. Edel gekleidet. Und Geld hat er auch.«

»Könnte sich lohnen.«

»Für kein Geld der Welt! Und du so?«

»Mike ist ein Schatz. Ich bin froh, dass ich zu ihm gezogen bin. Okay, er ist keiner dieser Sixpacktypen, aber er sieht gut aus, hat einen anständigen Job bei einer Spedition und liebt mich über alles. Und der Sex mit ihm ist …«

»… phänomenal!«, ergänzte Alana, weil Sandy das immer sagte.

Sandy lachte. »Ich rufe wegen Halloween an. Mike und ich wollen eine Geisterparty veranstalten, und du bist natürlich eingeladen. Wie sieht's aus? Hast du Zeit? Könnte doch sein, dass du dort deinen Mister Perfect triffst?«

»Halloween? Da bin ich nicht mehr hier.«

»Wie … nicht mehr hier?«

Alana schluckte schuldbewusst. »Ich weiß, ich hätte es dir schon früher sagen sollen, aber ich hab das College geschmissen. Na ja, nicht wirklich geschmissen. Ich mach nur ein Jahr was anderes, bevor ich wieder einsteige.« Sie erzählte ihrer Freundin von ihrem Gespräch mit dem Dekan. »Ich hab einen Job im »Mountain Man«-Museum bekommen, da geht's um die Trapper im Wilden Westen und so was. In Pinedale, das liegt drüben in Wyoming.«

Einen Augenblick war Stille. Sandy brauchte einige Zeit, um das Gesagte zu verdauen. »Und was sagen deine Eltern? Du hast es ihnen doch gesagt?«

»Das mach ich gleich, wenn sie nach Hause kommen.«

»Du spinnst! So wie ich deine Eltern kenne, flippen die aus!«

»Schon möglich«, erwiderte Alana, »aber wenn ich's ihnen früher gesagt hätte, wär's doch viel schlimmer gekommen. Sie hätten sonst was mit mir gemacht, mich in die Schweiz auf ein Internat verfrachtet oder so ähnlich, nur damit ich auf die verdammte Med School gehe. Sie wollen einfach nicht kapieren, dass die Medizin nichts für mich ist. Ich hab's eher mit amerikanischer Geschichte. Eine meiner Großmütter war eine Arapaho, über die gibt's noch viel auszugraben. Ich könnte Museumsleiterin in Cody werden.«

»Im ›Buffalo Bill‹-Museum? Also, ich bleibe bei Pädagogin.«

»Weil du eine gute Lehrerin bist und dich niemand zu was anderem zwingen will. Drück mir die Daumen, dass meine Eltern keinen Mist bauen, wenn ich es ihnen sage. Mir wird schlecht, wenn ich nur daran denke!«

»Du könntest schwanger sein, das wäre noch schlimmer.«

»Da bin ich mir nicht sicher.«

Sandy musste lachen, trotz der misslichen Lage, in der Alana sich befand, und verbrachte die nächsten Minuten damit, ihrer Freundin Mut zuzusprechen. Dann kam ihr Freund nach Hause und sie musste aufhören. »Ruf mich an, wenn du's hinter dir hast. Und lass dich nicht unterkriegen, hörst du? Du schaffst das alles!«

»Klar doch.«

Alana blieb sitzen, nachdem sie ihr Handy weggesteckt hatte, und starrte eine Weile ins Leere. Ihre Eltern waren noch nicht zu Hause. »Warte nicht auf uns«, hatte ihre Mutter am frühen Morgen gesagt, »ich hab heute eine schwierige OP und es kann spät werden.« Ihr Vater hatte immer eine schwierige OP und machte gar nicht mehr den Versuch, ihr irgendwas zu erklären. Er kam und ging, wann er wollte. Ein Wunder, dass die Ehe ihrer Eltern funktionierte.

Noch waren vier Tage Zeit, beruhigte Alana sich, es reichte auch, wenn sie es ihnen morgen oder übermorgen sagte. Insgeheim hoffte sie sogar, dass sie an diesem Abend so spät kamen, dass sie nicht mehr miteinander reden konnten. Auch wenn sich ihre Eltern kaum blicken ließen, waren sie doch sehr an ihrem beruflichen Vorwärtskommen interessiert, aus Tradition und Fürsorge, aber auch in dem eitlen Bestreben, ihr medizinisches Erbe in bewährte Hände zu legen. Ihr Name sollte auch weiterhin in medizinischen Kreisen wirken.

Sie ging zum Kühlschrank und schenkte sich ein Glas aus ihrem Diet-Coke-Vorrat ein. Ungesund, aber unübertrefflich, wenn es darum ging, auf andere Gedanken zu kommen. Der Appetit war ihr nach der Begegnung mit Scott vergangen. Daran änderten auch die Goodies nichts, die sie selbst eingekauft hatte, der frische Lachs, die Shrimps und das Glas mit der leckeren Hummersoße. Allein der Gedanke an Scott Wilbur bereitete ihr Magenschmerzen. Dieser fanatische Blick, als sie ihm gesagt hatte, dass sie in eine andere Stadt ziehen würde, als wäre er besessen von der Idee, sie zu erobern.

Sie kehrte aus der offenen Küche in den Wohnraum zurück und sah den BMW ihrer Mutter in die Einfahrt fahren. Sie ließ ihn vor der Garage stehen, ein sicheres Zeichen dafür, dass sie gleich wieder fahren würde, und kam durch die Seitentür ins Haus. Sharon Milner war Mitte vierzig, eine elegante Frau, selbst in ihrer OP-Kleidung, die unter ihrem weinroten Mantel hervorlugte, und den formlosen Crocs. Auch unter größtem Stress trug sie ein kaum sichtbares und deshalb umso wirksameres Make-up, und ihre Haare waren zwar nicht so schwarz wie bei Alana, fielen aber in dichten Locken bis auf ihre Schultern herab. Sie wirkte immer ein wenig gehetzt, auch diesmal wieder.

»Hi, Mom.«

»Da bist du ja, mein Schatz«, begrüßte sie ihre Tochter. »Ich muss leider gleich wieder weg. Ich hatte nur mein Handy vergessen. Ein Jammer, dass man ohne diesen elektronischen Kram nicht mehr auskommt.« Sie lief ins Schlafzimmer und kehrte mit dem Handy zurück. »Andererseits wären wir ohne das ganze Hightech im Krankenhaus ziemlich aufgeschmissen.« Sie nahm sich einen Becher Joghurt aus dem Kühlschrank und aß ein paar Löffel im Stehen. »Du machst dir was zu essen, ja? Wie war's heute im College?«

»Gut«, antwortete Alana kleinlaut. »Ich …«

»Halt dich ordentlich ran, auch wenn dich manche für eine Streberin halten! Wenn du jetzt schluderst, wirst du das später nur bereuen. Die Aufnahmebedingungen für die Med School sind streng, und ein paar gute Noten können nicht schaden, am besten nur A-Noten. Versprich mir, dass du lernst.«

»Sicher, Mom, aber … ich muss dir was sagen, Mom!«

»Später, Alana!« Ihre Mutter warf den leeren Joghurtbecher in den Abfall und den Löffel in den Spülstein. »Ich muss dringend ins Krankenhaus zurück.« Sie kam aus der Küche, umarmte Alana flüchtig und küsste sie auf die Stirn. »Später, okay? Oder morgen beim Frühstück, da passt es noch besser.«

Bevor Alana etwas erwidern konnte, war sie verschwunden.

Shadow

Außerhalb seines ehemaligen Reviers war Shadow zu erhöhter Wachsamkeit gezwungen. Zum ersten Mal in seinem Leben war er auf sich allein gestellt, konnte er sich nicht mehr auf den Schutz seines Rudels verlassen, das ihm den nötigen Halt und eine Heimat gegeben hatte. In einem Rudel stand ein Wolf für den anderen ein, beschützte und unterstützte man einander, vor allem auf der Jagd und wenn Gefahr drohte. So hatten sie es immer gehalten.

Ohne den Beistand seiner Artgenossen und in einer Gegend, die er auf seinen Wanderungen noch nie gesehen hatte, fühlte Shadow sich unsicher. Es roch nach den gleichen Bäumen und Pflanzen, nach dem Gras, das auch in seiner ehemaligen Heimat wuchs, doch der Boden war felsiger und das Land so zerklüftet, dass er auf den steilen Hängen Gefahr lief, den Halt zu verlieren.

Es gab keine Wölfe in dieser Gegend, aber er stieß auf den Kot und den Urin, mit dem andere Tiere ihr Revier abgesteckt hatten. An einem Bachufer begegnete er einem Elch und schlug einen großen Bogen um ihn. Seitdem er erlebt hatte, zu welch tödlichen Waffen die Hufe eines solchen Tieres werden konnten, hielt er sich lieber von ihnen fern. Ein guter Jäger zeichnete sich auch dadurch aus, dass er kein unabwägbares Risiko einging.

Am Rande einer tiefen Schlucht blieb er stehen. Mit seinen scharfen Augen suchte er die Hänge nach möglichen Gefahren ab, seine Nase registrierte die Gerüche, die aus der Schlucht zu ihm heraufstiegen. Sein aufmerksames Gehör vernahm die Schritte eines Schwarzbären, der gleich darauf zwischen den Bäumen hervorkam, aber keine Notiz von ihm nahm und wieder verschwand. Aus den Weiden und Erlen am reißenden Fluss stiegen einige Wachteln auf.

Entschlossen stieg Shadow den Hang hinab. Die meisten Vierbeiner hatten Angst vor Wölfen und gingen ihm aus dem Weg, selbst Elche und Bären vermieden es, sich mit ihm und seinen Artgenossen anzulegen. Die einzigen Wesen, die ihm gefährlich werden konnten, waren Zweibeiner, gefährliche Wesen, die aufrecht gingen und tödliche Kugeln verschossen, die sogar einen Bären oder ausgewachsenen Elch von den Beinen holen konnten. Vor einigen Wochen waren sie in seinem Revier aufgetaucht. Sie hatten ihn mit einem kleinen Pfeil bewusstlos geschossen und ihm den seltsamen Kragen angelegt, dessen Bedeutung er bis heute nicht verstand. In dieser Schlucht gab es keine Zweibeiner, aber sein Instinkt sagte ihm, dass sie zahlreicher waren, als es den Anschein hatte, und sie ihn beim nächsten Mal vielleicht töten würden.

Er würde ihnen aus dem Weg gehen müssen, wenn er sein Ziel erreichen wollte. Sein Wille war ungebrochen: Auch wenn er sich seinen Weg in ein besseres Leben erkämpfen musste, würde er nicht aufgeben. Er würde, falls nötig, bis zum fernen Horizont wandern – bis er eine Wölfin gefunden hatte, mit der er ein eigenes Rudel gründen konnte. Eine Partnerin, die es zu schätzen wusste, dass er diese unsäglichen Strapazen auf sich nahm. Sein Instinkt verriet ihm, dass ihn noch viele Tausend Schritte von seinem Ziel trennten und er Berge, Flüsse und Täler überwinden musste, wenn es eine Zukunft für ihn geben sollte.

Alana

»Wie bitte?« Alanas Vater ließ den Müslilöffel sinken und blickte seine Tochter verständnislos an. Entweder hatte er nicht verstanden oder er wollte nicht verstehen. »Du willst mir allen Ernstes sagen, dass du vom College abgehen und nur noch jobben willst?«

»Ja, Dad. Aber es ist nicht, wie du denkst. Ich will das Studium nicht hinschmeißen. Ich will es nur für ein Jahr unterbrechen. Der Dekan sagt, das wäre gar nicht so außergewöhnlich, wie viele denken. An unserem College gibt es mehrere Studenten, die mit der Richtung, die sie eingeschlagen haben, nicht zufrieden sind und ihr Leben neu ordnen wollen. Ich habe bereits mit dem Dekan gesprochen. Er hat mir sogar versichert, dass ich meine Noten behalten und ins nächste Semester mitnehmen darf, wenn ich zurückkomme.«

»Kommt gar nicht infrage«, wehrte ihr Vater strikt ab. Wie immer, wenn er verärgert war, zogen sich seine buschigen Augenbrauen zusammen, und seine Stimme wirkte noch klarer und entschlossener, beinahe wie bei einem Offizier. Ein Tonfall, den seine Assistenzärzte nur zu gut kannten. »Du wirst dein Studium nicht unterbrechen! Und du wirst auch nicht irgendeinen Job annehmen. Am Schluss landest du noch als Kassiererin in einem Supermarkt.«

Alana hatte eine solche Reaktion erwartet und war entsprechend gewappnet. »Ich hab einen Vertrag mit dem »Museum of the Mountain Man« in Pinedale, drüben in Wyoming«, erwiderte sie. »Ich darf bei der Vorbereitung für eine neue Ausstellung helfen und im Shop mitarbeiten. Du weißt doch, wie sehr ich mich für Pioniergeschichte interessiere. In dem Museum geht es um die große Zeit der Fallensteller und Indianer. Meine Großmutter war eine Arapaho.«

»Und das soll ein Grund sein, deine Ausbildung abzubrechen?«, fuhr er ihr über den Mund. »Weil du in einem Museum jobben willst? So was kann man in den Semesterferien machen, aber doch nicht die ganze Zeit! Wie kommst du nur darauf? Du weißt doch, wie zeitaufwendig so ein Medizinstudium ist. Du hast noch sechs, sieben Jahre vor dir, wenn du dich spezialisieren willst.«

»Ich weiß noch nicht, ob ich mit Medizin weitermachen werde.« Sie sagte ihm nicht, dass sie sich bereits entschieden hatte. »Könnte sein, dass mir Geschichte mehr liegt. Ich könnte in einem der großen Museen arbeiten, für das »Museum of the American Indian« in Washington, falls ich gut genug bin. Oder als Lehrerin oder für den History Channel, da gibt es tausend Möglichkeiten.«

»Das ist doch nicht dein Ernst«, mischte sich ihre Mutter ein, »das kann nicht dein Ernst sein! Deine Eltern sind Mediziner, deine Großväter hatten beide mit Medizin zu tun … wie kommst du überhaupt auf die Idee, an irgendetwas anderes zu denken? Die Medizin liegt uns Milners doch im Blut!«

»Schlag dir die Idee aus dem Kopf!«, wurde ihr Vater noch deutlicher. Er hatte längst den Appetit verloren und das Schälchen mit dem Müsli von sich geschoben. »Du wirst dein Studium nicht abbrechen! Du wirst gleich morgen früh zum Dekan gehen und ihm sagen, dass du es dir noch mal überlegt hast und weiterstudieren wirst. Wir haben dich nicht jahrelang unterstützt, um uns jetzt die lange Nase von dir zeigen zu lassen. Verstanden?«

»Das mit dem Museum ist doch nur eine Laune«, fügte ihre Mutter hinzu, auch um den Worten ihres Mannes die Schärfe zu nehmen. »Wie dein Vater schon sagt, das kannst du in den Ferien machen. Hier in Denver gibt es ein großes Indianermuseum, wie du weißt, da könntest du in den Semesterferien arbeiten, wenn du unbedingt willst. Aber dein Hauptaugenmerk sollte auf die Medizin gerichtet bleiben. Mach dir dein Leben nicht kaputt, mein Schatz!«

Alana zwang sich, hart zu bleiben. »Tut mir leid, ich habe mich entschieden. Ich bin alt genug, um selbst zu wissen, was für mich gut ist. Ich lande schon nicht hinter der Supermarktkasse. Ich mache doch nur ein Jahr Pause, was ist schon dabei? Nächstes Jahr komme ich zurück und mache weiter.«

»Und wovon willst du leben?«, fauchte ihr Vater. »Du glaubst doch nicht, dass ich dein Nichtstun unterstütze. Solange du nicht studierst, bekommst du keinen Cent von uns, und deine Kreditkarte, die lasse ich auch sperren. Dann wollen wir doch mal sehen, wie lange du Gefallen an deinen Ferien findest.«

Sie behielt die Nerven, vermied es auch, in einen weinerlichen Ton zu fallen. »Du weißt, wie dankbar ich euch für die Unterstützung bin. Und ich will auch gar nicht, dass ihr mir während meiner Auszeit was überweist. Ich habe einiges gespart, und ein paar Dollar verdiene ich in dem Museum auch.«

»Und wann soll es losgehen?« Ihr Vater schien sich allmählich mit ihrer Entscheidung abzufinden, wenn seine Stimme auch noch so feindselig klang.

»Am Sonntag.«

»In vier Tagen schon?«, rief ihre Mutter.

»Das kommt alles sehr plötzlich«, sagte ihr Vater.

»Ich habe lange darüber nachgedacht«, versuchte sie zu erklären, »und ich habe so lange gewartet, weil ich wusste, wie ihr reagieren würdet, und Angst hatte, es euch zu sagen. Aber glaubt mir, so ist es am besten. Ich muss mir erst über einiges klar werden, bevor ich weitermache. Solange ich arbeite, ist das doch nichts Schlimmes. Wer weiß, vielleicht behält mich das Museum das ganze Jahr. Die Leute dort sind sehr nett, und ich kann dort viel lernen.«

»Über Medizin?«

»Über amerikanische Geschichte.«

»Das wird dir im OP wenig helfen.«

»Wie gesagt, ich …«

»Ich weiß, was du alles gesagt hast«, hatte ihr Vater genug, »und ich habe keine Lust, mir das noch mal anzuhören. Wenn du meinst, deine Karriere unnötig aufs Spiel setzen zu können, bitte sehr. Aber beklage dich später nicht.«

»Überlege es dir noch mal«, bat ihre Mutter.

»Tut mir leid, Mom.«

Den Terminen ihrer Eltern hatte Alana es zu verdanken, dass die Auseinandersetzung ein Ende fand und sie schon wenige Minuten später das Haus verließen. Außer dem knappen »Bis später« ihrer Mutter fiel kein Wort mehr.

»Puh«, schnaufte Alana nur und räumte den Tisch ab.

Nachdem sie das Geschirr ihrer Eltern in die Spülmaschine geräumt hatte, gönnte sie sich einen Becher Kaffee mit viel Milch und aß einen getoasteten Muffin mit reichlich Marmelade dazu. Sie übertrieb gern beim Essen, hatte das Glück, dass sie selbst nach einem Fast-Food-Tag ihr Gewicht hielt. Sie verbrachte den halben Tag damit, das Material des »Mountain Man«-Museums zu studieren und las in einem Sachbuch über die Arapaho-Indianer. Sie hätte gern gewusst, ob unter den Vorfahren ihrer Großmutter tapfere Krieger gewesen waren und ob sie in einer der berühmten Schlachten mitgekämpft hatten.

Am Nachmittag klingelte ihr Handy. »Hey«, meldete sich Sandy, »ich komme gerade von der Uni. Hast du mir gestern gesagt, dass du das College schmeißt und in die Berge ziehen willst, oder hab ich das geträumt?«

»Ich habe dir gesagt, dass ich ein Jahr aussetzen und in einem Museum in Wyoming arbeiten werde«, erwiderte sie. »Das weißt du doch ganz genau.«

»Ich war mir nicht mehr sicher. Was haben deine Eltern gesagt?«

»Sie waren nicht gerade begeistert.«

»Dachte ich mir. Wie wär's mit einem Caffè Latte?«

So ähnlich hatte Scott Wilbur auch gefragt, aber von ihrer Freundin hörte sie die Frage lieber. »Immer. Um zwei bei Starbucks in der East Hampden?«

Alana war froh, aus dem Haus zu kommen, und stieg einigermaßen fröhlich in ihren Wagen. Die gemeinsamen Starbucks-Besuche mit ihrer Freundin gehörten zu den Highlights der Woche. Sie tranken ihren Kaffee und hatten vor allem Spaß daran, andere Leute zu beobachten und ihnen Geschichten anzudichten. Welchen Beruf hatte der Typ im langen Mantel? Was machte die Frau im blauen Kleid? War die Blonde geschieden? Was für einen Job hatte der junge Typ im dunklen Hoodie? Wer war auf die Verkäuferin scharf?

Bei dem Gedanken an ihr munteres Ratespiel musste sie grinsen. Als sie jedoch vor einer Ampel in den Rückspiegel blickte, war ihre gute Laune wie weggeblasen. Einige Wagen hinter ihr glaubte sie den Wagen von Scott Wilbur zu erkennen. War Scott Wilbur ein Stalker? Sie blickte genauer hin, doch im gleichen Augenblick ging es weiter, und sie fuhr rasch auf die rechte Spur und bog in eine Seitenstraße ab. Wie in einem Actionfilm, wenn der Verfolgte einen Zickzackkurs über mehrere Nebenstraßen fährt, um herauszubekommen, ob er tatsächlich verfolgt wird. Der Wagen war nicht mehr hinter ihr.

»Puh«, stieß sie erleichtert hervor, »jetzt sehe ich schon Gespenster!«

Warum sollte ein Typ wie Scott Wilbur sie auch verfolgen? Er war kein verklemmter Typ, der schon beim Anblick einer hübschen Frau knallrot wurde und das große

Zittern bekam. Er kam bei vielen Mädels an und konnte sich seine Freundin eigentlich aussuchen. Er hätte es gar nicht nötig, ausgerechnet ihr nachzustellen und sich so verklemmt wie einer aus der Junior High zu benehmen. Wenn das herauskam, würde er sich lächerlich machen.

Alana überzeugte sich durch einen weiteren Blick, dass sie tatsächlich nicht verfolgt wurde, und fuhr zur Hauptstraße zurück. Vor dem Starbucks stellte sie ihren Wagen neben den von Sandy, die wie immer zu früh war und bereits vor ihrem Latte saß und am Strohhalm saugte.

»Hey«, begrüßte Alana ihre Freundin. »So durstig? Mit Karamell?«

»Kennst mich doch«, erwiderte Sandy. Sie trug ihre Haare kurz und glich mit ihren großen blauen Augen einem Kobold, auch wegen der grellbunten Longshirts, die sie neuerdings über ihren Slimjeans trug. Nicht gerade die typische Ehefrau aus dem Vorort. »Genau das, was ich jetzt brauche. Ordentlich Zucker. Für dich hab ich die Normalversion bestellt.«

Während Alana sich setzte und an ihrem Latte nippte, musterte Sandy sie ungläubig. »Du meinst das ernst, was? Mit dem Wegziehen, meine ich.«

»Mit organischer Chemie und Physik kann ich nichts anfangen«, erwiderte Alana. »Ich dachte, ich könnte es, aber inzwischen weiß ich, dass die Fächer nicht mein Ding sind. Und die Med School noch viel weniger. Ich bin anders gepolt als meine Eltern und was weiß ich wer von meinen Vorfahren noch alles in einem Krankenhaus gearbeitet hat. Ich tauge nicht zur Chirurgin. Ich will ein

Jahr durchatmen und irgendwas Praktisches machen und dann amerikanische Geschichte studieren. Und alles, was noch damit zusammenhängt.«

»Wissen das deine Eltern auch?«

»Ich hab ihnen nur gesagt, dass ich ein Jahr Pause machen und darüber nachdenken würde«, räumte Alana ein. »Es war schon so schwierig genug.«

»Und du bist dir ganz sicher?«

»Ich hab lange gegrübelt.«

Sandy trank einen Schluck. »Eigentlich schade. Du hättest eine gute Figur als Ärztin gemacht. Grüne OP-Kleidung, weißer Kittel, wie in ›Grey's Anatomy‹.«

»Meine Eltern hassen die Serie.«

»Weil die Ärzte dort cooler sind?«

»Weil sie nichts mit der Wirklichkeit zu tun hätte. ›Wir haben keine Zeit, uns mit sexsüchtigen Kollegen im Bereitschaftsraum zu vergnügen‹, sagt mein Dad. Er hat sich eine Folge angesehen, nachdem ich ihm von der Serie erzählt hatte. Ausgerechnet die Folge, in der Cristina und Owen, na, du weißt schon.«

»Du könntest ein Schweinegeld verdienen als Ärztin.«

»Und warum wirst du dann Lehrerin?«

»Weil ich gern mit Kindern arbeite.«

Alana nickte. »Und ich interessiere mich dafür, wie die Leute früher gelebt haben. Indianer, Entdecker, Fallensteller, Cowboys, das ganze Programm. Auch die jüngste Geschichte. Der Vietnamkrieg, das Kennedy-Attentat, so was.«

»Und dazu musst du unbedingt in die Fremde?«

»Kommt darauf an, wo sie mir einen Job anbieten«, erwiderte Alana. »In Denver gibt es tolle Museen, aber das »Smithsonian« in Washington wäre auch nicht übel.« Sie musste grinsen. Bei den Museen in Washington durften nur die Besten arbeiten. »Aber studieren werde ich hier.« Ihr Grinsen wurde breiter. »Ich will schließlich in der Nähe sein, wenn du dein erstes Kind bekommst.«

Sandy war für einen Augenblick sprachlos, musste dann selbst grinsen und wurde gleich wieder ernst, als sie Alanas entsetzte Miene bemerkte. »Alana! Was hast du denn plötzlich? Sag bloß, der Caramel Latte bekommt dir nicht?«

»Scott! Da draußen steht Scott Wilbur!«

»Dein Macho?«

»Der Typ stalkt mich seit ein paar Tagen! Keine Ahnung, was in ihn gefahren ist. Vorhin im Wagen dachte ich auch schon, er würde mich verfolgen.«

»Du hast einen Stalker? Ehrlich?«

Alana stellte ihren Becher auf den Tisch und lief nach draußen. Scott Wilbur machte keine Anstalten, das Weite zu suchen.

»Was soll das, Scott?«, fuhr sie ihn an. »Hast du nichts Besseres zu tun, als ständig hinter mir herzufahren?«

»Alana! Dreh bitte nicht durch!« Er untermalte seine Worte mit einem unschuldigen Lächeln. »Ich bin dir nicht nachgefahren. Ich kam zufällig hier vorbei und sah deinen Wagen da drüben stehen. Ich wollte dir doch einen Caffè Latte spendieren und dachte mir, das wäre nun eine gute Gelegenheit.«

»Du verfolgst mich schon die ganze Zeit!«

»Ich mag dich eben, Alana. Ich möchte mit dir zusammen sein.«

»Ich aber nicht. Also lass mich gefälligst in Ruhe!«

Er spielte immer noch den schüchternen Lover. »Ich hab's nicht böse gemeint, Alana. Warum gibst du mir keine Chance? Bin ich wirklich so unausstehlich? Ich könnte jedes Mädchen auf dem College haben, aber du bist die Einzige, die mich wirklich interessiert. Du darfst nicht wegziehen, Alana! Ich brauche dich! Was meinst du? Darf ich dich zu einem Latte einladen?«

»Verschwinde, Scott! Mach, dass du wegkommst!«

Er schien weder besonders enttäuscht noch wütend zu sein, benahm sich eher wie jemand, der alle Trümpfe in der Hand hielt und genau wusste, dass er am Ende gewinnen würde. »Vielleicht ein anderes Mal, Alana. Einverstanden?«

»Geh zur Hölle!«, rief sie ihm nach.

Shadow

Seitdem Shadow allein unterwegs war, hatte er nichts mehr gefressen. Weil er möglichst rasch von seinem Rudel wegkommen wollte, blieb er nur stehen, um Wasser aus einem Bach oder einer Quelle zu trinken, oder um sich in der neuen Umgebung zu orientieren. Er schlief nur, wenn er vor Müdigkeit kaum noch stehen konnte, und verzichtete darauf, nach Beute zu suchen. Er durfte keine Zeit verlieren. Er hatte längst bemerkt, dass die kalte Jahreszeit im Anmarsch war, und er wollte sein Ziel noch vor dem ersten Schnee erreichen.

Wo dieses Ziel liegen würde, wusste er nicht. Er spürte nur, dass es ihn nach Norden trieb, an einen geheimnisvollen Ort, an dem er alles finden würde, was er brauchte. Eine Partnerin, die mit ihm ein neues Rudel gründete, und genug Beutetiere, um seine Partnerin, seine Nachkommen und sich selbst am Leben zu erhalten. Glückliche Jagdgründe, wie er sie bisher nicht gekannt hatte, weil der Anführer einen Widersacher in ihm gesehen hatte und kurz davor gewesen war, ihn zu töten. Bei einem Zweikampf wäre es auch mit dem Zusammenhalt im Rudel vorbei gewesen, und keiner der anderen Wölfe hätte ihm gegen den Anführer beigestanden. Einem Leitwolf widersetzte man sich nicht, wenn man in der Rangordnung weit unter ihm stand.

Shadow blieb in einer Mulde stehen und verharrte zwischen einigen Bäumen. Sein Magen knurrte. Er hatte auch an diesem Tag wieder über dreißig Meilen zurückgelegt und lediglich seinen Durst gestillt. Als Wolf kam er tagelang ohne Fressen aus, doch der lange Marsch hatte ihn viel Kraft gekostet, und es wurde höchste Zeit, dass er etwas zwischen die Zähne bekam. Doch bisher hatte er nur im Rudel gejagt. Sie hatten ihre Beute gemeinsam gehetzt und eingekreist, und einer hatte den anderen dabei unterstützt, das gestellte Tier so schnell wie möglich zu Fall zu bringen und ihm den tödlichen Biss zu verpassen. Nur im Team konnte so etwas gelingen.

Für ihn war das Risiko ungleich größer. Ohne die Unterstützung seiner Artgenossen wurde jede Jagd zu einem gefährlichen Abenteuer. Wenn er nicht nur von Erdhörnchen und Mäusen leben und ein größeres Tier angreifen wollte, musste er sein Leben riskieren. Er hielt seine Nase in den Wind. Sein empfindlicher Geruchssinn zeigte ihm die Nähe eines jungen Elches an, ein Fleisch, das er besonders gern mochte. Selbst die armseligen Reste, die ihm der Anführer und seine Partnerin übrig gelassen hatten, waren immer ein Festmahl für ihn gewesen. Wenn es ihm jetzt gelang, einen jungen Elch zu reißen, würden ihm die saftigsten Stücke bleiben. Allein der Gedanke an ein solches Festmahl ließ schon das Wasser in seinem Maul zusammenlaufen.

Der Witterung folgend erstieg er einen schmalen Hügelkamm und erspähte seine mögliche Beute in Sichtweite am Waldrand. Der junge Elch stand im kniehohen Gras, als wollte er sich seinem Todfeind als Opfer anbieten. Shadow zögerte keine Sekunde. Gegen den Wind näherte er sich der scheinbar hilflosen Beute. Vergessen waren seine Müdigkeit und das Gefühl, eine solche Jagd könnte ihn zu lange aufhalten. Tief geduckt schlich er auf den jungen Elch zu, nur durch das hohe Gras und einige Bäume geschützt.

Hoch konzentriert behielt er seine Beute im Blick. Seine Muskeln waren gespannt, seine Nase und seine Ohren deuteten in Richtung des ahnungslosen Tieres. Sein Maul war geöffnet und gab die scharfen Reißzähne preis. Er jagte nicht zum ersten Mal, doch diesmal war er der einzige Angreifer, und wenn er seine Beute erwischen wollte, durfte er keinen Fehler begehen.

Je näher er dem jungen Elch kam, desto schneller bewegte er sich. Jeder Berglöwe wäre auf ihn neidisch gewesen. Er musste so nahe wie möglich an seine Beute heran, wenn er Erfolg haben wollte. Gleich würde der Moment kommen, der für jeden Angriff entscheidend war. Der junge Elch würde ihn entdecken und entweder stehen bleiben oder davonlaufen. Nur wenn er davonlief, würde Shadow sich herausgefordert fühlen und sofort die Verfolgung aufnehmen. Wenn der Elch sich hingegen stellte, kam es zu keinem Kampf. Nur eine fliehende Beute hielt seine Angriffslust am Leben. Erst wenn sie in panischer Angst davonrannte, würde er sich auf sie stürzen und ihre Kehle durchbeißen.

Doch nichts von beidem geschah. Gerade als der junge Elch seinen Angreifer im Gras ausmachte, raschelte es im Laub und die Mutter des vermeintlichen Opfers, eine stattliche Elchkuh, erschien am Waldrand. Ihr Schatten reichte bis zu Shadow, und allein die Größe des Tieres beeindruckte ihn so sehr, dass sich seine Augen zu schmalen Schlitzen zusammenzogen, er seinen Kopf senkte, die Reißzähne bedeckte und seinen Schwanz sinken ließ.

Mit einem enttäuschten Grunzlaut erkannte Shadow seine Niederlage und lief zu dem Hügelkamm zurück. Er drehte sich nicht einmal nach der Elchkuh und ihrem Jungen um und war froh, als er den Hügel zwischen sich und seine vermeintliche Beute gebracht hatte. Er würde sich ein Erdhörnchen oder ein paar Mäuse suchen, bevor er sich im Schutz einiger Bäume zur Ruhe legte.

Alana

Alana weinte erst, als Denver im Rückspiegel immer kleiner wurde und sie über den Highway nach Norden fuhr. Der Abschied von ihren Eltern und ihrer besten Freundin war ihr schwerer gefallen, als sie erwartet hatte. Ihre Mutter hatte geweint, als würde sie nie wieder zurückkehren, und Sandy hatte sie minutenlang fest umarmt und sie gewarnt: »Mach bloß keinen Scheiß, okay?«

Was sie damit meinte, war Alana klar: Denk bloß nicht daran, dein Studium für immer hinzuschmeißen. Gib dich nicht zufrieden damit, in irgendeinem Museum das Mädchen für alles zu spielen! Lass die Männer in Ruhe, sonst endest du noch in irgendeinem Kaff! Melde dich von unterwegs und komm wieder zurück, sonst kannst du was erleben! Du gehörst nach Denver.

Jeder dieser Sätze war eigentlich genug, um sie auf der Stelle umdrehen zu lassen, doch sie fuhr weiter, ohne dass ihr Fuß einmal vom Gaspedal abließ. Wenn sie sich etwas in den Kopf gesetzt hatte, blieb sie auch dabei. Jeder Abschied war schmerzvoll, aber wer sich mit dem zufriedengab, was er erreicht hatte und niemals nach vorn blickte, landete schneller auf der Verliererstraße, als er denken konnte. Man musste die richtige Mischung finden. Dass man für eine Weile den Wohnort und nach einem Jahr wahrscheinlich auch die Studienfächer wechselte, bedeutete ja nicht, dass man die Menschen, die einen bisher begleitet hatten, im Stich ließ, schon gar nicht die Eltern. Natürlich würde sie auch weiterhin mit Sandy telefonieren, ihr ab und zu Fotos auf ihr Smartphone schicken, und ihre Eltern würden sich schon beruhigen, wenn sie erkannten, wie glücklich sie mit ihren neuen Fächern war.

Scott Wilbur hatte sie vor ihrer Abfahrt nicht mehr belästigt. Es sah beinahe so aus, als hätte ihre Standpauke etwas genützt und ihn endgültig in die Flucht geschlagen. Sie schüttelte sich, als sie an ihn dachte. Selbstgefällige Typen wie er brachten sie am meisten in Rage, mit ihren angeblich so coolen Bemerkungen und diesem spöttischen Grinsen, das wohl bedeutete, dass man ihnen dankbar sein sollte, wenn sie sich herabließen, sich für einen zu interessieren. Schlimm genug, dass so viele Mädchen und Frauen auf ihn hereinfielen. Alanas Absage, sich mit ihm auf ein Date einzulassen, musste ihn schwer getroffen haben.

Sie fuhr auf den Interstate-Highway nach Norden und brauchte ungefähr anderthalb Stunden bis Cheyenne. Sie war schon ein paarmal in der Cowboystadt gewesen, vor zwei Jahren zu den *Frontier Days* im Sommer, einem der größten Rodeos der Welt mit allem Drum und Dran, inklusive eines öffentlichen Frühstücks, bei dem man so viele Pfannkuchen verzehren konnte, wie man wollte. Im Wilden Westen war Cheyenne ein bedeutender Haltepunkt für die *Union Pacific Railroad* gewesen, die transkontinentale Eisenbahn. Wenn sie wirklich amerikanische Geschichte studierte, würde sie noch öfter in diese Stadt zurückkehren, aber heute hielt sie nur für eine halbe Stunde, um sich in einem Laden neben einer Ausfahrt eine Diet Coke zu kaufen. Mit der zuckerlosen Cola fühlte sie sich gleich besser.

Während der Mann, der sie bediente, nach dem passenden Wechselgeld suchte, fiel ihr Blick auf den Fernseher über dem Tresen. Irgendein Nachrichtenkanal. Der Ton war ausgestellt, dafür liefen die Untertitel für Hörgeschädigte über den Bildschirm. Auf dem Monitor waren Wölfe in freier Wildbahn zu sehen, auf einem ihrer Streifzüge, wie es den Anschein hatte. Sie liefen im Gänsemarsch über einen Hügelkamm und hoben sich dunkel gegen den Himmel ab.

Auf dem Schriftband las Alana: »… wurde bekannt, dass ein Wolf aus den Bergen in Idaho sein Rudel verlassen hat und mit unbekanntem Ziel nach Norden unterwegs ist. Wie uns ein Biologe des *Fish & Wildlife Service* in Idaho mitteilt, befindet er sich augenblicklich im *Salmon-Challis National Forest*, ungefähr achtzig Meilen von seinem einstigen Revier entfernt.«

Der Biologe kam ins Bild, ein junger Mann im Anorak, auf dem das Logo der Behörde prangte, und erklärte: »Es kommt selten vor, dass sich ein Wolf so weit von seinem Rudel entfernt. Wolf B7M, wie wir ihn nennen, trägt einen Halsbandsender …«

Den Rest bekam Alana nicht mehr mit, weil der Angestellte das Wechselgeld beisammenhatte und die Münzen auf den Tresen legte. »Einen schönen Tag noch«, wünschte er ihr gelangweilt, griff nach der Fernbedienung des Fernsehers und stellte einen anderen Kanal ein. Szenen aus einem Footballspiel.

Alana verließ den Laden und hatte den Wolf schon wieder vergessen, als sie in ihren Wagen stieg. Sie trank von ihrer Cola, stellte die Flasche in den Behälter zwischen den Vordersitzen und fuhr auf den Interstate zurück. Die Straße führte über grasbedecktes Land, so weit und eben, dass man bis zum fernen Horizont blicken konnte. Nur gelegentlich war sie von rotbraunen Felsen gesäumt, die sich buckelförmig aus dem Gras erhoben. Im 19. Jahrhundert waren Planwagenzüge über diese Ebenen gerollt, auf dem Weg nach Oregon und Kalifornien ins vermeintlich gelobte Land. So weit würde Alana nicht fahren. Ihr Ziel lag in den Bergen, die sich jenseits der Prärie im Norden befanden.

Für einen Trucker, der über diesen Interstate fuhr, mochte die Gegend langweilig sein. Stundenlang geradeaus zu fahren, ohne dass sich das Land veränderte, verführte einen dazu, unaufmerksam und schläfrig zu werden. Noch schlimmer musste es den Siedlern ergangen sein, die mit ihren Planwagen wochenlang unterwegs gewesen waren, ohne etwas anderes zu sehen. Für Alana war die Strecke vor allem historisch interessant. Wegen der Eisenbahngesellschaft *Union Pacific Railroad*, die ihre Schienen quer durch dieses Land gelegt hatte, wegen der Trails, über die Auswanderer nach Westen gezogen waren, wegen der Indianer, die hier im Westen auf Büffeljagd gegangen und ihr Land gegen die US-Armee verteidigt hatten.

Gegen Abend erreichte sie Rock Springs, eine unscheinbare Kleinstadt abseits der Schnellstraße. Seine Entstehung hatte der Ort einer ertragreichen Kohlemine zu verdanken. Alana checkte in ein Motel ein und ging ins Restaurant nebenan, bekam einen Platz am Tresen zugewiesen und bestellte einen Cheeseburger mit Pommes frites. Nach einer langen und ermüdenden Fahrt musste das Essen heiß und fettig sein. Sie ließ es sich schmecken, beobachtete die Bedienung dabei, wie sie mit einem Gast flirtete, und blickte auf den Fernseher, der über dem Tresen hing und wieder ein Wolfsrudel zeigte. Anscheinend war der Barkeeper genauso neugierig wie sie und drehte lauter.

»… hält sich Shadow, wie Wolf B7M inzwischen genannt wird, im zentralen Idaho in einer Schlucht des Salmon River auf. Inzwischen sind sich die Experten sicher, dass es sich bei Shadow um einen sogenannten Wanderwolf handelt, einen Wolf, der aus unerfindlichen Gründen sein Rudel verlässt und weitab von seinem einstigen Revier nach einer Partnerin sucht und ein neues Rudel gründet. Biologe Rick Altman vom *Fish & Wildlife Service* in Idaho …« Derselbe junge Mann wie in der Sendung zuvor erschien auf dem Bildschirm. »Dank des Halsbandsenders, der die GPS-Daten von Shadow in unsere Zentrale sendet, wissen wir genau, wo er sich aufhält.« Auf dem Schirm war zu sehen, wie geschickte Hände dem betäubten Wolf das Halsband mit dem Sender anlegten. »Dass sich ein Wolf von seinem Rudel entfernt, ist nicht außergewöhnlich. Die Wanderungen sind sogar notwendig, um die Vielfalt der Art zu erhalten. Ungewöhnlich ist jedoch, wenn er weiter als hundert Meilen wandert. Es sieht ganz so aus, als hätte Shadow diese Absicht.«

Die nächsten Bilder zeigten, wie ein anderer Biologe vor einem Computer stand, den wandernden Punkt auf dem Monitor betrachtete und irgendetwas zu einem Kollegen sagte. »Unser *Wolf Monitoring Program* wird von mehreren Organisationen unterstützt und sendet uns Daten über den jeweiligen Aufenthaltsort von fünf Wölfen, die wir Anfang des Jahres ausgewählt haben. Shadow verhält sich bisher am auffälligsten, die anderen vier sind alle bei ihren Rudeln geblieben und bewegen sich nur in ihren Revieren. Wir wollen die Gewohnheiten von Wölfen besser kennenlernen, auch im Hinblick auf die Auswirkungen, die ihr Verhalten auf ihre Umgebung haben könnte.«

»Sie meinen die Ranches und Farmen«, hakte der Interviewer nach. »Wie Sie wissen, sorgen sich viele Rancher und Farmer um ihren Viehbestand. Besonders Schafzüchter beklagen sich darüber, dass Wölfe ihre Tiere reißen.«

»Bisher gibt es nur wenige Anzeichen dafür, dass sich Wölfe an Nutztieren vergreifen könnten«, antwortete Rick Altman. »Wölfe reißen vor allem kranke und schwache Beutetiere in freier Natur und sorgen auf diese Weise für das gesunde Ausdünnen der Bestände. Nur starke und gesunde Tiere überleben. Natürlich kommt es vor, dass ein Wolf ein Schaf reißt, aber es ist nicht die Regel. Ich weiß, wie sehr dieses Thema die Gemüter hier erhitzt, ich bin jedoch der Meinung, wir sollten es nüchterner und emotionsloser behandeln.«

Einer der beiden Männer, die ebenfalls am Tresen saßen und zugehört hatten, nahm den Zahnstocher, auf dem er gekaut hatte, aus dem Mund. »Der hat gut reden. Mein Bruder hat eine Farm in Idaho, dem haben die Wölfe schon ein Kalb weggefressen. Von wegen, die Bestien reißen nur schwache und kranke Tiere in freier Wildbahn. Die nehmen doch, was sie kriegen können.«

»Also, wenn ich Schafe oder Rinder hätte, würde ich einen Wolf abknallen, sobald er mir vor die Flinte käme«, sagte der andere. »Ich frage mich sowieso, warum sich diese Bestien wie Karnickel vermehren dürfen. Wozu brauchen wir mehr Wölfe? Die Viecher werden sogar aus Kanada importiert, wusstest du das?«

Sein Freund trank einen Schluck. »Klar weiß ich das. Kam im Fernsehen. Die transportieren Wölfe in die Rockies und setzen sie im Yellowstone Park und anderswo aus, um das Gleichgewicht der Natur wiederherzustellen.« Den letzten Halbsatz betonte er abfällig. »Das geht auch mit einem Gewehr.«

Auf dem Bildschirm war wieder ein Wolf in freier Wildbahn zu sehen. »Vor einigen Jahren machte ein Wanderwolf in Oregon von sich reden«, sagte der Sprecher. »Er wanderte über tausend Meilen weit, bis nach Kalifornien und wieder zurück nach Oregon. Eine Energieleistung. Schon jetzt werden Wetten abgeschlossen, ob Shadow es fertigbringt, seinen Rekord zu brechen.«

Seinen Worten folgte der Werbespot einer Brauerei,

und der Barkeeper schaltete den Ton ab. Alana nickte dankbar, als er ihren leeren Teller abräumte und ihr Diet Coke nachschenkte. Aus den Augenwinkeln nahm sie wahr, wie sich die beiden Männer, die über Wölfe gelästert hatten, für sie zu interessieren begannen und aufdringlich in ihre Richtung blickten. Sie tat so, als würde sie es nicht bemerken, trank aus und bat um die Rechnung. Bevor die Männer sich mit einer dummen Bemerkung an sie wenden konnten, war sie draußen.

Sie war froh, als sie ihr Motelzimmer erreichte und die Tür von innen verschloss. Seitdem Scott Wilbur ihr nachgestellt hatte, reagierte sie empfindlich auf Männer, die sie anmachen wollten. Wahrscheinlich waren die beiden Kerle im Restaurant völlig harmlos, aber man konnte schließlich nie wissen.

Sie musste lachen. Kein Wunder, dass ich nie einen festen Freund hatte, dachte sie, jedenfalls keinen, den man vorzeigen konnte. Wahrscheinlich geht's mir wie diesem Wolf, diesem Shadow, der Hunderte Meilen durch die Berge ziehen muss, um irgendwo eine Partnerin zu finden, die zu ihm passt.

Verhielt es sich mit dem Job nicht ähnlich? In Denver gab es eine ganze Reihe von Museen, gerade zur Geschichte des amerikanischen Westens. Warum hatte sie nicht dort nach einer Anstellung gefragt? Warum fuhr sie ins weit entfernte Pinedale, ein verlassenes Kaff, um dort im »Museum of the Mountain Man« zu arbeiten? Nur aus Zufall, weil sie die Anzeige des Museums gelesen hatte?

Oder trug sie das Wandergen in sich? Auch darüber hatte sie gelesen, dass manchen Menschen die Wanderlust in die Wiege gelegt wurde. Ihre Eltern gehörten zur sesshaften Sorte, hatten beide in Chicago studiert und in New York gearbeitet, waren aber schon vor ihrer Geburt nach Denver zurückgekehrt, als zwei Stellen am *Rosewood Medical Center* frei geworden waren.

Vielleicht war sie neugieriger. Wer das Medizinstudium sausen ließ und stattdessen lieber amerikanische Geschichte studierte, tanzte für ihre Eltern sowieso aus der Reihe. Sie war anders, in jeder Beziehung. Altmodisch, wenn es um Männer ging. An ihrer indianischen Vergangenheit und dem Schicksal ihres Stammes interessiert. Gefühlvoller als ihre Eltern, die gegenüber ihren Patienten keine Emotionen aufkommen lassen durften und auch privat eher nüchtern reagierten.

Wie beinahe jeden Tag las sie auch an diesem Abend vor dem Einschlafen. Ein Krimi von Margaret Coel, der auf der *Wind River Reservation* der Arapaho-Indianer spielte. Ein weißer Missionar und eine indianische Rechtsanwältin, die den geheimnisvollen Mord an einem Arapaho-Jungen aufklärten.

Als sie das Buch zur Seite legte, glaubte sie das ferne Heulen eines Wolfes zu hören, aber das konnte nach dem Fernsehbericht auch Einbildung gewesen sein. Sie berührte das Wolfsamulett, das sie auch nachts trug, und schlief ein.

Shadow

Mit so einem Hindernis hatte Shadow nicht gerechnet. Tief unter ihm, im Schatten der steilen, nur teilweise mit Bäumen bewachsenen Steilhänge, sprudelte das Wasser eines breiten Flusses. Das Wasser schäumte stark und floss so schnell, dass es unmöglich schien, ans jenseitige Ufer zu gelangen.

Shadow hatte keine Ahnung, dass der Salmon River zu den wildesten Flüssen von Idaho gehörte. Er spürte aber instinktiv, auch ohne den Lauf des Flusses zu kennen, dass er eine natürliche Barriere zwischen dem Norden und dem Süden bildete und er das Hindernis überwinden musste, wenn er weiter nach Norden ziehen wollte. Die Wälder des Nordens waren sein Ziel, auch das nahm er nur instinktiv wahr, ohne zu wissen, wie weit es bis dorthin war und was dort auf ihn wartete. Er wusste nur, dass ihm keine andere Wahl blieb.

Ohne weiter zu zögern, stieg er zum Ufer hinunter. Auf einem grasbedeckten Vorsprung aus abgebrochener Erde, der sich über dem Fluss erhob, blickte er auf das wirbelnde Wasser hinab. Dort, wo es auf Felsbrocken oder abgebrochene Äste traf, schäumte es besonders. Die Gefahr, von einem Ast getroffen oder bei der starken Strömung gegen einen der Felsbrocken geschleudert zu werden, war zu groß. Um den Fluss sicher zu überqueren, musste er nach einer ruhigeren Stelle suchen.

Hoffnungsvoll wandte er sich nach Westen. Dort verschwand der Fluss in einem dichten Fichtenwald, und das

Land wirkte nicht so zerklüftet. Um das Geröll am Ufer zu vermeiden, blieb er auf dem natürlichen Erdwall, der sich auf der Südseite erhob, und folgte einem Pfad, den andere Tiere in das schilfartige Gras getreten hatten. Das laute Rauschen des Flusses begleitete ihn.

Im Wald wurde es dunkler. Die dichten Baumkronen filterten das Sonnenlicht und ließen es nur noch in zarten Lichtbahnen nach unten wandern. Der Boden wurde morastiger, und das teilweise verfilzte Unterholz zwang Shadow immer wieder zu Umwegen. Er bewegte sich beinahe lautlos, nur gelegentlich zerbrachen seine Pfoten einen dürren Ast oder stießen gegen einen Stein. Mit seinen scharfen Augen, die auch im Halbdunkel des Waldes erstaunlich weit und klar sehen konnten, behielt er seine Umgebung im Blick. Mit seinem feinen Geruchssinn fand er die Spuren anderer Tiere, die ebenfalls nach Westen gelaufen waren. Seine Hoffnung wuchs, dass es dort einen Übergang gab.

Nachdem er ungefähr eine Stunde durch den Wald gelaufen war, wurde das Ufer flacher. Die Strömung des Flusses war immer noch stark, aber es gab keine Stromschnellen mehr, und bis zum anderen Ufer waren es höchstens noch dreißig Schritte. Die zahlreichen Spuren am sandigen Ufer zeigten ihm, dass viele andere Tiere an dieser Stelle den Fluss überquert hatten.

Kurz entschlossen stieg er in das kühle Wasser. Er war ein exzellenter Schwimmer, auch wenn sich sein dichter werdendes Fell voll Wasser sog und das Vorwärtskommen erschwerte. Mit wuchtigen Stößen kämpfte er gegen die Strömung an. Er verschwand alle paar Augenblicke mit dem Kopf unter Wasser, nur um gleich wieder aufzutauchen und das gegenüberliegende Ufer nicht aus den Augen zu verlieren. Einem treibenden Ast wich er durch heftiges Strampeln aus, einen Felsbrocken rammte er mit der Schulter, und das Wasser schien plötzlich überall zu sein, als wäre er in ein stürmisches Meer geraten, doch schon wenige Sekunden später erreichte er das sandige Ufer auf der Nordseite. Triefend vor Nässe stieg er an Land.

Er schüttelte das Wasser aus seinem Fell und genoss die wenigen Sonnenstrahlen, die sein Gesicht trafen und ein Signal waren, mit neuer Kraft und Energie weiterzulaufen. Erst nach einigen Schritten stieg ihm die Witterung anderer Wölfe in die Nase.

Alana

Alana erreichte Pinedale am späten Morgen. Das »Museum of the Mountain Man« lag abseits des Highways in einem Kuppelbau mit zahlreichen Anbauten und war leicht zu finden. Als einzige Attraktion der kleinen Stadt war es gut beschildert. Sie freute sich riesig auf ihr Praktikum, hatte schon einiges über die »Mountain Men« gelesen und wusste, dass diese Fallensteller um 1820 in die Rocky Mountains gezogen waren, um dort Biberpelze zu erbeuten. Seitdem Zylinder auf der halben Welt in Mode waren, die mit Biberfellen bespannt wurden, ließ sich mit Biberpelzen viel Geld verdienen.

Der Museumsdirektor, ein ehemaliger Uniprofessor, erwartete sie bereits und reichte ihr den Vertrag, der ihr einen anständigen Stundenlohn für ihre Mitarbeit garantierte, allerdings auch jederzeit fristlos gekündigt werden konnte.

»Das muss nichts bedeuten, Miss Millner«, beeilte er sich zu sagen, »unser Museum ist von November bis April zwar geschlossen, aber gerade dann wird sich eine Möglichkeit der Mitarbeit für Sie finden. Wie Sie wissen, bereiten wir eine Ausstellung über die Arapaho-Indianer vor, und wie ich höre, wissen Sie einiges über diesen Stamm.«

»Meine Großmutter war eine Arapaho«, erwiderte sie. »Sie wuchs auf der *Wind River Reservation* nicht weit von hier auf. Ich habe viel über die Arapaho gelesen, war sogar auf einigen Schlachtfeldern. Ich halte es für sehr wichtig, seine Wurzeln zu kennen und sich über seine Herkunft zu informieren.« Das klang reichlich gestelzt und hochtrabend, war aber die Wahrheit.

Der Museumsdirektor nahm ihre Antwort mit Wohlwollen zur Kenntnis. »Das finden wir alle hier.« Er zog einen Notizblock heran. »Sie haben bisher Naturwissenschaften studiert? Ihr Interesse liegt aber anscheinend woanders.«

»Meine Eltern wollten, dass ich nach dem College Medizin studiere. Ich habe ihnen gesagt, ich würde erst mal was Praktisches versuchen.«

»Um später Geschichte zu studieren?«

Jetzt lächelte sie. »Das ist der Plan.«

»Nun, bei uns erfahren Sie einiges über Ihr zukünftiges Studienfach. Sie werden mit Gabe Norwood zusammenarbeiten, einem unserer Experten. Er gehört zu den Organisatoren unseres »Green River Rendezvous« im Sommer und nimmt selbst daran teil. Sie wissen, was mit Rendezvous gemeint ist?«

»So wurden früher die Zusammenkünfte von Mountain Men, Pelzhändlern und Indianern im Sommer genannt. Die Fallensteller verkauften ihre Biberpelze an die Abgesandten der Pelzhandelsgesellschaften aus St. Louis und kauften neue Vorräte, aber eigentlich waren diese Aktivitäten nur ein Vorwand für eine wochenlange Party in der Wildnis, auf der gerauft, getrunken und geliebt wurde. Viele Mountain Men kauften sich Indianerfrauen, um in der Wildnis nicht zu vereinsamen. Unser Rendezvous lässt die alten Zeiten wieder aufleben.«

»Ich sehe, Sie wissen Bescheid«, sagte der Museumsdirektor. »Dann können Sie ja loslegen.« Er rief Gabe Norwood herbei und stellte sie einander vor.

Gabe Norwood sah selbst wie ein Mountain Man aus. Sein Gesicht wirkte verknittert, seine blauen Augen dafür umso wacher und lebhafter, und seine schulterlangen grauen Haare waren zu einem Pferdeschwanz gebunden. Er trug Jeans, eine lederne Fransenjacke und Cowboystiefel. Hätte nur noch eine langläufige Flinte gefehlt.

»Freut mich mächtig, Sie kennenzulernen, Miss. Ich hab gehört, Sie haben was für Pioniergeschichte übrig«, begrüßte er sie und fuhr gleich fort. »Sicher wissen Sie auch, dass die Mountain Men zu den ersten Weißen gehörten, die damals ins Indianerland vordrangen. War kein einfacher Job. Feindliche Indianer, wilde Tiere und das Wetter machten ihnen schwer zu schaffen.«

»Und sie überlebten nur, weil sie lernten, wie die Indianer zu leben.«

»Das ist wahr.« Er grinste über das ganze Gesicht. »Sie kennen sich ja wirklich aus, Miss. Na, dann werden Sie bei uns Ihre helle Freude haben. Hier gibt's alles zu sehen, was mit Mountain Men zu tun hat. Biberfallen, Flinten, Kleidung, sogar Biberfelle zum Anfassen. Und natürlich Modelle, Bilder und Übersichtskarten.« Er blieb vor einer der Karten stehen. »Hier sind die Rendezvousplätze von damals eingetragen. Sehen Sie das Kreuz neben unserem Museum? Das steht für das »Green River Rendezvous«, das in der Nähe von Pinedale abgehalten wurde. Ich zeig Ihnen den Ort in ein paar Tagen. Heute können Sie mit den Arapaho-Fotos anfangen. Sie kommen sicher besser mit dem Computer zurecht als ich. Ich lebe noch im 19. Jahrhundert, wissen Sie? Ich bin nur zweihundert Jahre zu spät auf die Welt gekommen.«

Die Arbeit war mühsam, aber auch interessant. Ein ganzes Bündel mit historischen Aufnahmen aus der Kultur der Arapahos musste gescannt und mit einer möglichst prägnanten Beschreibung in eine Liste eingetragen werden. Das Gute daran war, dass Alana die historischen Fotos genau studieren konnte und dabei eine Menge über die Indianer erfuhr. Die Vorfahren ihrer Großmutter gehörten zu den Arapaho-Indianern. Sie lebten in kegelförmigen Zelten, den Tipis, auf der Prärie und folgten den Bisonherden. Der Bison war ein heiliges Tier für sie, er gab ihnen alles, was sie zum Leben brauchten.

Nach einem Imbiss, zu dem Gabe sie in ein nahes Burgerrestaurant eingeladen hatte, zeigte er ihr das Zimmer, das ihr die Museumsleitung in einem Motel zur Verfügung stellte. Nicht besonders geschmackvoll, aber zweckmäßig eingerichtet, sogar eine Herdplatte und einen Kühlschrank gab es. Noch besser war, dass sie dafür nicht bezahlen musste – das Motel gehörte dem Direktor.

Am späten Nachmittag hatte Alana eine denkwürdige Begegnung. John Little Wolf, ein weiser Mann der Arapaho mit langen weißen Zöpfen erschien im Museum und überreichte dem Direktor ein Geschenk seines Volkes. Sie durfte dabei sein, als er einen federgeschmückten Coupstab aus weichem Büffelleder auspackte.

»Der Coupstock meines Urgroßvaters«, erklärte er. »Er war die ganzen Jahre im Besitz unserer Familie. Doch hier liegt er sicherer, und die Besucher können sich daran erfreuen und mehr über unsere Kultur erfahren.« Mit einem Coupstock berührte ein Krieger seine Feinde, eine Art Mutprobe, die bei den Indianern als eine mutigere Tat als das Töten eines Widersachers galt.

John Little Wolf wollte kein Geld für den wertvollen Coupstock. Seine Spende war eine große Geste des Arapahos, die der Direktor zu würdigen wusste. Im Frühjahr sollte der weise Mann die Arapaho-Ausstellung mit einem Gebet seines Volkes eröffnen. Außerdem würde der Direktor eine Stiftung für notleidende Indianer gründen und auf John Little Wolfs Namen einrichten. Der Arapaho bedankte sich und berührte den Coupstock ein letztes Mal, bevor er sich verabschiedete.

Zu Alanas großem Erstaunen blieb John Little Wolf vor ihr stehen. Er berührte ihr Medaillon mit dem eingravierten Wolf und sagte: »In dir fließt Arapaho-Blut, nicht wahr?« Es klang wie eine Feststellung. »Zum Wolfsclan gehören nur tapfere Männer und Frauen. Dein Großvater? Deine Großmutter?«

»Meine Großmutter«, sagte Alana. »Sie ist schon gestorben.«

»Dann hat sie ein Wolf über die Milchstraße in das Land geführt, in dem wir alle einmal leben werden«, erwiderte er. Anscheinend war er auch im traditionellen

Glauben seines Volkes verhaftet. »Der Wolf war ihr Schutzgeist, und auch in deinem Leben wird ein Wolf eine wichtige Rolle einnehmen.«

»Ein Wolf?«, fragte sie verwundert. »Ich lebe in Denver.«

»Du wirst ihm in der Wildnis begegnen.«

Nachdem John Little Wolf gegangen war, dachte Alana noch lange über seine Bemerkung nach. Sie konnte sich keinen Reim darauf machen. Bisher war sie Wölfen nur im Fernsehen begegnet, in Filmen wie »Der mit dem Wolf tanzt« oder der Berichterstattung über den Wanderwolf, den sie unterwegs gesehen hatte. Sie hob ihr Amulett mit zwei Fingern an und blickte auf den eingravierten Wolf hinab. Sie hatte großen Respekt vor diesen Tieren, hatte genug über sie gelernt, um zu wissen, dass sie den Menschen ähnlicher waren, als viele dachten. Sie verstanden sich durch Gesten auszudrücken und im Zusammenleben eines Rudels gab es strenge Regeln, die stets auf das Überleben der stärksten Mitglieder gerichtet waren. Wölfe waren keine Einzelgänger.

Selbst der Wanderwolf, den sie in den Medien gesehen hatte, war nur unterwegs, um sich irgendwo im Norden eine Partnerin zu suchen. Was in aller Welt brachte ihn dazu, sich so weit von seinem alten Rudel zu entfernen? War er einer dieser seltenen Wölfe, die über tausend Meilen liefen, bis sie die Wölfin ihres Herzens gefunden hatten? Die Nachrichtenleute im Fernsehen bauten sicher darauf, denn was gab es Schöneres, als den Zuschauern eine gefühlvolle und spannende Geschichte zu erzählen?

Wenn der Wolf bis zur kanadischen Grenze lief, war sie spannender als jede Realityshow.

Die nächsten Tage verbrachte Alana hauptsächlich vor dem Computer. In dem fensterlosen Raum im Untergeschoss war sie allein, nur gelegentlich kam Gabe vorbei und ging mit ihr ein paar Fotos durch. »Jetzt wird's aber höchste Zeit, dass ich Sie aus Ihrem Kellerverlies befreie«, sagte er eines Abends. »Morgen ist ein Ausflug angesagt. Wir fahren zum Green River.«

Bisher hatte sie immer gut geschlafen. Ihr Zimmer lag in einer ruhigen Ecke, und das Bett war bequemer, als sie erwartet hatte. Doch in dieser Nacht wurde sie durch das klagende Heulen eines Wolfs geweckt, dem wenige Augenblicke später ein ganzes Rudel zu antworten schien. Die Unterhaltung war laut und dauerte so lange, dass sich Alana rasch etwas anzog und in die kühle Herbstnacht hinaustrat. Neugierig blickte sie zu den Bergen empor.

Der nächste Laut ließ nicht lange auf sich warten. Der einsame Wolf meldete sich mit einem traurigen Heulen, so sehnsuchtsvoll und schmerzerfüllt, als wollte er den anderen Wölfen sagen, dass er ihre Hilfe brauchte und ohne sie verloren wäre. Seine Artgenossen antworteten mit einem vielstimmigen Jaulen, das nicht dem Mond galt, wie viele Menschen glaubten, sondern für den einsamen Wolf gedacht war. Wollten sie ihm zu Hilfe kommen, oder bedeuteten sie ihm, sie in Ruhe zu lassen? Das wusste sicher nur ein erfahrener Experte zu deuten.

Alana wollte sich schon umdrehen und in ihr Zimmer zurückkehren, als ein weiteres Geräusch die nächtliche

Ruhe störte. Der Motor eines Sportwagens heulte auf, und die Lichtkegel seiner Scheinwerfer huschten über das Bürogebäude des Motels, als der Wagen um die Ecke bog. Er war so schnell, dass sie lediglich einen Schatten wahrnahm, und glaubte doch zu erkennen, dass es sich um einen ähnlichen Wagen wie den von Scott Wilbur handelte. Da sie im Schatten des Gebäudes stand, konnte sie der Fahrer auf keinen Fall sehen.

Unmöglich, dachte sie im selben Augenblick, so verrückt ist selbst Scott Wilbur nicht. Nur ein fanatischer Stalker würde halb Colorado und Wyoming nach ihr absuchen. Sie hatte ihren Eltern und auch Sandy eingeschärft, niemandem zu verraten, wohin sie gezogen war, und hoffte, dass sie sich auch daran hielten. Wenn sie eines in dieser Abgeschiedenheit nicht brauchen konnte, war es ein Irrer wie Scott Wilbur. So wie er sich vor ihrer Abreise benommen hatte, war er beinahe gemeingefährlich.

Mach dir keine Sorgen, beruhigte sie sich, während sie in ihr Zimmer zurückkehrte, wenn er es gewesen wäre, hätte er angehalten und nach ihrem Wagen gesucht. Auch ihr Toyota stand im Dunkeln, es brannte nur eine kümmerliche Lampe vor dem Motel.

Am nächsten Morgen wartete Gabe Norwood mit zwei gesattelten Pferden vor dem Museum. Er war wie ein Mountain Man gekleidet, trug Wildlederbekleidung, Mokassins und einen unförmigen Schlapphut, und diesmal durfte auch eine Flinte nicht fehlen, eine Hawken

Rifle, wie sie berühmte Mountain Men wie Kit Carson und Jedediah Smith benutzt hatten. Über die legendären Westmänner hatte Alana im Museum viel erfahren.

»Ich hoffe, Sie können reiten«, sagte Gabe, »ich hab Ihnen einen meiner zahmsten Gäule mitgebracht.«

»Kein Problem«, antwortete sie kühn. Sie hatte mal Urlaub auf einer Guest Ranch gemacht, war aber weit davon entfernt, eine erfahrene Reiterin zu sein. »Solange wir es unterwegs langsam angehen lassen. Es ist eine Weile her.«

Alana hielt sich besser als erwartet. Die Stute, die Gabe ihr zugeteilt hatte, war ein braves Tier, das sich durch kaum etwas aus der Ruhe bringen ließ. Nach einer Weile machte es Alana sogar riesigen Spaß, im Sattel zu sitzen.

»Sie reiten öfter als Mountain Man durch die Gegend?«, fragte sie.

Er grinste. »Man muss den Leuten was bieten. Vor allem während des »Green River Rendezvous«, das wir jedes Jahr im Juli nachstellen. Da treffen sich Mountain Men und Indianer aus ganz Amerika, um wie damals zu leben. Das müssen Sie unbedingt mal erleben. Sie könnten als Tochter eines Mountain Man und einer Indianerin dort auftreten. Wer weiß, vielleicht war eine Vorfahrin Ihrer Großmutter tatsächlich mit einem Fallensteller verheiratet?«

Sie folgten dem Green River in das romantische Tal, in dem zwischen 1833 und 1840 mehrere Rendezvous stattgefunden hatten. Eine von Hügeln gesäumte Ebene am Flussufer, die bis heute relativ unberührt von der Zivilisation geblieben war. Dennoch hatte sich dort einiges verändert, verriet Gabe. »Früher gab es hier mehr Bäume und saftigeres Gras, und der Fluss war noch breiter.«

Sie lenkten ihre Pferde durch das weite Tal, ein traumhafter Ritt, der Ahnungen an vergangene Zeiten wachrief und lebhafte Bilder vor ihren Augen entstehen ließ: bärtige Mountain Men, die bei den vornehm gekleideten Händlern aus St. Louis standen und um einen guten Preis für ihre Felle feilschten, kichernde Indianerfrauen in den Armen angetrunkener Männer, Fallensteller und Indianer, die zusammen lachten und tanzten, hitzige Faustkämpfe und Schießereien, der Rauch der Lagerfeuer über den Zelten und hastig errichteten Hütten, der Geruch von Schweiß, Blut und billigem Fusel. So ein Rendezvous war nichts für Weicheier, das bewiesen zahlreiche Gemälde und Berichte, die Alana im Museum studiert hatte.

Das plötzliche Krachen eines Schusses passte zu den Bildern, die sie gesehen hatte. Sie brauchte einige Zeit, um zu erkennen, dass er nicht nur in ihren Gedanken gefallen war, und blickte Gabe erschrocken an. »Ein Jäger?«

»Die Jagdsaison ist vorbei«, antwortete er. Noch während er es sagte, trieb er sein Pferd an und ritt im Galopp auf den nahen Espenwald zu. »Warten Sie hier!«, rief er Alana zu, doch sie dachte nicht daran, ihm zu gehorchen, und folgte ihm, allerdings langsam und in gemäßigtem Tempo.

Sie holte ihn auf einer Lichtung in dem lichten Laubwald ein und starrte entsetzt auf das blutige Bündel im hohen Gras. Zuerst dachte sie an einen Fuchs oder Hasen, aber als sie ihre Stute zögernd neben Gabe trieb und einen besseren Blick darauf werfen konnte, erkannte sie, dass es sich um einen Wolf handelte. Die Kugel, eines dieser gefährlichen Geschosse, das beim Aufprall größeren Schaden anrichtete, hatte seinen Hals zerfetzt. Schon jetzt summten einige Insekten über dem Kadaver.

»Ein Wolfsjäger«, sagte Gabe. »Die Rancher und Farmer in dieser Gegend mögen keine Wölfe und heuern Männer an, die Jagd auf sie machen. Ein Mountain Man hätte so etwas nie getan. Er dachte wie ein Indianer. Wölfe waren besondere Tiere für sie, den Menschen zu ähnlich, um getötet zu werden.«

Alana stieg aus dem Sattel und beugte sich über den toten Wolf. Das Summen der Insekten rumorte in ihren Ohren. War das der Wolf, von dem John Little Wolf gesprochen hatte? Sie berührte ihr Medaillon und weinte leise. Sie fühlte eine seltsame Verbundenheit mit ihm. »Wo ist der Jäger?«

»Der ist längst über alle Berge«, erwiderte Gabe. »Kommen Sie! Hier können wir nichts mehr tun. Es wird Zeit, dass wir nach Pinedale zurückreiten.«

Shadow

Jenseits des Flusses drang Shadow in das Revier eines fremden Rudels ein. Der strenge Geruch des Urins, mit dem der Anführer bestimmte Bäume markiert hatte, zeigte ihm, wo die Grenzen verliefen. Er wusste aus Erfahrung, wie es den meisten Wölfen erging, die fremdes Terrain betraten. In seiner alten Heimat hatte er erlebt, wie sein damaliger Anführer einen Eindringling mit seinen Gesten erniedrigt und ihm anschließend die Kehle durchgebissen hatte. Auch deshalb wollte er das fremde Revier möglichst schnell wieder verlassen.

Um das Rudel nicht unnötig aufzuschrecken, bewegte sich Shadow vorsichtiger und leiser als bisher. Sämtliche Sinne waren geschärft, als er zwischen einigen Fichten hervortrat und über einen Hang in ein zerklüftetes Tal hinabstieg. Es dämmerte bereits, und zwischen den Felsbrocken, die besonders in den Niederungen aus der Erde ragten, hingen dunkle Nebelschwaden. Der Wind ließ geheimnisvolle Schatten über das schilfartige Gras gleiten.

Als Shadow den Grund des Tales erreichte und über einen schmalen Bach sprang, stieg ihm eine verlockende Witterung in die Nase. Ein Weißwedelhirsch, eines seiner bevorzugten Jagdtiere, hielt sich in unmittelbarer Nähe auf. Obwohl Shadow sich vorgenommen hatte, die Gegend so schnell wie möglich zu verlassen und es nicht auf einen Kampf mit einem wütenden Anführer ankommen zu lassen, folgte er dem Geruch seiner möglichen Beute. Er lief gegen den Wind und wusste, dass sie ihn nicht gewittert haben konnte.

Sein Geruchssinn war exzellent und führte ihn durch das Tal und über einen steilen Hang auf eine grasbewachsene Ebene hinauf. Noch besser war sein Gehör, das in der Lage war, selbst das Fallen eines Blattes wahrzunehmen, und ihm verriet, dass der Hirsch an trockenem Gras zupfte. Das Gras hatte sich bereits braun verfärbt, wie jedes Jahr im Herbst, und war brüchig.

Oben angekommen sah Shadow den Hirsch sofort. Er duckte sich tief ins Gras und verharrte still, ließ jede Bewegung seiner Beute auf sich wirken. Bis zu seiner ersten ordentlichen Mahlzeit waren es nur noch ein paar Schritte. Wenn er sich endlich einmal wieder satt fressen wollte, durfte er jetzt keinen Fehler machen. Er hatte die meiste Zeit seines Lebens im Rudel gejagt und war ein wenig aus der Übung, vertraute aber seinem Instinkt und seiner Stärke.

Mit angespannten Muskeln, die Beute fest im Blick, verließ er seine Deckung. Wie von einem Katapult geschnellt, rannte er los. Er spürte den Wind in seinen Augen und auf seinem Fell und war ganz in seinem Element, fühlte sich endlich frei nach der langen Zeit, die er unter der strengen Herrschaft seines Anführers gelitten hatte. Er war stark genug, um selbst eine Beute erlegen zu können.

Doch der Hirsch war jung und gesund und mit so scharfen Sinnen ausgestattet, dass er augenblicklich reagierte und die Flucht ergriff. Im Zickzack rannte er durch das Gras davon, fest entschlossen, die nahen Bäume zu erreichen und dem drohenden Tod zu entkommen. Er war schnell, zu schnell für

Shadow, der sich nicht entmutigen ließ und ihm dicht auf den Fersen blieb.

Shadow hatte es einem Zufall zu verdanken, dass seine Jagd doch noch erfolgreich endete. Ganz in ihrer Nähe brach ein Ast von einem Baum und knackte so laut, dass der Hirsch für den Bruchteil einer Sekunde eine neue Gefahr witterte und in seiner Panik kurz verharrte, lange genug, um den Wolf herankommen zu lassen und seine Beute zu werden. Shadow verbiss sich in seinen Weichteilen und brachte ihn ins Stolpern, hatte so viel Fleisch aus seinem Körper gerissen, dass er stark blutete und an Kraft verlor, schon nach wenigen Schritten zu Boden sank und dem Tod nicht mehr entfliehen konnte.

So gierig wie diesmal hatte Shadow sich noch nie in eine Beute verbissen. Zum ersten Mal bekam er die besten Stücke eines Hirsches. Er genoss jeden einzelnen Bissen, das saftige Fleisch, das seinen leeren Magen füllte und ihm die Kraft gab, die er für seinen weiteren Marsch brauchte. Denn so schnell würde seine Wanderung nicht enden, das sagte ihm sein Instinkt. Er würde noch viele Meilen zurücklegen müssen, um eine Partnerin zu finden.

Aus den Augenwinkeln sah er dunkle Schatten auftauchen, gleich darauf drang das wütende Fauchen von Artgenossen an seine Ohren. Das Rudel, das in diesem Revier lebte, hatte ihn entdeckt und war wütend, weil er ihnen eine Beute gestohlen hatte. Ihr aufgebrachtes Gehabe bedeutete nur eins: Sie wollten ihn töten.

Alana

Der erschossene Wolf machte einige Schlagzeilen, aber kaum einer kritisierte das Vorgehen des Schützen. Wyoming war Rinderland, und es gab so viele Ranches und Farmen, dass die Mehrheit der Bevölkerung es durchaus in Ordnung fand, freilaufende Wölfe zu erschießen. Längst waren die angeblichen Bestien von der Liste der besonders gefährdeten Tierarten verschwunden, und es verstieß nicht gegen das Gesetz, sie zu töten, solange es sich um Wölfe handelte, die Rinder oder Schafe gerissen hatten oder auf dem Gebiet einer Ranch oder Farm nach Beute suchten. Doch wer konnte das schon beweisen?

Alana hatte den toten Wolf gesehen und fühlte Mitleid mit ihm. Kein Lebewesen sollte auf diese brutale Weise den Tod finden, schon gar nicht ein Tier, das dem Clan ihrer Großmutter seinen Namen gegeben hatte. Es musste andere Möglichkeiten geben, Rinder, Schafe oder Haustiere zu schützen. Auch als sie noch auf dem College gewesen war, hatte sie nie verstehen können, warum manche Studenten, meistens junge Männer, übers Wochenende auf Wolfsjagd gingen und wahllos Tiere abschossen. Wen störte schon ein Wolf in den einsamen Wäldern des Westens?

Während der folgenden Tage vertiefte Alana sich in ihre Arbeit. Es machte ihr Spaß, die alten Fotos zu katalogisieren und zu beschriften. Dazu gehörte auch, die Angaben der Fotografen zu deuten und im Internet zu recherchieren. Es gab unzählige Fotos von Arapahos und anderen Indianern, die auf der Prärie gelebt hatten, vor allem aus den 1880er- und 1890er-Jahren, als sie bereits in Reservaten lebten, aber teilweise immer noch an ihrem Lebensstil und ihren Traditionen festhielten. Seltener waren Fotos aus den 1870er-Jahren mit Indianern, die noch als Nomaden über die Prärie zogen. Wenn Alana wieder zurück an die Uni ging, würde sie auch Indianerkunde belegen, ein Studienfach, das an vielen Universitäten angeboten wurde.

Eines Nachmittags, als sie schon fast alle Fotos katalogisiert hatte, erlebte sie eine böse Überraschung. Gabe Norwood, der seit der Mittagspause an der Rezeption saß, dort an einem Artikel für das Museumsblatt arbeitete und sich um Besucher kümmerte, rief bei ihr an und sagte: »Sie haben Besuch, Alana. Ein junger Mann aus Denver. Er sagt, er müsse Sie unbedingt sprechen.«

»Scott Wilbur!«, stieß sie entsetzt hervor.

»Wie bitte?«

»Ich komme!«, fauchte sie. Sie warf den Hörer auf die Gabel und stapfte wütend die Treppe zum Eingangsbereich hinauf. Scott Wilbur, es konnte nur Scott Wilbur sein! Wie kam der verdammte Idiot dazu, ihr nachzufahren?

Es war tatsächlich Scott Wilbur, wie aus dem Ei gepellt und mit diesem scheinbar harmlosen Lächeln im Gesicht, als könnte er kein Wässerchen trüben.

»Alana!«, begrüßte er sie übertrieben herzlich. »Endlich habe ich dich gefunden! Du glaubst ja nicht, was ich mir für Sorgen gemacht habe!« Er ging auf sie zu, streckte eine Hand aus und wollte sie berühren, doch sie wich zurück.

»Was fällt dir ein?«, fuhr sie ihn an. Ihre Hände waren zu Fäusten geballt. »Warum fährst du mir nach? Woher weißt du überhaupt, dass ich hier bin?«

»Das hat mir deine Mutter verraten. Ich habe ihr gesagt, dass wir gute Freunde sind und ich dich unbedingt besuchen wollte. Sie weiß, dass wir zusammengehören. Und du weißt es auch. Du darfst mir nicht mehr böse sein, Alana! Wie wär's, wenn ich alle zwei Wochen übers Wochenende herkomme? Und du kommst die anderen Wochenenden nach Denver. Na, ist das ein Vorschlag? Ich habe nichts dagegen, dass du hier arbeitest, wirklich nicht.«

Alana schnaubte verächtlich. »Du hast sie doch nicht mehr alle! Ich wollte nie was mit dir zu tun haben und werde den Teufel tun und ein Wochenende mit dir verbringen! Ich bin froh, wenn ich dein arrogantes Gesicht nicht sehe! Du bist ein hundsgemeiner Stalker, das bist du! Also geh mir aus der Sonne und lass dich nie wieder in meiner Nähe blicken. Hast du mich verstanden?«

»Das kannst du nicht ernst meinen«, erwiderte Scott Wilbur. Er schien nicht im Mindesten beeindruckt durch ihren Gefühlsausbruch und behielt sogar sein Lächeln bei. »Du hast mir doch selbst gesagt, dass du mich liebst!«

»Eher würde ich sterben, als dir so was zu sagen!«

»Aber du hast es mir gezeigt. Mit dem Glänzen in deinen Augen, wenn du mich angesehen hast. Mit deinem Zittern, wenn ich neben dir stand. Du brauchst dich deiner Gefühle nicht zu schämen, Alana. Das ist völlig okay.«

»Du spinnst doch!«

Scott Wilbur erkannte wohl aus den Augenwinkeln, dass auch Gabe langsam ungeduldig wurde, und schaltete auf Rückzug. »Okay«, sagte er ruhig, »ich sag dir, was wir machen. Ich verschwinde und melde mich später noch mal bei dir, wenn du dich beruhigt hast. Vergiss nicht, dass ich dich liebe!«

»Hau endlich ab!«, rief Alana außer sich.

Er verschwand und fuhr in seinem Sportwagen davon. Das Röhren des Motors klang bedrohlich in der friedlichen Umgebung. Er fuhr nach Süden, das konnte man hören, dann verklang das Röhren zwischen den Häusern.

Alana hielt sich am Tresen fest und brauchte einige Minuten, bis sie sich wieder gefangen hatte und gleichmäßig atmen konnte. Sie trank aus dem Glas Wasser, das Gabe ihr reichte, und sagte: »Tut mir leid, Gabe, aber der Typ geht mir schon seit Monaten auf die Nerven. Der denkt, ich wäre Freiwild.«

»Dem haben Sie's ordentlich gegeben.«

»Er ist ein Stalker! Ein verdammter Stalker!«

Gabe legte ihr eine Hand auf die Schulter. Seine Mundwinkel zeigten nach oben. »Ich glaube nicht, dass der so schnell wiederkommt. Wenn er einigermaßen bei Verstand ist, hat er Sie verstanden und sucht sich eine andere Freundin, falls ihn überhaupt eine will. Ich hab solche Typen gefressen. Okay, die Mountain Men waren auch nicht gerade zimperlich, wenn es darum ging, eine Frau zu kapern, aber das ist beinahe zweihundert Jahre her. Die Welt hat sich verändert.« Er versuchte, sie mit einem Lächeln aufzumuntern. »Ruf die Polizei, falls er noch mal auftaucht! Typen wie der sind gefährlich!«

Alana wischte sich die Tränen aus den Augen. »Dieser Mistkerl!«

Auf dem College und erst recht in der Highschool hatte sie einige anstrengende Typen kennengelernt, junge Männer, die aus allen Wolken fielen, wenn sie einen Korb bekamen, und sie dennoch weiter anbaggerten. Aber einen Stalker wie Scott Wilbur kannte sie bisher nur aus Fernsehkrimis. Dort brachen die Männer sogar in die Wohnungen ihrer Angebeteten ein und wurden auch gewalttätig, wenn sie auf Ablehnung stießen. Sie erinnerte sich an eine Szene, in der ein Stalker wütend mit einem Messer auf die Frau eingestochen hatte.

»Gehen Sie nach Hause und ruhen Sie sich aus«, empfahl ihr Gabe, »Sie haben heute sowieso schon einiges weggeschafft. Und wenn Sie ein paar Tage zum Erholen brauchen, sagen Sie mir Bescheid. Ich bin sicher, der Chef hätte nichts dagegen.«

Alana bedankte sich und fuhr zu ihrem Motel. Unterwegs hatte sie ständig das Gefühl, beobachtet zu werden, aber sie konnte niemanden entdecken. Scott Wilbur schien tatsächlich genug zu haben und nach Hause gefahren zu sein.

Um auf Nummer sicher zu gehen, parkte sie ihren Wagen im Schatten des Motels. Niemand schien auf sie zu achten, als sie ihr Zimmer betrat. Sie verriegelte die Tür von innen, zog die Vorhänge zu, sodass man von draußen nicht hineinsehen konnte, und knipste das Licht an. Im Augenblick unfähig, irgendetwas anderes zu tun, ließ sie sich aufs Bett fallen und griff nach der Fernbedienung. Im Fernsehen liefen die Nachrichten. Der Sportmoderator versuchte, der Niederlage der Denver Broncos etwas Gutes abzugewinnen, dann kam Werbung, bei der ein neuer Geländewagen über Stock und Stein fuhr.

In Gedanken sah Alana immer noch das falsche Lächeln ihres Stalkers vor sich, und ihr Ärger über sein dreistes Vorgehen wuchs von Minute zu Minute, doch dann war die Werbung vorüber, und eine gestylte Moderatorin berichtete von dem Wolf, den Alana schon auf einem Fernsehschirm in Rock Springs gesehen hatte.

»Shadow lebt gefährlich!«, sagte die Moderatorin, während die Archivbilder eines Wolfsrudels in freier Wildbahn zu sehen waren. »Der Wolf, der vor einigen Tagen sein Rudel in den Salmon River Mountains verließ, um außerhalb seines Reviers nach einer Partnerin zu suchen und ein neues Rudel zu gründen, hat die Grenze nach Montana überschritten und soll sich in den Bitterroot Mountains aufhalten. Seinen genauen Standort wollte der *US Fish & Wildlife Service* nicht mitteilen.«

Im Bild erschien Rick Altman, derselbe Biologe wie beim letzten Mal. »Wir wollen verhindern, dass sich selbst ernannte Wolfsjäger oder Schaulustige an seine Fersen heften. Mit seinem GPS-Halsband liefert uns Shadow wichtige Erkenntnisse für das Verhalten seiner Spezies.«

Wieder erschien ein Wolf im Bild. »Archivmaterial« stand in der linken oberen Ecke. Originalbilder gab es nicht von Shadow.

»Wir behalten Shadow natürlich weiterhin für Sie im Auge«, verkündete die Moderatorin.

Alana drückte den Fernseher leiser und richtete sich auf. Vor ein paar Tagen der tote Wolf am Green River, jetzt schon wieder dieser Wanderwolf. Anscheinend hatte John Little Wolf recht. Wölfe spielten in ihrem Leben eine wichtige Rolle, zumindest im Augenblick. Sie fühlte mit Shadow, der ähnlich wie sie seine Heimat verlassen hatte und in den Wäldern des amerikanischen Nordwestens nach einer neuen Zukunft suchte. Ein Seelenverwandter, wenn auch auf vier Beinen und mit dem gravierenden Unterschied, dass sie zurzeit alles brauchte, nur keinen Freund. Sie hatte genug um die Ohren. Sie musste sich erst mal über ihre Zukunft klar werden, bevor sie an eine Beziehung denken konnte. »Und diesen elenden Stalker loswerden!«, schimpfte sie laut.

Ihr Smartphone klingelte. Kein ausgefallener Klingelton, nur ein gewöhnliches Klingeln, das hörte man am besten heraus. Ihre Mutter war dran. »Hallo, mein Schatz. Ich hab deine Nachricht gesehen.« Alana hatte ihr kurz nach ihrer Ankunft eine SMS geschrieben. »Alles okay? Geht es dir gut?«

»Alles okay«, erwiderte sie, klang jedoch wenig begeistert. »Die Arbeit im Museum macht großen Spaß, aber … du hast diesem Stalker gesagt, wo ich arbeite!«

»Wie kommst du denn darauf?« Ihre Mutter schien

sich keiner Schuld bewusst zu sein. »Wenn du diesen netten Jungen meinst, der dich besuchen wollte …«

Alana erhob sich wütend. »Scott Wilbur ist ein Stalker, Mom! Ich hab ihm tausendmal gesagt, dass ich nichts von ihm wissen will, aber er gibt keine Ruhe. Ich bin auch seinetwegen aus Denver weg. Du weißt doch, zu was Stalker wie er fähig sind! Ich hab dich doch gebeten, niemandem was zu sagen.«

»Er klang vollkommen harmlos, mein Schatz. Er ist in dich verliebt, das ist alles, und wenn er dir bis nach Wyoming folgt, ist das doch ein gutes Zeichen. Das tut nicht jeder. Er hat mir gesagt, dass er auf dasselbe College geht und ebenfalls Medizin studieren will, sobald die Med School ihn akzeptiert.«

»Er ist ein Blender, Mom! Ein Verrückter …«

»Tut mir leid, mein Schatz. Mein Pager piept. Ich muss dringend in die Kardiologie. Melde dich, wenn es was Besonderes gibt. Pass auf dich auf!«

»Mach ich, Mom. Schöne Grüße an Dad!«

Alana steckte ihr Handy weg und blickte sekundenlang ins Leere. Sie mochte ihre Eltern und akzeptierte auch, dass sie einen verantwortungsvollen Job hatten, der sie mehr als die meisten anderen Eltern in Anspruch nahm. Nur gingen sie so sehr in ihrem Beruf auf, dass sie manchmal zu vergessen schienen, dass es sie auch noch gab. »Wir müssen Leben retten«, lautete ihre Entschuldigung. »Arbeite du mal im Krankenhaus, dann geht es dir genauso.«

Alana beklagte sich nicht, schließlich war sie erwachsen, auch wenn sie während des Studiums noch von ihren Eltern abhängig war. Aber sie hatte in den Ferien gearbeitet und so viel Geld zur Seite gelegt, dass sie ein Jahr ohne sie durchhalten würde. Außerdem hatte sie nicht vor, auf der faulen Haut zu liegen. Die Arbeit im Museum brachte zwar wenig Geld, aber neues Wissen und wertvolle Erfahrungen, und der Arbeitsnachweis würde ihr auch auf dem College einiges bringen. Ja, sie würde amerikanische Geschichte studieren. Und Indianerkunde. Und sie würde später vielleicht in einem Museum arbeiten.

Sie ging zum Fenster und schob den Vorhang zur Seite. Der Tag ging bereits zur Neige, und auf den Autodächern und Fenstern spiegelte sich das letzte Sonnenlicht. Ein Ehepaar mit Kindern parkte vor einem der Zimmer schräg gegenüber und lud etliche Koffer und Taschen aus. Alle waren guter Laune.

Doch als sie den Blick nach links wandte, erschrak sie. Direkt neben dem Büro parkte Scott Wilburs Sportwagen. Er saß hinter dem Lenkrad und blickte in ihre Richtung. Sie glaubte sogar, sein arrogantes Lächeln zu erkennen.

»Damit kommst du nicht durch!«, schimpfte sie flüsternd. »Damit nicht!«

Shadow

Shadow ließ von seiner Beute ab und ergriff die Flucht. In weiten Sprüngen und ohne sich nach seinen Verfolgern umzudrehen, rannte er zum Waldrand und tauchte zwischen den Bäumen unter. Das Rudel durfte ihn nicht erwischen! Wenn ihn seine Artgenossen zu fassen bekamen, würden sie ihn töten. Er wusste aus Erfahrung, dass ein Rudel nur selten fremde Wölfe aufnahm, meist nur ganz junge Tiere, die dem Anführer nicht gefährlich werden konnten.

Seine Pfoten berührten kaum den Boden, so schnell hastete er durch den Fichtenwald. Er war immer ein guter Läufer gewesen, dennoch waren ihm seine Verfolger dicht auf den Fersen. Sie waren ebenso schnell wie er und bereits ausgeschert, um ihn in die Zange zu nehmen, so wie sie einen Elch oder Hirsch gestellt hätten. Nur dass ein solches Tier noch schneller als er gewesen wäre. Aber Shadow war ausdauernder, das hatte er während eines Gewaltmarsches festgestellt, den er mit seinem Rudel im letzten Winter unternommen hatte. Es hatte kaum Wild oder etwas anderes Fressbares in ihrem Revier gegeben, und sie waren gezwungen gewesen, auf den Farmen der Zweibeiner jenseits der Berge zu räubern. Ein weiter Weg, der sich gelohnt, ihnen aber auch alles abverlangt hatte. Nur über einen beschwerlichen Umweg, der sie in die verschneiten Berge geführt hatte, waren sie entkommen.

Im wilden Zickzack, so wie der Hirsch, den er gerissen

hatte, floh Shadow durch den düsteren Wald. Das Hecheln seiner Verfolger klang bedrohlich nahe. Sie ließen sich nicht abschütteln, doch er gab nicht auf und vertraute seiner Ausdauer. Tief hängende Zweige schlugen ihm ins Gesicht und peitschten sein Fell. Entwurzelte Baumstämme zwangen ihn zu Umwegen oder waghalsigen Sprüngen. Zu beiden Seiten waren bereits zwei Artgenossen auf gleicher Höhe, brauchten nur noch etwas Vorsprung, um ihm den Weg abzuschneiden.

Vor Shadow stoben einige Vögel aus einem Gestrüpp. Er ließ sich nicht stören, hatte jetzt seinen Rhythmus gefunden und erreichte den Waldrand. Ohne zu zaudern, stürmte er einen sanft ansteigenden Hang hinauf und nahm den kürzesten Weg in eine Senke. Wäre es nicht um Leben und Tod gegangen, hätte er sicher Gefallen an dieser Flucht gefunden und sich an der Fähigkeit berauscht, schneller als ein Anführer zu sein und ein ganzes Rudel hinter sich zu lassen. Denn genau das passierte, als er den Grund des lang gestreckten Tales erreichte und so viel Kraft besaß, um noch einmal das Tempo anzuziehen. Obwohl er während der letzten Tage kaum gefressen hatte, hängte er die Verfolger scheinbar leichtfüßig ab, bis er die nördlichen Markierungen ihres Jagdreviers erreicht hatte und sie endgültig aufgaben und ihn laufen ließen.

Um ganz sicherzugehen, rannte Shadow weiter, bis er keine feindliche Witterung mehr wahrnahm und sicher vor einer bösen Überraschung sein konnte. Er verlangsamte seine Schritte und trottete eine Weile dahin, stolz darauf, sich gegen seine Verfolger behauptet zu haben. Er ahnte, dass die Verfolgung durch das Rudel nicht die einzige Probe gewesen war, die auf seinem langen Weg in eine neue Zukunft auf ihn war-

tete. *Auf seinen Streifzügen mit seinem Rudel hatte er zahlreiche Gefahren kennengelernt, und sein Instinkt sagte ihm, dass er damit nur einen Bruchteil der Hindernisse kannte, die er überqueren musste. Vor allem die Zweibeiner konnten ihm gefährlich werden.*

Das erkannte er schon wenige Stunden später, als er eine verlassene Asphaltstraße überquerte und eine Siedlung der Zweibeiner in einer Senke liegen sah. Einige Häuser hoben sich dunkel gegen den Sternenhimmel ab. In einem der Häuser brannte Licht, das aber nach einiger Zeit wieder erlosch.

Wie immer, wenn er die Witterung von Zweibeinern in die Nase bekam, machte er sich schleunigst davon. Zweibeiner waren größer als er und besaßen Waffen, die auch einem starken Wolf schwere Verletzungen zufügen konnten. Im Wald fühlte er sich sicherer. Dort war seine natürliche Heimat.

Er hatte noch nicht den Waldrand erreicht, als hinter ihm ein seltsames Geräusch erklang. Er drehte sich um und sah einen Wagen mit aufgeblendeten Scheinwerfern über die Asphaltstraße kommen. Der Motor klang besonders laut in der unnatürlichen Stille. Die Lichtkegel der Scheinwerfer streiften ihn gefährlich, als der Wagen um die Biegung kam und rasch an ihm vorbeifuhr.

Shadow blieb stehen, bis der Wagen die fernen Häuser erreichte und seine Scheinwerfer erloschen. Von der Siedlung drangen menschliche Laute zu ihm. Er fauchte leise und tauchte erleichtert zwischen den Bäumen unter.

Alana

Zu ihrem Entsetzen stieg Scott Wilbur aus seinem Sportwagen und kam direkt auf sie zu. Selbst im schwachen Licht der untergehenden Sonne glaubte sie sein herablassendes Lächeln zu erkennen. Das Lächeln eines Machos, der sich nicht damit abfinden wollte, von einem Collegegirl abgewiesen worden zu sein. So nannte er sie wahrscheinlich: Collegegirl. Ein weibliches Wesen, das sich gefälligst zu fügen hatte, wenn sich der große Scott Wilbur herabließ, sie zu umgarnen und ihr sogar quer durch Wyoming nachzufahren.

Sie nahm die Hand vom Vorhang und wich einige Schritte zurück. Für einen Augenblick war sie unfähig zu denken oder irgendetwas zu tun. Hilflos wie das Kaninchen vor der Schlange oder Wild, das in den Lichtkegel eines Autos geraten war, wartete sie auf das Klopfen des Stalkers. Sie stieß mit den Beinen gegen die Bettkante, blieb stehen und hörte seine Schritte vor der Tür.

Er klopfte dreimal. »Alana? Ich bin's, Scott!« Als hätte sie ihn niemals zum Teufel gewünscht, als wäre er ein lieber Freund, der überraschend zu Besuch kam. »Mach auf! Ich bin den ganzen Weg von Denver gekommen, um dich zu sehen! Ich weiß, dass du in deinem Zimmer bist! Lass mich rein!«

Alana ärgerte sich, weil sie das Licht angeknipst hatte.

Andererseits hätte sie sonst höchstens einen Aufschub erreicht. Scott Wilbur hätte auch die ganze Nacht gewartet, um sie abzupassen. »Verschwinde!«, rief sie durch die geschlossene Tür. Sie klang wütend und sehr entschlossen. »Hau ab, Scott!«

»Ich verstehe deinen Ärger«, spielte er den Verständnisvollen. »Und ich gebe zu, mein Besuch im Museum kam wohl etwas plötzlich für dich. Dafür möchte ich mich entschuldigen. Ich wollte dich überraschen, das ist alles.«

»Ich will dich aber nicht sehen, Scott!«

»Nun komm schon! Hab dich nicht so!«

»Verschwinde endlich, Scott!«

Er klopfte wieder, diesmal fester und ein paarmal hintereinander. »Wir mögen uns doch, Alana!«

Sie spürte förmlich, wie das arrogante Grinsen aus seinem Gesicht verschwand und Ungeduld und Wut wich. »Und ich bin bestimmt der Erste, der sich so sehr um dich bemüht. Die gestylten Cheerleaders können mir gestohlen bleiben. Ich will meine kleine Alana … nur dich!«

»Kleine Alana?« Ihre Stimme überschlug sich fast. »Ich will nichts von dir, Scott! Wann kapierst du das endlich? Und wenn du mir bis nach San Francisco nachfährst und tonnenweise Blumen vor meinem Motelzimmer ablädst … ich will nichts von dir wissen! Du bist ein arroganter Angeber und ein Macho und glaubst, die Frauen müssten dir zu Füßen liegen. Mag sein, dass manche auf deinen Sportwagen und deine schicke Kleidung reinfallen, aber ich hab mit so was nichts am Hut. Also steig in deinen Wagen und fahr nach Hause!«

»Das meinst du doch nicht im Ernst!«

»Verschwinde, oder ich rufe die Polizei!«

»Ich liebe dich, Alana!«, rief er. Seine Stimme klang plötzlich schrill und schien einem anderen Menschen zu gehören. Er schien völlig die Kontrolle über sich verloren zu haben, schlug mehrmals mit der Faust gegen ihre Tür und trat so fest dagegen, dass sie gefährlich in den Angeln knarrte. »Das sag ich nicht zu jeder Frau, Alana. Da kannst du dir was drauf einbilden. Also mach endlich die verdammte Tür auf, oder ich schlage das Fenster ein!«

»Bitte geh!«, forderte Alana ihn auf.

»Du undankbares Miststück, mach auf!«

Als Scott erneut gegen die Tür schlug, diesmal noch fester und lauter und von üblen Schimpfworten begleitet, zog sie ihr Handy aus der Tasche. Sie wählte die Notrufnummer und rief: »Kommen Sie schnell! Ein Mann bedroht mich und versucht, die Tür einzutreten! Ich bin im Motel an der Hauptstraße!«

»Im Rocky-Mountain-Motel in Pinedale?«

»Ja doch ... beeilen Sie sich!«

»Ihr Name, Ma'am?«

»Alana Milner. Nun machen Sie schon!«

»Wir schicken einen Wagen, Ma'am.«

Sie steckte ihr Handy weg und blickte ängstlich zur Tür. Scott Wilbur schien den Verstand verloren zu haben, schrie und tobte und trat immer wieder gegen ihre Zimmertür. Zum Glück hatte sie den Riegel vorgeschoben.

»Rufst du etwa die Polizei, du Schlampe? Untersteh dich ...«

Von draußen drang die Sirene eines Polizeiwagens herein, und bereits wenige Sekunden später flackerte Blaulicht durch einen Spalt neben dem Vorhang. Sie hörte Scott Wilbur fluchen und mit eiligen Schritten davonlaufen.

Sie öffnete die Tür und beobachtete, wie ein Deputy Sheriff ausstieg und Scott Wilbur in Empfang nahm. Als der sich mit Händen und Füßen wehrte und dabei wilde Flüche ausstieß, legte er ihm Handschellen an und verfrachtete ihn auf die Rückbank seines Wagens.

»Wir hatten nur einen kleinen Streit, Sheriff«, wehrte sich Scott Wilbur mit weinerlicher Stimme. »Wir sind ein Paar. Ich bin den weiten Weg aus Denver gekommen, um sie zu sehen.«

»Stimmt das?«, fragte der Deputy, ein junger Mann, der mit seinem Cowboyhut einem bekannten Countrymusicstar ähnelte. Er hatte eine Hand auf dem Kolben seines Revolvers liegen, wie in einem Westernfilm.

»Dass er mir aus Denver nachgefahren ist, stimmt«, erwiderte Alana. Sie klang wieder ruhig und beherrscht. »Der Rest ist erstunken und erlogen!«

»Sie sind kein Paar?«

»Wir sind nie eins gewesen«, betonte Alana nachdrücklich. »Wir gehen aufs selbe College, und er stellt mir schon seit mehreren Wochen nach. Ich habe ihm gesagt, dass ich nichts von ihm wissen will, aber er gibt einfach keine Ruhe. Er ist ein Stalker, Sheriff. Und er stellt mir ständig nach.« Sie deutete nach hinten. »Sehen Sie sich die Tür an! Er hat versucht, sie einzutreten!«

»Ist das wahr?«, fragte der Deputy, ohne den Beschuldigten anzusehen.

Scott Wilbur war immer noch wütend. »Sie wollte mich nicht reinlassen, Sheriff! Ich hab ihr gesagt, dass ich sie liebe, und sie denkt nicht mal daran, die verdammte Tür zu öffnen! Natürlich hab ich ein bisschen heftiger als sonst geklopft. Sollte ich vielleicht bis morgen früh in der Kälte stehen?«

»Das müssen Sie nicht mehr, junger Mann. Wir haben eine gemütliche Zelle, die ist angenehm warm, da können Sie sich von Ihrem Auftritt erholen.« Seine Miene blieb ernst, als er sich an Alana wandte. »Wollen Sie Anzeige erstatten? Stalking ist strafbar, und wenn er Ihnen schon so lange folgt, können Sie sicher ein Kontaktverbot erwirken. Haben Sie denn Zeugen?«

»Dass er hinter mir her war, wissen einige. Das reicht nicht, oder?«

»Wird schwer.«

»Dann verzichte ich auf eine Anzeige«, erwiderte sie nach kurzem Nachdenken, »aber sagen Sie ihm, dass er mich zukünftig in Ruhe lassen soll.«

»Irgendwann kommen wir zusammen!«, rief Scott aus dem Wagen.

Der Deputy rief ihm zu, er solle die Klappe halten. »Wir halten ihn bis morgen früh fest, Miss, aber dann müssen wir ihn freilassen. Solange er sich nicht strafbar gemacht hat, können wir nichts tun. Aber ich behalte ihn im Auge und passe auf, dass er keine Dummheiten macht. Schlafen Sie gut!«

Alana blickte dem davonfahrenden Streifenwagen nach und kehrte in ihr Zimmer zurück. Erst als sie die Tür hinter sich geschlossen hatte und auf dem Bettrand saß, wurde ihr bewusst, wie ernst der Zwischenfall gewesen war. Scott war kein enttäuschter Schuljunge, der nicht darüber hinwegkam, dass ihm seine Freundin den Laufpass gegeben hatte. Er war ein gemeingefährlicher Irrer, der jederzeit die Kontrolle über sich verlieren konnte. Sie bezog ihr Wissen über fanatische Stalker nur aus dem Fernsehen und dem Internet, wusste aber, dass deren übertriebene Zuneigung oft in Abneigung und Hass umschlug. Sie war sicher, dass Scott Wilbur über sie hergefallen wäre, wenn sie ihm geöffnet hätte. Wer weiß, vielleicht wäre sogar Schlimmeres passiert.

In dieser Nacht machte Alana kein Auge zu. Nach der unliebsamen Begegnung mit dem Stalker war sie viel zu aufgewühlt. Ständig tauchte das wutverzerrte Gesicht von Scott Wilbur vor ihren Augen auf. Was war bloß in diesen Verrückten gefahren? Warum schnappte er sich nicht eines dieser Mädchen, die ihn wegen seines Sportwagens und seines Geldes anhimmelten? Es gab genug Mädels auf dem College, die auf solche Blender standen.

Sie blickte auf den Radiowecker neben ihrem Bett. 20:32 stand auf der flackernden Anzeige. Sie merkte, dass sie noch immer ihr Smartphone in der rechten Hand hielt, und drückte die eingespeicherte Nummer ihrer Freundin.

Sandy nahm schon nach dem ersten Klingeln ab, als hätte sie bereits ungeduldig auf ihren Anruf gewartet.

»Alana! Wo steckst du denn die ganze Zeit?«

»Stress«, antwortete sie. Sie hatte Sandy nach ihrer Abreise nur zweimal angerufen und nie länger als ein paar Minuten mit ihr gesprochen. »Und ich war viel unterwegs.« Sie erzählte von ihrer Arbeit und ihrem Reitausflug.

»Auf einem Rendezvousplatz? Was gibt's denn da zu sehen?«

»Ein fruchtbares Tal mit Bäumen und den Salmon River«, erwiderte sie, »aber darauf kommt's nicht an. Es ist das Feeling. Die Vorstellung, dass sich dort Hunderte von Indianern und weißen Fallenstellern getroffen haben. Auf diesen Rendezvous ging es wüster zu als auf einer County Fair, diese Leute ließen es ganz schön krachen. Gut möglich, dass die Urgroßmutter meiner Großmutter dabei war. Ein irres Gefühl, das musst du dir mal ansehen!«

»Du hast dich schon entschieden, was?« Sandy war einigermaßen erstaunt. »Du willst amerikanische Geschichte, Indianerkunde und so was studieren. Auf keinen Fall Medizin, stimmt's? Daran werden nicht mal deine Eltern mehr was ändern können. Hab ich recht, Ma'am?«

»Kann schon sein«, antwortete Alana vieldeutig.

»Aber deswegen rufst du nicht an.«

»Wie meinst du das?«

Sandy schien durch den Hörer zu lächeln. »Ich bin deine beste Freundin. Ich weiß, wenn du mir irgendwas Wichtiges sagen willst. Also, was ist es?«

»Scott Wilbur war hier.«

»Wie bitte?«

Sie erzählte ihrer Freundin, was an diesem Abend

geschehen war, und erntete entsetztes Schweigen. Erst nachdem Sandy einmal tief durchgeatmet hatte, sagte sie: »Der Typ ist dir wirklich nachgefahren? Quer durch Wyoming?«

»Sechs Stunden … mindestens!«

»Der hat sie doch nicht mehr alle!«

»Hab ich ihm auch gesagt.«

»Und jetzt?«

»Der Deputy sagt, dass sie ihn bis morgen früh festhalten«, antwortete Alana, »dann lassen sie ihn wieder frei. Du weißt doch, wie es läuft, die Polizei darf erst einschreiten, wenn was passiert ist, und dann ist es meistens schon zu spät. Ich glaube nicht, dass Wilbur durchdreht, aber Ruhe geben wird er auch nicht so schnell. Klingt bescheuert, aber der ist besessen von mir.«

Sandy lachte nur kurz. »Du musst da weg. Und wenn's nur für ein paar Tage ist. Verkriech dich irgendwo für ein paar Tage, dann verliert er die Lust, und du hast wieder Ruhe. Der Deputy kann seine Augen nicht überall haben.«

»Vielleicht hast du recht.«

»Natürlich hab ich recht«, sagte sie, »warum das Schicksal herausfordern, wenn es auch einfacher geht? Die Museumsleute sind sicher einverstanden.«

»Ich werde darüber nachdenken.«

»Viel Zeit hast du nicht. Pass auf dich auf, Alana!«

»Danke, Sandy.«

Alana verbrachte die Nacht im Dämmerschlaf. Am nächsten Morgen packte sie kurz entschlossen ihre Sachen zusammen, sagte dem Motelbesitzer, dass sie für einige Tage verreisen würde, und fuhr zum Museum. Vor dem Eingang parkte der Streifenwagen des Deputy Sheriffs. Sie betrat die Eingangshalle und sah ihn mit Gabe und dem Direktor an der Rezeption stehen.

»Roy erzählt uns gerade, dass Sie Ärger hatten«, sagte der Direktor.

Alana berichtete, was es mit Scott Wilbur auf sich hatte, und bat, dem Museum für einige Tage fernbleiben zu dürfen. »Nur bis sich alles beruhigt hat, und der Stalker zur Vernunft gekommen ist. Ich komme bestimmt wieder.«

»Das will ich doch hoffen, Miss«, erwiderte der Direktor. »Sie verstehen was von der Pioniergeschichte und haben bisher sehr gute Arbeit geleistet.«

»Nur ihren Reitstil gilt es noch zu verbessern«, sagte Gabe mit einem Schmunzeln.

»Gehen Sie nur«, forderte sie der Museumsdirektor auf. »Deputy Mulgrew sorgt inzwischen dafür, dass der Stalker nach Hause fährt. Stimmt doch?«

Der Deputy grinste. »Darauf können Sie sich verlassen.«

Shadow

Im Schutz einiger Bäume, in sicherer Entfernung zu den Revieren anderer Wölfe, legte Shadow sich hin. Nach den Anstrengungen der letzten Tage brauchte er dringend etwas Ruhe. Die Jagd hatte ihn mehr angestrengt, als er erwartet hatte, und er war einigermaßen erschöpft. Noch war er es nicht gewohnt, ständig allein auf die Jagd zu gehen.

Sein Drang, sich mit einer Wölfin zu paaren und mit ihr und ihren gemeinsamen Jungen ein neues Rudel zu gründen, war so stark, dass er den mutigen Schritt gewagt hatte, sein altes Rudel zu verlassen. Dennoch fühlte er sich auf dieser Wanderschaft manchmal so einsam, dass er stehen blieb und verzweifelt zu heulen begann, in der Hoffnung, eine mögliche Partnerin könnte ihn hören und ihm entgegenkommen. Noch bekam er keine Antwort.

Er schlief unruhig, wie jedes Mal, wenn er sich hinlegte, und schreckte mehrmals aus dem Schlaf. Auch in den abgelegenen Tälern, die er gerade durchstreifte, musste er ständig damit rechnen, von einem Widersacher belästigt oder bedroht zu werden. Kein Tier, nicht mal ein Zweibeiner, ließ sich mit einem Rudel ein, doch mit einem einzelnen Wolf glaubten alle größeren Widersacher fertigzuwerden. Auf seiner Wanderschaft hatte er schon mehrmals gespürt, dass es einige Tiere nicht einmal für nötig hielten, ihm aus dem Weg zu gehen und sich irgendwo zu verstecken, wie es üblich war, wenn sich ein

Rudel näherte. Trotz seiner Fähigkeiten fiel es ihm zunehmend schwerer, eine große Beute zu reißen, so wie es ihm mit dem jungen Hirsch gelungen war.

Um nicht zu verhungern, tröstete er sich mit kleinen Beutetieren wie Waschbären oder sogar Mäusen. Einmal gelang es ihm, einen Fuchs zu reißen. Bevor er sich unter die Bäume zurückgezogen hatte, war er meilenweit einem jungen Elch gefolgt, hatte seinen Angriff aber gleich wieder abgeblasen, als der Elch ihn mit seinen Hufen attackiert hatte. Die Entscheidung war ihm schwergefallen. Der lange Marsch hatte ihn ausgezehrt, und er brauchte dringend wieder reiche Beute. Saftiges Fleisch, das ihm neue Kraft schenkte.

Bei Einbruch der Dämmerung lief er weiter nach Norden. Obwohl er während der letzten Tage magerer geworden war, zeigte er noch keine Anzeichen von Schwäche. Sein Gang war fest und sicher, und das Muskelspiel unter seinem dichter werdenden Fell ließ erkennen, wie viel Elan noch immer in ihm steckte. Er gab nicht so schnell auf. Wie fast jeder Wolf kam er eine Weile ohne ausreichende Nahrung aus, zehrte er von der Energie, die er zuvor in seinem Körper angesammelt hatte. Bis er zur leichten Beute für andere Raubtiere würde, musste schon mehr passieren. Er ließ sich nicht unterkriegen.

Auf einem Felsvorsprung verharrte er und blickte zum fernen Horizont. Die Sonne war bereits untergegangen, und bläuliche Schatten lagen über den Bergen, färbten den ersten Schnee auf den höheren Gipfeln und lagen als eisiger Dunst über den kahlen Felsenhängen und den Bäumen weiter unten. Es schien keine Zweibeiner in dieser Gegend zu geben. Soweit er blicken konnte, sah er urwüchsige Natur, scheinbar unbe-

rührt und so wild und zerklüftet, als hätten heftige Erdstöße, viel heftiger als die, die er selbst schon erlebt hatte, das Land geformt. Ein Paradies für Wölfe, denn Beute gab es hier genug, das erkannte er an dem Urin und den Spuren im morastigen Erdreich.

Neue Hoffnung auf ein reichhaltiges Mahl erfüllte ihn, als er den Spuren eines anderen Tieres in das nächste Tal folgte und einige Weißwedelhirsche im schwachen Mondlicht grasen sah. Eines der Tiere sah krank und gebrechlich aus, und er war ziemlich sicher, es reißen zu können, wenn er nahe genug an die mögliche Beute herankam. Er versuchte es auf bewährte Weise, schlich sich gegen den Wind an und duckte sich in das teilweise hohe Gras.

Voller Zuversicht schlich er bis auf wenige Schritte an die Beute heran, nur um im nächsten Augenblick aufzuspringen, den verletzten Hirsch anzufallen und mit einem gezielten Biss zu Boden zu werfen. Die Artgenossen seines Opfers waren längst über alle Berge, als er seine Beute verbluten ließ und seine scharfen Zähne in das Fleisch versenkte. Er genoss jeden einzelnen Bissen, zerrte mit seinem blutverschmierten Maul die besten Fetzen heraus, war so mit seiner Mahlzeit beschäftigt, dass er das drohende Knurren eines Feindes überhörte. Erst als es dicht hinter ihm war, witterte er die Gefahr.

Er fuhr herum und sah etwas Großes und Dunkles auf sich zukommen. Ein Schwarzbär, wie er sofort erkannte und auch witterte, obwohl der Gestank des gerinnenden Blutes beinahe übermächtig war. Er kam so plötzlich, dass Shadow keine Gelegenheit zur Gegenwehr blieb und er von Glück sagen konnte, dass der Schwarzbär von unbändigem Hunger getrieben wurde und ihn lediglich mit seinem massigen Körper von der Beute vertrieb. Als Shadow sich fauchend zu wehren begann, stellte sich der Schwarzbär auf seine Hinterbeine und holte so weit mit seiner rechten Tatze aus, dass Shadow auf der Stelle tot gewesen wäre. Doch er verfehlte ihn weit, und Shadow machte, dass er aus der Gefahrenzone kam. Wütend, aber winselnd suchte er das Weite.

Alana

Die schneebedeckten Gipfel der Teton Mountains glänzten in der Morgensonne, als Alana über den einsamen Highway nach Nordwesten fuhr. Sie hatte kein festes Ziel. Nur weg, weg von diesem Verrückten, der ihr durch beinahe zwei Staaten nachgefahren war und sie wie ein durchgedrehter Liebeskranker bedrängte. Besessen von ihr, aus welchem Grund auch immer, und brandgefährlich. Aus den Medien wusste sie, wozu solche Stalker fähig sein konnten. Sogar eine der Schulschießereien war von einem liebeskranken Schüler begangen worden. Sandy hatte recht, sie tat gut daran, diesen Irren nicht auf die leichte Schulter zu nehmen und zumindest für eine Weile zu verschwinden, bis sich alles beruhigt hatte.

Der Highway nach Jackson führte durch eine der landschaftlich schönsten Gegenden der Rocky Mountains. Fruchtbare Wälder und Täler hoben sich gegen die steilen Bergriesen der Teton Range ab. Das Land, in dem Indianer und Mountain Men einen unvorstellbar großen Wildreichtum vorgefunden hatten. Es gab immer noch Wild dort, aber lange nicht mehr so viel wie vor beinahe zweihundert Jahren. Die meisten Tiere hatten sich in die Nationalparks weiter nördlich verzogen, den Grand Teton und den Yellowstone National Park.

Sie dachte an den Wanderwolf, den sie im Fernsehen gesehen hatte. Shadow hatten sie ihn genannt. War er nicht irgendwo im benachbarten Idaho aufgebrochen? War er immer noch unterwegs? Irgendwie ein romantischer Gedanke, sich vorzustellen, dass ein Wolf mehrere Hundert Meilen zurücklegte, um irgendwo eine perfekte Partnerin zu finden. Wie lange würde sie wohl fahren müssen, um dieses Glück zu erleben? Sie hatte doch schon alle Hände damit zu tun, sich einen unerwünschten Lover vom Leib zu halten. Vielleicht gab es für sie gar keinen perfekten Partner. Auch unter den Menschen gab es einsame Wölfe oder Wölfinnen, die ihr ganzes Leben ohne Partner blieben.

Wenige Meilen südlich von Jackson bog sie nach Westen ab. Jackson war eine Touristenstadt, im Sommer wie im Winter, und weiter nördlich führten einige wenige Straßen durch die Nationalparks. Dort würde Scott sie leicht finden. Sie trieb es nach Idaho, in die unwegsame Wildnis nordwestlich von Idaho Falls. Dort gab es winzige Orte, in denen er niemals nach ihr suchen würde. Ihr Problem war, dass sie erst nördlich von Idaho Falls sicher sein würde. Ein Grund mehr, aufs Gaspedal zu drücken. Sie wollte so viele Meilen wie möglich hinter sich haben, wenn Scott das Gefängnis verlassen würde. Selbst wenn der Deputy sich Zeit nahm und Scott erst gegen Mittag entließ, würde ihr Vorsprung nur ein paar Stunden betragen. Einen Tag mehr, falls der Deputy ihn wegen Sachbeschädigung festhielt und kein gewiefter Anwalt in der Nähe war, um ihn sofort aus seiner Zelle herauszuholen.

Und den würde sein reicher Daddy sicher sofort schicken, falls sein Sohn ihn um Hilfe rief.

Nördlich von Idaho Falls fuhr Alana ein paar Meilen über den Interstate, bog dann aber auf einen unscheinbaren Highway nach Nordwesten ab und fuhr den Bergen entgegen. In dieser Gegend hielten sich zur Zeit des Wilden Westens Banditenbanden versteckt. Für Alana war es der perfekte Ort, ebenfalls für ein paar Tage unterzutauchen. Sie würde sich ein gemütliches Motel suchen und die letzten Strahlen der Herbstsonne genießen. In der Zwischenzeit hatte Scott Wilbur hoffentlich die Nase voll davon, ihr weiter hinterherzufahren, und kehrte nach Denver zurück.

Ein Schild am Straßenrand wies sie darauf hin, dass sie durch einen National Forest fuhr. Ein riesiges Waldgebiet, das unter Naturschutz stand und entsprechend wild und ungestüm auf sie wirkte. Es gab kaum Siedlungen in dieser Gegend, und wenn, bestanden sie nur aus einigen Häusern, einem Lokal oder einer Tankstelle. Die Natur war hier übermächtig. Dichte Fichtenwälder klammerten sich an die steilen Hänge der nahen Berge, zogen sich wie eine zähe Masse, die sich im Wind nur träge bewegte, in die Täler und Schluchten hinab und reichten bis dicht an den Highway heran. Der Himmel wölbte sich grau über den Bergen, wirkte größer und weiter als im heimatlichen Denver.

Ihr kamen kaum Fahrzeuge entgegen, meist Pickups mit Leuten, die in der Gegend wohnten, und gegen Mittag ein gelber Schulbus mit einer älteren Frau am Steuer.

So sicher, wie sie den Bus durch die engen Kurven lenkte, wohnte auch sie in den Bergen. Alana fuhr langsamer, wirkte besorgt, als ihr Wagen zu stottern begann, plötzlich stehen blieb, dann wieder nach vorn schoss, dabei jedoch keine Warnlampe auf ihrem Armaturenbrett aufleuchtete. Ihr Toyota war ein älteres Baujahr ohne eingebautes GPS und andere elektronische Mätzchen, aber es gab etliche Lampen mit eindeutigen Symbolen, die sofort aufleuchten würden, falls irgendwas mit dem Getriebe nicht stimmte. Sicher nur Altersschwäche, weil die Straße hier so steil ist, tröstete sie sich.

Nach einer Weile beruhigte sich das Stottern wieder, und ihre Sorgen verflogen endgültig. Stattdessen verspürte sie Hunger und hielt am nächsten Lokal, einem einsamen Blockhaus, das mit Pizza und Hamburgern warb. Vor dem Lokal parkten zwei Pick-ups und ein altersschwacher brauner Camper.

Sie parkte neben dem Camper und betrat das Lokal. Es sah so aus, wie sie es sich vorgestellt hatte: rustikale Umgebung mit historischen Fotos aus den Goldrausch- und Holzfällertagen an den Wänden, vier Holztische mit Bänken und ein Tresen mit sechs Barhockern, dahinter die Durchreiche zur Küche.

Eine hagere Frau in den Fünfzigern, die Haare schaurig gefärbt, begrüßte sie mit einem herzlichen »Hi, Honey! Wo immer Sie sitzen wollen!«, und sie ließ sich an einem der freien Tische nieder. Zwei ältere Männer, anscheinend Farmer aus der Gegend, hockten am Tresen und hielten kurz in ihrer Unterhaltung inne, als sie das

Lokal betrat, dann redeten sie weiter. An einem der Tische saß ein junger Mann, vermutlich der Fahrer des Campers. Er war so damit beschäftigt, etwas in ein Notizbuch zu schreiben, dass er sie gar nicht beachtete.

Sie bestellte einen Cheeseburger mit Pommes frites und eine Diet Coke. Während sie vorgab, weiter die wenig attraktive Speisekarte zu begutachten, musterte sie den jungen Mann mit dem Notizbuch. Er wirkte auffallend blass, wie jemand, der selten an die frische Luft kam, und hatte eine leichte Narbe über dem linken Auge. Seinem guten Aussehen tat dieser kleine Mangel keinen Abbruch, dafür sorgten schon seine dunklen Haare und die erstaunlich blauen Augen, die beim Schreiben immer wieder aufleuchteten. Er war ungefähr in ihrem Alter, trug Jeans und Pullover und hatte einen blauen Anorak mit künstlichem Pelzbesatz über seinem Stuhl hängen. Ein Prinz, hätte Sandy ihn wohl genannt und sie ermuntert: Mach schon, flirte mit ihm, so einen triffst du nicht alle Tage! Den Teufel werde ich tun, dachte Alana, im Augenblick kann ich sowieso keinen Mann gebrauchen. Ich hab schon genug mit dem Verrückten zu tun, der hinter mir her ist. Obwohl sie zugeben musste, dass er wirklich außergewöhnlich gut aussah. Aber was bedeutete das schon?

Die Bedienung schenkte ihr bereits Cola nach, als der junge Mann sie zum ersten Mal anblickte. Zu sehen schien er sie nicht. Anscheinend war er mit seinen Gedanken so in seine Notizen vertieft, dass er nichts anderes wahrnahm. Er senkte erneut den Kopf, schrieb wieder etwas in sein Buch und trank einen Schluck von seinem Kaffee. Der musste längst kalt sein, so selten, wie er nach dem Becher griff. Die Bedienung schenkte ihm ungefragt nach.

Erst dann blickte er wieder zu ihr hinüber. Interessant und irgendwie sympathisch, ohne diese Anmache im Blick, die sie bei so vielen anderen Jungen und Männern erlebt hatte. Es machte schon einen Unterschied, ob jemand einen anblickte und zu erkennen gab, dass er einen hübsch oder interessant fand, oder ob jemand einen wie eine mögliche Eroberung ansah und einen mit seinen Blicken auszog. Die Augen des Fremden waren noch blauer, als Alana es beim ersten Mal wahrgenommen hatte, und glitzerten selbst im schwachen Licht dieses Lokals.

»Hey«, grüßte er sie über die Tische hinweg. »Ich bin Paul Lombard.«

»Alana«, erwiderte sie.

»Auf der Durchreise?«

»Nach Norden.« Sie wusste ja selbst nicht, wohin.

»Jetzt sag bloß nicht, dass ich blass aussehe.«

»Tust du aber«, sagte sie.

»Ich weiß, und die meisten Leute denken, ich säße nur in dunklen Kellern rum und käme kaum an die frische Luft. Dabei bin ich ständig mit meinem Camper unterwegs und bin länger draußen als viele andere. Die helle Haut hab ich von meinen Vorfahren geerbt. Die waren vielleicht Vampire oder so.«

Sie ging nicht darauf ein. »Was schreibst du da?«

»Einen Song. Ich bin Songschreiber.« Die Antwort war ihm anscheinend peinlich. »Nun ja, einen Hit hab ich noch nicht geschrieben, aber was nicht ist, kann ja noch werden. Bob Dylan wurde auch nicht über Nacht berühmt.«

»Und wie heißt der Song, den du gerade schreibst?«

»*Wolves in the Wild*.«

»Du schreibst über Wölfe?«

Bei dem Wort »Wölfe« verstummte die Unterhaltung der Farmer am Tresen, und misstrauische Blicke richteten sich auf Paul. Der spürte das aufkommende Misstrauen und befürchtete offensichtlich, von ihnen angesprochen zu werden. »Erzähle ich dir ein anderes Mal«, erwiderte er, »ich muss langsam weiter.«

Sie wollte ihn zurückhalten, ließ es aber. »Vielleicht.«

»Alana, nicht wahr?«

»Alana«, bestätigte sie.

Paul beeilte sich, das Lokal zu verlassen, und warf einen schüchternen Blick auf die Farmer, bevor er nach draußen ging. Wenige Sekunden später beobachtete Alana durchs Fenster, wie er mit seinem Camper davonfuhr.

»Einer von diesen Tierschützern«, lästerte einer der Farmer.

»Ganz sicher sogar«, erwiderte der andere, »der Bursche traut sich was. Als ob irgendjemand in dieser Gegend was für Wölfe übrig hätte. Die verdammten Bestien reißen unser Vieh und gehören abgeknallt. Hab ich nicht recht, Betty-Sue?«

»Sicher, Tommy. Du hast doch immer recht.«

»Gehören Sie auch dazu?«, rief der andere quer durchs Lokal.

Die Frage war an sie gerichtet.

»Zu den Tierschützern? Ich mag Tiere gern.«

»Auch Wölfe, die Ihre Rinder und Schafe reißen?«

»Ich komme aus Denver und hatte nie Rinder oder Schafe«, antwortete sie. »Wenn ich eine Farm hätte, wäre ich vielleicht sauer, kann sein.« Sie winkte die Bedienung herbei. »Aber so viele Wölfe gibt's doch gar nicht mehr.«

Tommy winkte ab. »Einer reicht. Haben Sie denn nicht von diesem Wanderwolf gehört? Shadow nennen sie ihn, als wäre er ein Kuscheltier, dabei ist er eine bluthungrige Bestie. Oder meinen Sie, der ernährt sich von Waldbeeren? Ich wette, der hat schon etliche Rinder und Schafe gerissen. Die Regierungsfritzen wissen schon, warum sie uns nicht sagen, wo er gerade nach Beute sucht. Dabei zeigt ihnen das elektronische Halsband seinen Aufenthaltsort genau an. Sie hätten ihn schon längst erschießen oder meinetwegen auch betäuben und in irgendeinen Zoo sperren können. Aber nein, sie lassen ihn laufen … aus wissenschaftlichen Gründen.« Er verzog geringschätzig den Mund. »Sie wollen wissen, welche Entfernungen die Bestien zurücklegen.«

»Keine Bange«, sagte der andere, »wir erwischen ihn!«

Alana hatte keine Lust, die Unterhaltung weiter fortzusetzen, und war froh, als die Bedienung kassiert hatte und sie das Lokal verlassen konnte. Die Männer an der Theke schimpften inzwischen auf das Wetter und beachteten sie nicht mehr.

Draußen ertappte sie sich dabei, wie sie nach Paul Ausschau hielt. Bedrückt stellte sie fest, dass sein Camper verschwunden war. Der junge Mann hatte sie stärker beeindruckt, als sie zugeben wollte. Du solltest dich lieber nach Scott Wilbur umsehen, wies sie sich selbst zurecht. Der Mistkerl ist sicher auf hundertachtzig, weil er deinetwegen hinter Gittern gelandet ist, und will es dir zurückzahlen. Man weiß nie, wozu Verrückte wie er fähig sind.

Aber auch von ihm war nichts zu sehen, und so fuhr sie einigermaßen beruhigt weiter. Sie nahm sich vor, dem Highway weitere 300 Meilen bis nach Missoula zu folgen, und sich dort in einem Motel zu verkriechen. Eher unwahrscheinlich, dass Scott Wilbur sie in Montana vermutete, und selbst wenn, würde es eine ganze Weile dauern, bis er sie fand. Sie würde unter dem Mädchennamen ihrer Mutter einchecken und ihren Wagen so abstellen, dass man ihn nicht sofort sah.

Normalerweise wäre die Fahrt durch die Bitterroot Mountains das reinste Vergnügen gewesen. Die Landschaft war spektakulär. Zu beiden Seiten der Straße erstreckten sich dunkle Wälder, stieg das Land bis zu den Felsmassiven der Rocky Mountains an. Auch in dem trüben Dunst, der über der Wildnis hing, sah man, wie zerklüftet sie war, wie tief sich prähistorische Gletscherströme durch das Erdreich gefressen hatten. Ein riesiges Gebiet, das beinahe menschenleer war und sich seit hundert Jahren kaum verändert hatte.

Wenige Meilen vor der Grenze nach Montana fing der Motor wieder zu stottern an. Auch diesmal leuchtete keine Lampe am Armaturenbrett auf, aber was sagte das schon, wenn man einen alten Toyota fuhr? Sie hatte keine Ahnung von Motoren und hätte stundenlang unter die Haube blicken können, ohne etwas zu entdecken, nahm sich aber vor, an der nächsten Werkstatt oder Tankstelle zu halten und einen Mechaniker nach dem Rechten sehen zu lassen. Dass etwas mit ihrem Wagen nicht stimmte, war jedoch selbst ihr klar.

Bis nach Gibbonsville, eine ehemalige Goldgräbersiedlung, wie ein Schild am Straßenrand verriet, schaffte sie es mit Hängen und Würgen. Vom einstigen Glanz der Stadt war wenig übrig geblieben, ein Restaurant, ein paar Läden und ein paar Blockhäuser abseits der Main Street, viel mehr hatte die Stadt nicht zu bieten. Ihr Aushängeschild waren die verlassene Goldmine und ein Resort mit Ferienwohnungen und einem angrenzenden Campingplatz.

Alana lenkte ihren Wagen zu der Tankstelle am nördlichen Ortsausgang. Angeschlossen waren eine Werkstatt und eine Waschstraße, nichts Besonderes, aber genug, um ihr Hoffnung auf baldige Hilfe zu machen. Anders als in einer Großstadt oder an einer Interstate-Abfahrt kam auch sofort ein Angestellter aus dem Büro, ein kauziger Alter mit listigen Äuglein und wettergegerbter Haut. Er trug ausgebleichte Jeans, Wolljacke und Cowboystiefel und hatte den größten Teil seiner weißen Haare unter einer Baseballkappe versteckt.

»Die Benzinpumpe«, erkannte er, auch ohne die Motorhaube zu öffnen. Und als er sie aufgeklappt und den

Schaden gefunden hatte: »Die Benzinpumpe, sag ich doch. Damit wären Sie keine zehn Meilen mehr gekommen.«

Alana war ausgestiegen und fluchte leise in sich hinein. Ausgerechnet in dieser Einöde musste der Wagen schlappmachen. »Das hat mir gerade noch gefehlt«, jammerte sie. »Ich hab's nämlich eilig. Haben Sie so ein Ding da?«

»Eine Benzinpumpe für einen alten Corolla?« Er kratzte sich am Hinterkopf. »Nee, die müsste ich erst bestellen. Dauert zwei Tage, vielleicht drei.«

»Und wenn Sie die alte Pumpe notdürftig zusammenflicken?«

Er grinste. »Sie verstehen nicht viel von Motoren, was?«

»So gut wie gar nichts.«

»Dachte ich mir.« Er schob seine Baseballkappe in den Nacken. »Ihre Benzinpumpe ist hinüber. Nicht mehr zu gebrauchen. Wertlos wie ein altes Bügeleisen. Entweder Sie lassen mich eine neue einbauen, oder Sie fahren Ihre Kiste auf den Schrottplatz vor der Stadt. Was immer Sie wollen, Miss.«

»Und was kostet so ein Ding?«

»Mit Einbauen? Zweihundert, weil Sie's sind.«

»Okay«, sagte sie, »mir bleibt wohl nichts anderes übrig.«

»Es gibt Schlimmeres, als ein paar Tage in unserem Städtchen zu verbringen. Das Motel gegenüber gehört meinem Bruder, der macht Ihnen sicher einen fairen Preis, und die Cheeseburger im Roadside schmecken dreimal besser als bei McDonald's und Burger King. Gehen Sie wandern, atmen Sie unsere frische Bergluft, und abends haben Sie Kabelfernsehen im Zimmer.«

Der Bruder des Werkstattbesitzers machte ihr für die Übernachtung im Motel tatsächlich einen guten Preis und wies ausdrücklich darauf hin, dass ihr Zimmer über drahtloses Internet verfüge. »Wir leben hier nicht ganz hinterm Mond, junge Frau«, sagte er.

Alana bedankte sich und setzte sich auf den Bettrand. Nicht so schlimm, dachte sie, ist doch egal, wo ich mich verstecke. Doch als sie wenige Minuten später aus dem Fenster blickte und Scott in seinem Sportwagen an der Tankstelle halten sah, geriet sie in Panik und griff hastig nach ihrem Anorak.

Shadow

Unterhalb eines Wasserfalls blieb Shadow stehen. Er wusch sich im eisigen Sprühwasser und blinzelte in die untergehende Sonne, die blutrot hinter den Bäumen versank. Nach seiner Begegnung mit dem Schwarzbären hatte er einen Fuchs gerissen und so lange gefressen, bis sein Magen randvoll gewesen war. Es ging ihm so gut, wie schon lange nicht mehr, seitdem er sein Rudel verlassen hatte.

Er lief ein paar Schritte und schüttelte das Wasser aus seinem Fell. Er hatte den halben Nachmittag verschlafen, gut beschützt durch das Unterholz am Ufer eines schmalen Flusses, und fühlte sich stark und unbesiegbar. Er ahnte, dass er noch nicht einmal die Hälfte seines Weges zurückgelegt hatte und noch schwere Prüfungen vor ihm lagen. Er war bereit. Seine Natur und sein Charakter ließen ihn das größte Risiko für eine neue Zukunft eingehen.

Sobald er eine Partnerin gefunden hatte, würden sie für Nachkommen sorgen und ein neues Rudel gründen. Er würde ein guter Anführer sein. Stark genug, um reiche Beute aufzuspüren und die jungen Wölfe zu führen. Was für ein Unterschied zu seinem bisherigen Leben. Kein Anführer mehr, der nur auf sein eigenes Wohl bedacht war, kein feiges Unterwerfen mehr. Es wurde Zeit, seine wahre Stärke zu zeigen und ein neues Leben zu beginnen.

Die Nacht war sein Bruder. Wie alle Wölfe war er am

liebsten bei Dunkelheit unterwegs, wenn ihn nur das Rauschen des Windes auf seiner Wanderung über die Berge begleitete. Nachts war die beste Zeit, um ungestört zu bleiben und Beute aufzuspüren. Er würde sich nicht aufhalten lassen, weder von dem herannahenden Winter noch von anderen Wölfen oder den lästigen Zweibeinern. Ein fernes Heulen, das nur er hören konnte, rief ihn nach Norden.

Am Himmel leuchteten ein voller Mond und unzählige Sterne, als er die schützenden Bäume verließ und über einen Hang zu einer tiefer gelegenen Ebene hinabstieg. In sanften Hügeln erstreckte sie sich bis zu einigen Felsen, die wuchtig aus dem Boden ragten wie die gewaltigen Säulen einer Tempelruine, die vor mehreren Jahrhunderten gebaut worden war. Hinter den Felsen waren die dunklen Schatten eines Abgrundes zu sehen, einer zerfurchten Schlucht, die der westliche Arm eines Flusses in die Erde gegraben hatte. »West Fork of the Bitterroot« nannten ihn die Zweibeiner, aber das wusste er nicht, für ihn war er nur ein weiteres Hindernis auf dem Weg nach Norden.

Er hatte die Ebene noch nicht einmal zur Hälfte überquert, als er den Lichtschein eines Feuers bei den Felsen entdeckte. Mit dem Geruch von brennendem Holz wehte ihm der Schweißgeruch zweier Zweibeiner entgegen. Zwei Männer an einem Lagerfeuer. Das Signal für jeden Wolf, einen weiten Bogen zu schlagen und den Zweibeinern aus dem Weg zu gehen, doch die Ebene verengte sich im Norden, und der einzige Weg in die vor ihm liegende Schlucht führte dicht an den Felsen vorbei, wenn er nicht einen mehrstündigen Umweg nehmen wollte. Das alles sagten ihm sein Instinkt, aber auch seine scharfen Sinne, die ihn bisher nur selten im Stich gelassen hatten.

Geduckt und jederzeit zum Zupacken bereit, als würde er sich an eine Beute heranpirschen, bewegte sich Shadow durch das Gras. Sein Blick war nach vorn gerichtet und nahm jede Einzelheit auf, den Schatten eines Kaninchens, das ihn gewittert hatte und schleunigst das Weite suchte, die Nebelschwaden zwischen den Bäumen jenseits der Ebene, das Flackern des Feuers inmitten der Felsen. Er sah nur die Schatten der Zweibeiner, die hellen Funken, die aus dem Feuer sprangen, und hörte die Männer miteinander reden, ohne sie zu verstehen. Am Klang ihrer Stimmen erkannte er, dass sie wütend waren.

»Und ich sage dir, die verdammte Bestie muss hier irgendwo sein«, sagte einer der Männer. »In den Bitterroots nahe der Grenze nach Montana, hat der Typ im Fernsehen gesagt. Er muss irgendwo in der Gegend sein.«

»Die Bitterroots sind groß, Mann. Wir könnten zwei Jahre hier rumrennen und hätten noch immer nicht jeden Baum gesehen. Geschweige denn diesen verdammten Wolf! Scheiß auf die tausend Dollar, die Hamilton für sein Fell bezahlen will! Lass uns in den Club am Highway gehen und einen heben!«

»Ich hol mir die tausend Dollar. So leicht kommen wir nie wieder an so viel Kohle. Wir stöbern die Bestie auf und jagen ihr eine Kugel in den Schädel. Schießen können wir, das haben wir oft genug bewiesen. Der Wolf ist seit Tagen unterwegs, hast du doch gehört, der ist auch nicht mehr in Hochform.«

»*Er hat eines von diesen Halsbändern um, schon vergessen?*«

»*Wen juckt's? Wenn ein Wolf zur Gefahr für Mensch und Tier wird, darf man ihn erschießen, so steht's im Gesetz. Er bedroht Hamiltons Ranch und er bedroht unsere Farmen. Wenn wir ihn killen, schlagen wir zwei Fliegen mit einer Klappe. Wir werden den Wolf los und kassieren die tausend Dollar.*«

»*Der kommt nicht, Mann. Den erwischen wir nie!*«

»*Ach, halt's Maul! Reich mir lieber mal die Flasche!*«

Shadow war bereits an den Felsen vorbei und wollte gerade über einen schmalen Pfad in die Schlucht hinabsteigen, als ihn ein Zufall verriet. Nur weil einer der beiden Männer hinter dem Felsen hervorgetreten war und sich in die Büsche erleichterte, sah er Shadow aus dem Gras hervorkriechen.

»*Tommy!*«, *rief er.* »*Der verdammte Wolf! Da drüben ist er!*«

Tommy erschien mit seinem Gewehr und rannte zum Rand der Schlucht, während sein Kumpan verzweifelt versuchte, den Reißverschluss seiner Jeans nach oben zu ziehen. Ein sinnloses Unterfangen, so betrunken und müde er schon war.

»*Wo, verdammt?*«, *rief Tommy verzweifelt.* »*Wo steckt er denn?*«

»*Er ist ... er ist in die Schlucht! Schieß doch endlich, mach schon!*«

Aber Shadow war schon verschwunden. Mit einigen gewagten Sprüngen hatte er sich in Sicherheit gebracht und wartete geduldig, bis die Zweibeiner genug hatten und zu ihrem Feuer zurückkehrten. Im Schutz der Dunkelheit stieg er zum Fluss hinab und überquerte ihn außerhalb ihrer Sichtweite.

Alana

Alana hatte nicht viel Zeit. Nur noch ein paar Sekunden, dann würde Scott Wilbur ihren Wagen vor der Werkstatt entdecken, und der Besitzer verriet ihm, dass sie im Motel gegenüber abgestiegen war. Sie musste sofort verschwinden, wenn sie sich Ärger ersparen wollte. Raus aus der Stadt und sich irgendwo verstecken, wo sie sicher vor ihm war. Er war gefährlich. Alle Stalker waren gefährlich, wenn man sich ihnen verweigerte und ihnen die Hoffnung nahm.

Sie schlüpfte in ihren Anorak, setzte die Mütze auf und stopfte die Handschuhe in ihre Anoraktasche. Hastig griff sie nach ihrer Umhängetasche. Viel hatte sie nicht dabei, die angebrochene Tüte mit den Cashewnüssen, die sie beim letzten Tanken gekauft hatte, das Feuerzeug, das sie immer bei sich trug, obwohl sie nicht rauchte, ihren Schlüsselbund mit der winzigen Taschenlampe, die einem half, im Dunkeln das Schlüsselloch zu finden. Ihr Portemonnaie mit dem Geld, den Kreditkarten und allen möglichen Ausweisen. Eine Packung Papiertaschentücher, etwas Make-up, ein Kugelschreiber.

Es gab keine Hintertür und keine Möglichkeit, sich ungesehen aus dem Staub zu machen. Ihr blieb nur die Flucht nach vorn. So schnell wie möglich öffnete sie die Zimmertür, rannte geduckt an dem Motel entlang und auf den Wiesenhang westlich der Main Street. Einem Lieferwagen, der zufällig vorbeikam und sich zwischen ihr und der Tankstelle befand, als sie an dem Motel vorbeirannte, sowie der Abenddämmerung hatte sie es zu verdanken, dass Scott Wilbur sie nicht entdeckte.

Aber sicher war sie nicht. In ihrer Panik rannte sie auf kürzestem Wege auf den nahen Waldrand zu, blieb an einem Loch im Boden hängen und stolperte, fing sich wieder und erreichte keuchend die Bäume. Sie blieb im Halbdunkel stehen und blickte zurück. Scott Wilbur hatte gerade die Straße überquert und lief ins Motel. Er würde sich als ihr Bruder oder Freund ausgeben, den Besitzer überreden, ihr Zimmer zu öffnen, und schnell herausfinden, dass sie geflohen war. In wenigen Augenblicken würde er aus dem Motel gerannt kommen und ihr zum Waldrand folgen, denn dies war die einzige Richtung, die sie eingeschlagen haben konnte, ohne von ihm gesehen zu werden.

Sie durfte keine Zeit mehr verlieren. Ohne sich davon zu überzeugen, dass er ihr nicht folgte, rannte sie in den Wald hinein. Über Stock und Stein hastete sie durch das Unterholz, ließ einen schmalen Jagdtrail links liegen, weil ihr Verfolger sie dort am ehesten vermuten würde, hielt keuchend inne, als ihr die Kräfte ausgingen, und rannte erneut los, diesmal scharf nach Westen, um Scott Wilbur die Verfolgung so schwer wie möglich zu machen. Oh verdammt, schoss es ihr durch den Kopf, wie bin ich bloß in diese beschissene Lage gekommen. Beschissen, anders konnte man das alles nicht nennen. Wie die Heldin eines

Actionfilms hetzte sie durch die entlegene Wildnis, das konnte doch alles nicht wahr sein, wahrscheinlich träumte sie nur, doch dies war kein Traum. Sie war tatsächlich zur Heldin in einem Thriller geworden, nur dass noch lange nicht feststand, wie diese Verfolgungsjagd enden würde.

Schwer atmend erreichte sie eine Lichtung. Sie blieb einen Atemzug lang stehen und blickte sich nach ihrem Verfolger um, konnte niemanden entdecken und rannte weiter. Quer über die Lichtung und wieder in den Wald, der ihr diesmal noch dichter und dunkler erschien. Sie hielt ihren linken Unterarm zum Schutz gegen peitschende Äste vor ihr Gesicht, übersah einen hervorstehenden Felsbrocken und stürzte der Länge nach auf den weichen Waldboden.

Als sie aufstehen wollte, merkte sie, dass sie sich den Fuß verstaucht hatte. Am liebsten hätte sie laut geflucht. Sie kroch rasch neben einen umgestürzten Baumstamm und deckte sich mit herumliegenden Fichtenzweigen zu. Solange noch Adrenalin durch ihren Körper floss, war der Schmerz zu ertragen, aber das würde sich ändern, wusste sie. Vor einigen Monaten hatte sie sich beim Volleyball den Knöchel verstaucht und wochenlang damit zu tun gehabt. Sie schloss zitternd die Augen und schickte ein Stoßgebet zum Himmel.

Warum hatte sie solche Angst vor Scott Wilbur? Waren die Krimis, die sie gesehen hatte, daran schuld? Die Schreckensnachrichten aus den Medien? Die Stalker, die ihren Opfern um die halbe Welt folgten und zu Psychokillern wurden? Dass selbst harmlose Collegeboys, die mit den hübschesten Cheerleadern ausgingen, zu gewalttätigen Monstern werden konnten, war doch allgemein bekannt. Und Scott Wilbur hatte bei seinem Auftritt vor dem Motel in Pinedale eindeutig bewiesen, zu welchen Ausbrüchen er fähig war.

Von irgendwoher näherten sich Schritte. Sie hielt vor Schreck die Luft an und versuchte, durch die Zweige über ihrem Körper zu spähen. Doch inzwischen war es dunkel geworden, und vor ihren Augen war alles schwarz. Die Bäume standen hier besonders dicht und ließen kaum Licht durch. Eigentlich ein Vorteil für sie, doch die Schritte kamen stetig näher, und sie hatte das Gefühl, ihr Verfolger wisse ganz genau, wo sie sich versteckt hatte. Nicht bewegen, schärfte sie sich ein, nicht die geringste Bewegung, sonst bist du dran.

Nur ein paar Schritte von ihr entfernt knackte ein trockener Ast. Gleich darauf hörte sie eine Männerstimme: »Ich hab die Schnauze voll, Tommy. Ich hab keine Lust, nächtelang nach dieser verdammten Bestie zu suchen. Scheiß auf den Wolf! Solange er unsere Viecher in Ruhe lässt, ist doch alles okay.«

Das war nicht Scott Wilbur. Das waren zwei Männer, und ihre Stimmen kamen ihr irgendwie bekannt vor, besonders als der zweite Mann sprach: »Und was ist mit den tausend Kröten, die Hamilton uns für den Wolf zahlt?«

»Hier ist kein Wolf«, sagte sein Kumpan. »Und selbst wenn er hier wäre, würden wir ihn nicht finden. Ich wette, der ist längst in Montana. Während wir uns hier den Arsch abfrieren, reißt er dort wahrscheinlich schon Rinder oder Schafe. Die Typen vom *Fish & Wildlife* kümmern sich um ihn, da bin ich ganz sicher. Lass uns nach Hause gehen, Tommy. Das bringt nichts.«

»Dann versuchen wir es eben morgen noch mal«, sagte Tommy.

»Aber nur, wenn das Wetter hält.«

»Weichei!«

Die Männer aus dem Lokal, fiel es ihr ein. Die beiden Farmer am Tresen, die lautstark über Wölfe geschimpft hatten. Sie waren hinter Shadow her. Sie wollten den Wanderwolf abschießen und dafür kassieren. Dieser Hamilton war wahrscheinlich ein Rancher, der sich den Wolf auf diese Weise vom Hals schaffen wollte. Wie im Wilden Westen, dachte sie, da hatten die Rancher auch Wolfsjäger angeheuert, um ihre Herden zu schützen, nur hatte es damals wesentlich mehr Wölfe gegeben. Tommy und sein Kumpan wollten zwei Fliegen mit einer Klappe schlagen, ihre eigenen Tiere schützen und ein Kopfgeld von einem Rancher kassieren. Vor ihnen brauchte sie keine Angst zu haben, im Gegenteil, vielleicht waren sie sogar bereit, sie vor Scott Wilbur zu beschützen.

Doch bevor sie sich dazu aufraffen konnte, sie auf sich aufmerksam zu machen, waren sie schon wieder verschwunden. Ihre Schritte entfernten sich, und sie war wieder allein mit der Nacht und den seltsamen Geräuschen, die man nur hörte, wenn man allein im Wald war und sich vor lauter Angst nicht bewegte. Das Rauschen des Windes, der Flügelschlag eines Nachtvogels, der sich aus einem Gebüsch erhob.

Wo war Scott Wilbur? War er in ihrer Nähe?

Sie spürte den aufkommenden Schmerz in ihrem verstauchten Fuß und verlagerte ihn vorsichtig. Das leise Knacken, das sie dabei verursachte, ließ sie sofort innehalten. Reflexartig hielt sie den Atem an. Sie lauschte in die Dunkelheit, hörte den Ruf eines Käuzchens und das Rascheln von Gras, als der Wind hineinfuhr, aber sonst blieb alles still. Es war niemand in der Nähe.

Was sollte sie tun? Warten, bis Scott Wilbur genug hatte und einsah, dass es nichts brachte, einer Frau nachzustellen, die einen nicht mochte? Darauf konnte sie lange warten. Er war nicht der Typ, der plötzlich einfach aufgab. Er würde ihr weiter auf den Fersen bleiben und brauchte dazu nicht einmal durch den nächtlichen Wald zu streifen. Er brauchte sich lediglich in das Restaurant zu setzen oder in dem Motel einzuquartieren und konnte in aller Seelenruhe warten, bis sie sich aus ihrem Versteck traute und zurückkehrte. Oder er flunkerte der Polizei vor, sie sei eine labile Freundin, und er müsse sich um sie kümmern.

Sie verzog wütend das Gesicht. Die Flucht war keine gute Idee gewesen, aber was hätte sie sonst tun sollen? Ihn zur Rede stellen und versuchen, ihn zur Vernunft zu bringen? Sie hatte das Blitzen in seinen Augen gesehen, dieses gefährliche Glitzern, wie es in den Augen von Fanatikern auftauchte, die sich durch nichts aufhalten ließen, um ihr Ziel zu erreichen. Scott Wilbur war kein verliebter Collegeboy. Er war eine tickende Zeitbombe.

Wieder glaubte sie Schritte zu hören. Sie erstarrte

und lauschte angestrengt, hörte plötzlich die vertraute Stimme ihres Verfolgers: »Alana! Wo bist du, Alana? Du brauchst dich nicht vor mir zu verstecken! In Pinedale hab ich die Nerven verloren, tut mir leid, ich wollte dir keine Angst machen. Ich wollte dir doch nur sagen, dass ich dich mag. Ich liebe dich!«

Das waren großspurige Worte für einen jungen Mann, der inzwischen wissen musste, dass sie nichts für ihn übrig hatte, und ihr dennoch seit Wochen auf die Nerven ging. Der sich wie ein Verrückter aufführte. Am liebsten wäre sie aufgesprungen und hätte ihm die Meinung gesagt, ihn angebrüllt und ihm klargemacht, dass er sich zum Teufel scheren könne, aber ihre Angst vor seinem unberechenbaren Wesen war größer. Scott Wilbur war alles zuzutrauen.

»Du brauchst keine Angst vor mir zu haben, Alana!« Seine Stimme hatte einen gefährlichen Unterton und mahnte sie zu erhöhter Vorsicht. »Du hast das College geschmissen und bist nervös, das verstehe ich. Warum gehen wir nicht zusammen ins Restaurant und essen was? Lass uns wie erwachsene Menschen miteinander umgehen. Es ist kalt und ungemütlich hier draußen.«

Der Drang, ihm eine passende Antwort zu geben, war groß. Doch sie beherrschte sich und blieb ruhig liegen, obwohl die Schmerzen in ihrem Fuß immer schlimmer wurden und kühler Wind unter ihre Fichtenzweige fuhr.

»Alana! Alana! Sag doch was!«

Damit du sonst was mit mir anstellen kannst? Nie im Leben!

Sie drehte vorsichtig den Kopf und erkannte einen Schatten zwischen den Bäumen. Er war ganz in der Nähe. Ein falscher Schritt, und er stolperte über sie. Und wer wusste schon, was dann mit ihr passierte. Hau ab, verschwinde endlich, dachte sie, ich will meine Ruhe haben! Warum tust du mir das an?

»Okay, vielleicht bist du ja wirklich nicht hier.« Jetzt schien er vor allem mit sich selbst zu sprechen. »Dann geh ich eben zurück und esse alleine. Du kommst schon nach, wenn du dich beruhigt hast. Ich warte auf dich, Alana!«

Er verschwand tatsächlich, wohl auch, weil plötzlich das lang gezogene Heulen eines Wolfes durch die Nacht klang. Unheimlich und wie eine düstere Prophezeiung hing es in der kühlen Luft. Alana dachte sofort an den Wanderwolf, nach dem die beiden Farmer gesucht hatten. Sie erschauderte. War Shadow doch in ihrer Nähe? Hielt er sich in diesem Wald versteckt? Wollte er die Männer verhöhnen und ihnen sagen, dass sie ihn niemals finden würden? Rief er ein fremdes Rudel zu Hilfe, um sich besser wehren zu können?

Sie schob die Fichtenäste beiseite und blickte forschend nach allen Seiten, bevor sie sich an einem der Bäume festhielt und langsam nach oben zog. Als sie mit dem verstauchten Fuß aufkam, unterdrückte sie nur mühsam einen Schrei. Sie schnappte sich einen längeren Ast, brach störende Zweige ab und benutzte ihn als Krückstock. Sie konnte nicht ewig in diesem Wald bleiben. Sie musste nach Gibbonsville zurück. Sie würde den Motelbesitzer um Hilfe bitten, er war ein vertrauenswürdiger Bursche, genauso wie sein Bruder in der Werkstatt. Sie würden schon dafür sorgen, dass Scott Wilbur ihr nichts antat.

Selbst wenn die beiden sie beschützten und ihrem Verfolger die Leviten lasen, war noch lange nicht sicher, dass er zurück nach Denver fahren würde. Aber so weit dachte sie im Augenblick noch nicht. Auch sie hatte der Wolf mit seinem Heulen in leichte Panik versetzt. Sie hatte einiges über Wölfe gelesen und wusste, dass sie den Menschen meist aus dem Weg gingen, aber wie verhielten sich Wanderwölfe wie Shadow, die ständig auf der Suche nach Beute waren und von Jägern wie den zwei Farmern gehetzt wurden?

Das Heulen erklang erneut, diesmal so nahe, dass es ihr durch Mark und Bein fuhr. Vor lauter Schreck vergaß sie ihre Verletzung, lief einige Schritte, nur um gleich wieder hinzufallen und sich den schmerzenden Fuß zu halten. Sie stieß einen spitzen Schrei aus. Tränen schossen ihr aus den Augen. Mit zusammengepressten Lippen stemmte sie sich wieder hoch und stützte sich auf ihren Krückstock, nur um nach einigen Schritten zu merken, dass sie nicht mehr wusste, woher sie gekommen war. Sie hatte während ihrer Flucht so oft die Richtung gewechselt, dass sie sich verirrt hatte. Weit konnte der Waldrand nicht sein, aber obwohl inzwischen an manchen Stellen das Mondlicht in den Wald drang, war sie nicht mehr fähig, sich zu orientieren. Ihr blieb nur die Wahl, entweder auf Verdacht in eine Richtung zu laufen oder sich einen Schlafplatz zu suchen und darauf zu warten, dass es Morgen wurde. Ein beängstigender Gedanke, wenn sie an den heulenden Wolf und die nächtliche Kälte dachte.

Ein Geräusch in unmittelbarer Nähe ließ sie zusammenfahren. Ein leises Knurren, wie von einem Wachhund, dem man zu nahe gekommen war. Sie blickte in die Richtung, aus der es gekommen war, und sah zwei gelbe mandelförmige Augen in der Dunkelheit leuchten.

Ein Wolf!

Direkt neben ihr!

Sie versuchte, sich an alles zu erinnern, was sie über die Begegnungen zwischen Menschen und Wölfen gelesen hatte, dass man sich möglichst groß machen und auf keinen Fall weglaufen sollte. Dass man aufdringliche Wölfe durch Schreie oder laute Geräusche vertreiben sollte. Das hörte sich gut und vor allem einfach an, nur nützte es nicht viel, wenn man vor Angst wie erstarrt und nicht mehr in der Lage war, eine Entscheidung zu treffen.

Die gelben Augen erloschen, und der Wolf verschwand. Beinahe lautlos zog er sich in das Dunkel des Waldes zurück. Als hätte er erkannt, dass sie nicht zu seinen Feinden gehörte. Oder war der Wolf gar nicht hier gewesen? War die Begegnung nur ein Produkt ihrer Fantasie? Hatte sie für einen Augenblick geträumt und den Wolf nur in ihren Gedanken gesehen? Sie hätte es selbst nicht mehr sagen können, war aber so erschöpft und ausgelaugt nach den Aufregungen der letzten Minuten, dass sie sich mit dem Rücken gegen einen Baum fallen ließ, die Augen schloss und erst einmal tief durchatmete.

Als sie die Augen öffnete, sah sie eine Gestalt auf sich zukommen.

Shadow

Shadow hatte die Witterung der beiden Männer noch in der Nase, eine Mischung aus menschlichem Schweiß und den Ausdünstungen von Schnaps und Tabak, wie er sie bei vielen männlichen Zweibeinern gerochen hatte, als er die Witterung eines weiteren Zweibeiners auffing. Diesmal war es eine Frau, er kannte den Unterschied. Auch sie roch nach Schweiß, doch dazu kam der vertraute Geruch von aufgewühlter Erde und abgebrochenen Fichtenzweigen.

Obwohl die beiden Jäger noch in der Nähe waren und er allein an ihren aufgebrachten Stimmen erkannt hatte, dass sie nach ihm suchten, folgte er der neuen Witterung. Sie kam ihm vertraut vor, lange nicht so fremd und abstoßend wie der Gestank der beiden Männer. Als wäre die Unbekannte eine Abgesandte aus der Welt der Zweibeiner, eine Seelenverwandte, die ähnlich fühlte wie er.

Er blieb stehen und stieß ein lang gezogenes Heulen aus. Befreiend löste es sich aus seiner Kehle und hallte durch den nächtlichen Dunst. Er wollte weder ein fremdes Rudel noch eine mögliche Partnerin rufen, das Heulen drückte eher Erleichterung aus, nicht allein zu sein und selbst unter den Zweibeinern eine Verbündete zu haben. Woher er das wusste, war ihm auch nicht klar. Es mochte an ihrer speziellen Witterung liegen oder an der Art, wie sie sich bewegte. Sein Instinkt sagte ihm, dass sie trotz ihrer Angst und Hilflosigkeit eine starke Frau war, eine gute Partnerin für einen Zweibeiner.

Beinahe lautlos schlich er sich an sie heran. Er wollte ihr nichts tun, dazu hätte sein Hunger noch größer sein müssen, und vom Verhalten anderer Wölfe wusste er, dass das Fleisch der Zweibeiner praktisch ungenießbar war. Nur wenn ein Winter so streng war, dass es kaum noch etwas zu fressen gab, würde er es in Betracht ziehen, einen Zweibeiner zu reißen. Aber sicher war auch das nicht.

Wenige Schritte von der jungen Frau entfernt verharrte er. Er machte sie mit einem leisen Knurren auf sich aufmerksam und beobachtete zufrieden, dass sie stehen blieb und Ruhe bewahrte. Eine hastige Bewegung hätte eher zu einer verschreckten Beute gepasst, einer Hirschkuh oder Antilope, die in plötzlicher Panik und in wildem Zickzack vor ihm davonlief. Die Frau blieb ruhig, sonderte Angstschweiß ab, vielleicht weil sie sich ebenfalls weit von ihrer Heimat entfernt hatte, von ihrem Rudel oder wie immer sie das nannte.

Er wandte sich ab und verschwand in die Dunkelheit. Mit weiten Schritten lief er nach Norden, die Ohren aufgerichtet, den kühlen Wind im Gesicht. Er fand sich leicht in dem finsteren Wald zurecht. Seine Sinne waren schärfer als bei Zweibeinern und so ausgeprägt, dass er selbst blind einen Weg gefunden hätte. Es war ein gutes Gefühl, die Witterung der Jäger nicht mehr in der Nase zu haben und auch sonst keine Feinde zu spüren, vor allem keine anderen Wölfe.

Auf einer grasbewachsenen Ebene, die sich in sanften Hügeln zwischen zwei Waldstücken erstreckte, war er besonders vorsichtig. Um nicht gesehen zu werden, blieb er im Schatten der Hügel, weit genug von dem blassen Licht entfernt, das der Mond und die Sterne auf das Gras warfen. Geduckt schlich er unterhalb der Hügel weiter nach Norden. Als ein Kaninchen seinen Weg kreuzte, machte er keine Anstalten, es zu fangen und zu reißen. Er lief unbeirrt weiter, stieg zum Ufer eines schmalen Flusses hinab und überquerte ihn, ohne vom Wasser zu trinken. Selbst durch sein dichtes Fell spürte er, wie kalt das Wasser war, ein Zeichen dafür, wie nahe die Berge der Rocky Mountains waren. Ihre schneebedeckten Gipfel hoben sich dunkel gegen den Sternenhimmel ab.

Sein Instinkt riet ihm, schon jetzt nach einem Weg über die Berge zu suchen. Sobald der Winter mit seinen Stürmen kam, würde er sich schwertun, und die Gefahr, sich zu verletzen oder zu verhungern, würde größer. In den winterlichen Bergen gab es nur wenig Wild, und er würde sich vielleicht mit anderen Wölfen um die Beute streiten müssen. Ein gefährliches Unterfangen, wenn man allein war und nicht mehr die Rückendeckung eines Rudels hatte.

Noch tat sich keine Lücke in den Bergen auf. Dunkel und unheilvoll erhoben sie sich aus den Wäldern, wie eine unüberwindbare Wand versperrten sie den Weg nach Norden. Selbst ein unerschrockener Wolf wie er würde viel zu lange brauchen, durch felsige Wildnis und über einsame Bergpässe zu klettern. Es musste einen einfacheren Weg geben. In seinem Gedächtnis war ein Jagdausflug abgespeichert, den sie im letzten Winter unternommen hatten. Sie waren einem verletzten Elch gefolgt, der sich humpelnd über einen Bergrücken geschleppt hatte und von ihnen am Flussufer gestellt worden war. Über eine verschneite Straße der Zweibeiner waren sie schneller vorangekommen als der Elch und hatten ihm keinen Ausweg mehr gelassen. Vielleicht gab es ja auch hier solche Straßen der Zweibeiner, die über die Berge führten.

Im Schatten einiger Felsen legte er eine kurze Pause ein. Der volle Mond war gewandert und warf lange Schatten. Die Sterne glitzerten ungewöhnlich klar am dunklen Himmel. Er lauschte angestrengt in die nächtliche Stille hinein, glaubte irgendetwas gehört zu haben, ein leises Knurren, das weder zu einem Artgenossen noch zu einem Bär oder einem anderen Tier passte. Widerwillig lief er weiter. Er durfte sich durch nichts von seiner Wanderung abhalten lassen, musste sich auch tödlichen Gefahren stellen, wenn es keine Möglichkeit gab, ihnen auszuweichen. Vor ihm lag ein dichter Fichtenwald, den er unbedingt durchqueren musste, wenn er weiter nach Norden wollte.

Doch als er seinen Weg fortsetzte, merkte er schon bald, dass das leise Knurren nicht aus dem Wald kam. Zwischen den Bäumen begegnete er lediglich einigen Erdhörnchen, die hastig das Weite suchten, als er auftauchte, und einem Hirsch, der groß genug war, um keine Angst vor ihm zu haben. Dennoch hielt er weiten Abstand von ihm, um ihm nicht in die Quere zu kommen. Eine Eule saß ruhig auf einem Ast und beobachtete ihn neugierig.

Erst als er das Ende des Waldes erreicht hatte und ihn die Witterung von mehreren Zweibeinern erreichte, erkannte er, woher das Knurren kam. Zwei große Hunde gehörten zu einer Gruppe von bewaffneten Jägern, die vom Ufer eines Baches heraufstiegen und in seine Richtung liefen. Noch hatten ihn weder die Jäger noch die Hunde entdeckt. Die Jäger taten sich in dem sumpfigen Gelände schwer und waren mit sich selbst beschäftigt, und der Wind kam aus Norden und hinderte die Hunde daran, seine Witterung aufzunehmen.

Erst als der Wind sich drehte, und er keine Zeit mehr fand, in den Wald zurückzulaufen, wurden die Hunde auf ihn aufmerksam. Sie begannen laut zu bellen und zerrten an den langen Leinen, und ihm blieb nichts anderes übrig, als über einen Hügelkamm nach Westen zu fliehen. Gleich mehrere Sekunden lang hob er sich deutlich gegen das Mondlicht ab, lange genug für die Jäger, ihn auszumachen und ihren Ärger über die sumpfigen Wiesen zu vergessen.

»Da ist der Bursche!«, rief einer. »Das muss er sein!«

»Verdammt! Das ist Shadow!«, meinte ein anderer.

»Lass die Hunde los! Mach schon!«

Shadow sah, wie einer der Zweibeiner die Leinen löste und die Hunde laut bellend auf ihn zurannten. Kräftige Hunde, größer und vielleicht auch stärker als er und sich ihrer Überlegenheit voll bewusst. Mit einem Einzelgänger wie ihm würden sie leicht fertig, sie hatten schon ganz andere Tiere gestellt.

Gleichzeitig krachte ein Schuss, und eine Kugel schlug dicht neben ihm ein.

Jetzt half nur noch die Flucht.

Alana

Alana war unfähig, sich zu bewegen. Starr vor Schreck blickte sie der dunklen Gestalt entgegen. Umso erleichterter war sie, als sie den jungen Songschreiber erkannte, den sie unterwegs im Lokal getroffen hatte.

»Paul!«, rief sie erleichtert und verwundert zugleich. »Gott sei Dank! Ich dachte schon …«

»Alana! Sorry, ich wollte dich nicht erschrecken.« Er blieb vor ihr stehen und machte Anstalten, sie zu berühren, richtete sich aber gleich wieder auf. »Ich hab mir Sorgen gemacht. Im Roadside-Café war ein Typ, der wollte unbedingt wissen, wo seine Schwester ist. Als er deinen Namen nannte, musste ich sofort an dich denken. So häufig kommt dein Name nicht vor.«

»Er bedeutet ›liebes Kind‹. Wusstest du das?«

»Der Typ war vollkommen durchgeknallt«, fuhr er fort. »Ob jemand gesehen hätte, wohin seine Schwester gerannt wäre. Sie wäre psychisch krank, und er müsse sie unbedingt finden. Sie wäre von zu Hause ausgerissen.«

»Psychisch krank?« Sie lachte kurz. »Der sollte lieber mal in den Spiegel schauen! Er heißt Scott Wilbur und ist ein verdammter Stalker! Er ging mir schon in Denver auf die Nerven!« Sie redete sich in Rage und vergaß dabei völlig, dass Paul eigentlich ein Fremder war. »Stell dir vor, er fuhr mir bis nach Pinedale nach und hämmerte so laut an meine Moteltür und bedrohte mich, dass ich den Sheriff rufen musste! Er landete in einer Zelle, aber ich wusste natürlich, dass er am nächsten Morgen wieder draußen sein und mich irgendwo abfangen würde. Ich dachte, ich verkrieche mich irgendwo und warte, bis er zur Vernunft gekommen ist und nach Hause fährt. Anscheinend hab ich mich geirrt. Der Typ ist gefährlich, der hat es auf mich abgesehen!«

»Klingt ganz schön wild«, meinte Paul, »aber ich dachte mir gleich so was. So wie der sich im Roadside aufführte. Als wärst du hochgradig gefährdet, wenn er dich nicht finden würde. Leider glaubten ihm einige Leute. Ein Mann hatte dich sogar gesehen, er berichtete, eine junge Frau wäre aus dem Motel gerannt und in den Wald gelaufen. Der Satz war noch nicht raus, da war dieser Typ schon weg. Der Typ war so auf hundertachtzig, dass ich's mit der Angst zu tun bekam und dir nachlief. So wie der drauf war, hätte sonst was passieren können.«

Sie nickte schwach. »Er war hier, aber ich habe mich versteckt.« Sie verdrückte einige Tränen und wischte sie mit dem Handrücken vom Gesicht. »Danke, dass du gekommen bist. Meinst du, er … er ist noch in der Nähe?«

»Keine Ahnung. Besser, wir verschwinden von hier!«

»Zurück in die Stadt? Und wenn er vorm Motel wartet?«

»Entweder wir gehen zur Polizei und zeigen ihn an, was aber nicht viel bringen wird. Er hat schließlich nur ein bisschen die Wahrheit über dich verdreht, aber nichts verbrochen. Oder wir stehlen uns heimlich davon. Deinen Wagen und deine Sachen aus dem Motel kannst du später holen. Mein Camper steht auf dem Campground. Auf die Idee, den zu überwachen, kommt er bestimmt nicht.«

»Und dann?«

»Fahren wir nach Norden und sehen weiter.«

»Klingt nicht gerade nach einem ausgeklügelten Plan.«

»Was Besseres fällt mir im Augenblick nicht ein. Hauptsache, wir verschwinden erst mal, bevor er uns doch noch findet und Ärger macht. Zum Campground geht es da lang.« Er deutete in die Dunkelheit. »Er liegt am Ende der Stadt. Da sieht uns keiner. Bevor dieser Scott Wilbur merkt, dass wir ihn reingelegt haben, sind wir längst über alle Berge. Was meinst du?«

»Ich hab mir den Fuß verstaucht.«

Er schien den Ast, den sie als Krückstock benutzte, erst jetzt zu sehen. »Macht nichts«, sagte er nach einer kurzen Schrecksekunde. »Ich nehm dich huckepack, das hab ich mit meiner Schwester früher auch immer gespielt.«

Sie wusste nicht, wie sie es anstellen sollte, und grinste verlegen. Ohne dass sie ihn bitten musste, half er ihr vom Boden hoch. Den plötzlichen Schmerz, als sie mit ihrem verstauchten Fuß den Boden berührte, ertrug sie tapfer.

»Leg mir die Hände um den Hals und spring hoch!«, forderte er sie auf. »Hier sieht uns doch niemand, und ich sage bestimmt nicht weiter, was du mit mir anstellst.« Er ging in die Hocke. »Nun mach schon! Wir haben es eilig.«

Sie sprang auf seinen Rücken und spürte seine Hände unter ihren Oberschenkeln. Ein Gefühl, das ihr nicht unangenehm war, ihr aber auch das Blut ins Gesicht schießen ließ. Nur gut, dass es in der Dunkelheit niemand sah. Sie hatte beide Arme um seinen Hals geschlungen und war mit einer Wange dicht an seinem Gesicht. Sie spürte seine Wärme und, als er sich nach ihr umdrehte, auch seinen warmen Atem. Auch er wirkte nervös und lächelte verlegen.

»Alles okay?«, fragte er.

»Alles okay«, antwortete sie.

Alana versuchte, ihn so wenig wie möglich zu behindern, während sie sich einen Weg durch den Wald bahnten. Als sie daran dachte, wie Sandy oder ihre Eltern reagieren würden, wenn sie sehen könnten, wie sie auf dem Rücken eines wildfremden jungen Mannes hing, errötete sie gleich noch einmal und fragte sich selbst, warum sie Paul vertraute. Sie brauchte normalerweise länger, um mit einem Menschen warm zu werden, vor allem mit einem Mann, und hatte andere Studentinnen, die schon nach einem Abend mit einem Mann nach Hause gingen, nie verstanden. In der Hinsicht war sie wohl altmodisch.

Sie brauchten eine Viertelstunde bis zum Waldrand und blieben im Schatten der Bäume, bis sie den Campground auf der anderen Straßenseite liegen sahen. Das Neonschild leuchtete schwach, anscheinend waren einige Röhren ausgefallen. Das gelbe Licht spiegelte sich in den Fenstern der Fahrzeuge.

Der Highway war verlassen, als sie die Straße überquerten, und auch auf dem Campground herrschte beinahe gespenstische Stille. Alana war von seinem Rücken geklettert, um nicht unnötig Aufsehen zu erregen, und humpelte die letzten Schritte. Sie war froh, als sie den Camper erreichten und Paul ihr auf den Beifahrersitz half. Er startete den Motor und fuhr auf den Highway hinaus.

»Danke, dass du mir geholfen hast«, sagte sie, als die Stadt hinter ihnen in der Dunkelheit versank. »Ich hätte allein nicht mal aus dem Wald rausgefunden.«

Er blickte sie an. »Ich wollte dich sowieso wiedertreffen.«

»Noch ein Stalker?«

»Nein«, erwiderte er, »ich vertraue dem Schicksal. Wenn es will, dass sich zwei Menschen treffen, findet es auch einen Weg. Das Schicksal, der liebe Gott, der große Manitu … wer auch immer. Ich glaube ganz fest daran.«

Alana blickte in den Seitenspiegel. Es waren keine Scheinwerfer zu sehen, nur einmal huschten die Lichter einer Farm vorbei. Ein Farmer, der nicht schlafen konnte?

»Wie lange er wohl braucht, um uns auf die Schliche zu kommen? Ich hab keine Lust, diesem verrückten Typ noch einmal zu begegnen.«

»Einer wie er gibt nicht so schnell auf«, erwiderte Paul, »aber bis morgen früh ist er sicher beschäftigt. Er wird eine Weile im Wald herumrennen und nach dir suchen, und danach mietet er sich bestimmt im Motel ein und wartet darauf, dass du zurückkommst. Er hat keine

Ahnung von mir und braucht sicher einige Zeit, die Wahrheit herauszufinden. Wenn überhaupt. Bis er darauf kommt, dass du die Stadt verlassen hast, sind wir doch längst in Missoula.«

»Und da bin ich sicher, meinst du?«

»Missoula ist eine große Stadt, da gibt es jede Menge Hotels und Motels. Bis er die alle durchhat, dauert es eine Weile. Am besten schläfst du auch auf dem Campground, da bist du relativ sicher.« Wie er sich das vorstellte, verriet er ihr nicht. »In meinen Augen wäre er wirklich reif für die Klapsmühle, wenn er dir nach Missoula folgen würde. Ich kapier das nicht. Er sieht doch einigermaßen manierlich aus, wie einer aus besserem Hause. So einer findet in der Regel immer eine Dumme.«

Alana zuckte die Achseln. »So wie er aussieht, hätte er auch keine Schwierigkeit, eine zu finden. Keine Ahnung, warum er es ausgerechnet auf mich abgesehen hat. Weil ich die Einzige bin, die nichts von ihm wissen will, nehme ich an. Das wurmt ihn, und jetzt ist er regelrecht besessen von mir. Ein Psychofritze könnte das sicher viel besser erklären.«

»Das würde ihn dir auch nicht vom Hals schaffen.«

»Das stimmt.« Sie blickte geradeaus. »Und du? Hast du eine Freundin?«

»Ich hatte eine. Obwohl … sie war wohl eher ein Groupie.« Er grinste verschmitzt. »Mary-Beth aus Twin Falls. Sie war in der Bar, in der ich manchmal spielen darf, bevor der DJ übernimmt und sie den Top-Forty-Kram runterleiern. Sie zog eine Weile mit mir rum und verschwand, als sie merkte, dass ich keinen Nummer-1-Hit haben würde. Bei mir hält es keine lange aus. Die Mädels wollen Superstars.«

»Vielleicht wird *Wolves in the Wild* ein Hit.«

Er freute sich. »Du kannst dich an den Titel erinnern?«

»Klingt stark hitverdächtig.«

Er sang den Refrain seines neuen Songs und blickte sie ein wenig schüchtern an. »Meinst du? Ich singe ihn dir heute Abend mal mit Gitarre vor. Mit akustischer Gitarre klingt er am besten. Country, Rock, von beidem was.«

»Ich bin sehr gespannt. Wie lange machst du das schon?«

»Ich hab schon damit angefangen, als ich noch zur Junior High ging«, erwiderte er. »Nichts Besonderes, damit würde ich heute jede Bar leer singen, und als Straßensänger bekäme ich nicht mal einen Penny. So richtig los ging es erst auf dem College. Meine Eltern wollten unbedingt, dass ich zur Business School gehe, um später ihr Restaurant übernehmen zu können. Sie haben ein Steakhaus am Stadtrand von Idaho Falls. Aber ich hab mit Business und Buchhaltung wenig am Hut. Ich komm mit Zahlen sowieso nicht zurecht.«

»Du hast das College geschmissen?«

»So nennt man das wohl.« Er blickte sie ein wenig unsicher an, war sich wohl nicht sicher, was sie davon halten würde. »Seitdem zieh ich als Straßensänger durch die Lande und verdiene mir mein Geld mit Liedern. Zurzeit noch als Straßensänger und gelegentlich auch in Bars oder bei kleinen Festivals, aber was nicht ist, kann ja noch werden. Ein Kumpel arbeitet für einen Soft-Rock-Sender in Idaho Falls und versucht, meine Songs an einen Musikverlag zu bringen. *Wolves in the Wild* hab ich ihm gestern gemailt. Er meint, damit hätte ich gute Chancen. Na ja, das sagt er eigentlich immer.«

»Ich drücke dir die Daumen. Was sagen denn deine Eltern dazu?«

»Die waren ziemlich sauer, als ich vom College abging. Inzwischen haben sie sich etwas beruhigt, aber besonders gut auf mich zu sprechen sind sie noch immer nicht. Sie glauben nicht, dass ich mit meiner Musik eine Chance habe. Ich sollte lieber was Handfestes lernen und ordentlich Geld verdienen.«

»So ähnlich geht's mir auch«, sagte Alana. Sie erklärte ihm in ein paar Sätzen, warum sie unterwegs war, und erzählte von ihrem Wunsch, Geschichte zu studieren und nach dem College in einem Museum zu arbeiten. »Meine Eltern sind beide Chirurgen. Sie dachten, ich würde auf die Med School gehen, aber zur Ärztin tauge ich nicht. Nicht mal zur Krankenschwester, um ehrlich zu sein. Ich hab's eher mit Mountain Men und Indianern. Meine Großmutter war eine Arapaho. Ich will mehr über ihr Volk erfahren, verstehst du das?«

»*Follow Your Dreams*. Folge deinen Träumen. Auch ein Lied von mir.«

»Das passt. Wie wär's mit *Zwei schwarze Schafe*?«

»Für uns beide?« Wieder dieses Grinsen. »Starker Titel.«

Im Rückspiegel flammten die roten und blauen Warnlichter eines Streifenwagens auf. Das nervende Signal einer Polizeisirene erklang. Die *Highway Patrol*! Waren sie zu schnell gefahren? Hatte Scott Wilbur irgendwelche Lügen bei der Polizei über sie erzählt und die Cops auf sie gehetzt?

Paul erschrak noch mehr als sie und begann regelrecht zu zittern, als er an den rechten Straßenrand fuhr und ängstlich darauf wartete, dass der Streifenwagen hinter ihnen hielt. Er war so nervös, dass er keinen Ton hervorbrachte.

Doch ihre Sorge war unbegründet. Der Polizist hatte es nicht auf sie abgesehen, sondern fuhr in rasantem Tempo an ihnen vorbei. Erleichtert beobachteten sie, wie die flackernden Lichter über den nächsten Hügel wanderten und in der Ferne verschwanden. Bald darauf verebbte auch das Sirenengeheul.

»Puh! Und ich dachte schon, wir kriegen einen Strafzettel«, sagte Alana.

Paul sagte gar nichts. Er stützte sich mit beiden Armen auf das Lenkrad und starrte mit leeren Augen in die Dunkelheit, als wäre er gerade dem Leibhaftigen begegnet. Er zitterte immer noch und brachte kein Wort hervor. Wie ein Verbrecher, der nur durch ein Wunder seiner Verhaftung entgangen war.

»Paul!«, versuchte sie, ihn aus seiner Erstarrung zu wecken. »Was ist los mit dir? Hat dir der Trooper einen solchen Schrecken eingejagt? Wir waren nicht zu schnell. Oder hast du eine Bank überfallen und die Beute dabei?«

Er reagierte nicht auf sie, blickte weiter nach vorn

und erholte sich erst nach einer ganzen Weile von seinem Schrecken. »Sorry«, sagte er. Auf seiner Stirn glänzte Schweiß. »Ich hab vor einigen Wochen einen Unfall erlebt und schiebe immer Panik, sobald ich eine Polizeisirene höre. Tut mir leid, Alana.«

»Einen Unfall, an dem du beteiligt warst?«

Er ging nicht darauf ein. »Ich bin okay, alles halb so schlimm. Irgendwann kriege ich die Bilder aus dem Kopf, dann geht es mir wieder besser. Vielleicht sollte ich zu einem Psychoheini gehen wie die Reichen und Schönen.«

»Wenn es nicht vorbeigeht, solltest du es wirklich tun.«

Er lächelte. »Halb so schlimm, Alana. Nicht der Rede wert.«

Sie waren beide hundemüde und hätten am liebsten im Wagen geschlafen, aber nach Norden führte nur dieser eine Highway, und hier draußen wären sie eine leichte Beute gewesen, falls Scott Wilbur ihnen doch auf die Spur kam.

Alana wollte aus Höflichkeit wach bleiben, war aber zu müde und nickte ein, als sie weiterfuhren. Sie schreckte erst aus dem Schlaf, als sie Missoula erreichten und in einem Vorort auf einen Campground fuhren. Sie fuhren auf einen freien Platz, und Scott schloss den Wagen an Strom und Wasser an.

»Im Camper ist genug Platz für uns beide«, sagte er verlegen. »Du brauchst keine Angst zu haben, ich gehöre nicht zu denen, die so was ausnutzen.«

»Alles andere hätte mich auch schwer enttäuscht.«

»Dann hast du nichts dagegen, im Camper zu schlafen?«

»Solange du nicht zu laut schnarchst?«

»Ich werde mir Mühe geben«, sagte er und stieg aus.

Shadow

Shadow wusste, was die Kugeln der Zweibeiner anrichten konnten. In seinem Gedächtnis waren die Bilder eines Kadavers gespeichert, den ein Jäger in ihrem Revier hinterlassen hatte. Die Kugeln aus der Waffe des Zweibeiners hatten dicke Fleischfetzen aus dem Hals der Hirschkuh gerissen, eine größere Wunde, als sie irgendein Wolf reißen könnte.

Entsprechend geschockt war er, als die Kugel dicht neben ihm einschlug, aber die Hunde waren schon zu nahe, um länger zu zögern. Ohne sich nach ihnen umzudrehen, rannte er los. In weiten Sätzen jagte er über den Hügelkamm und einen steilen Hang hinunter in einen Bach hinein, der nur noch als dünnes Rinnsal über den felsigen Boden floss. Über den feuchten Fels rannte er nach Nordosten, den Bergen entgegen, über ein Geröllfeld auf einen weiteren Hügelkamm und schließlich in ein schmales Tal hinab. Die Dunkelheit schützte ihn vor den bewaffneten Verfolgern und ihren Kugeln und half ihm, ihnen zu entkommen. Schon bald waren ihre wütenden Stimmen kaum noch zu hören.

Nur das Bellen der Hunde hing noch in der Luft. Sie blieben dicht hinter ihm, dachten gar nicht daran, aufzugeben, und freuten sich anscheinend über die Gelegenheit, einen ausgewachsenen Wolf besiegen zu können. Einen Wolf zu jagen, war etwas ganz anderes, als einem Kojoten oder einem Kaninchen hinterherzulaufen. Ihre glänzenden Augen und die vorgereckten Schnauzen verrieten, mit welcher Freude und Zuversicht sie ihren wilden Bruder jagten.

Shadow merkte schon bald, dass ihm die Hunde ebenbürtig waren. Er würde um einen Kampf nicht herumkommen, und die Chancen, diesen zu gewinnen, standen mehr als schlecht. Diese Jagdhunde waren kräftig und muskulös und für solche Jagden trainiert. Allein die Tatsache, dass sie ihm so dicht auf den Fersen blieben, zeigte ihm, dass sie gefährlicher als eine Raubkatze oder ein Grizzly waren. Sie zeigten keine Anzeichen von Müdigkeit, hielten locker mit, obwohl Shadow der schnellste seines Rudels gewesen war.

Doch wenn er sich schon auf einen ungleichen Kampf einließ, wollte er wenigstens das Überraschungsmoment auf seiner Seite haben. Er würde den Ort und die Art des Kampfes bestimmen, und er allein würde entscheiden, wann er beginnen würde. In voller Absicht rannte er einen steilen Geröllhang hinauf, drehte sich um, sobald er das mit braunem Gras bewachsene Plateau erklommen hatte, und stürzte sich auf den vorderen der beiden Jagdhunde.

Weil er über den Verfolgern thronte und sich mit ungewöhnlich heftiger Wucht auf den Hund stürzen konnte, hatte der Verfolger keine Chance. Shadow erwischte ihn mit dem ersten Biss an der Kehle, zerriss ihm die Halsschlagader und etliche Nervenstränge und brauchte nicht einmal nachzusetzen, als sein Opfer den Boden unter den Pfoten verlor und nach unten stürzte.

Er hatte jedoch keine Zeit, sich von dem kurzen, aber stürmischen Kampf zu erholen. Kaum schickte er sich an, das Plateau erneut zu besteigen, stürzte sich der schwere Körper des anderen Hundes auf ihn, und er verdankte es nur seiner raschen Reaktion, dass der Angreifer nicht seine Kehle erwischte, sondern lediglich seinen Rücken zu greifen bekam und ihm nur eine harmlose Fleischwunde zufügte. Harmlos genug, um sich sofort zu drehen, einen neuen Angriff abzuwehren und seinerseits mit einem wütenden Knurren und Fauchen auf den Jagdhund loszugehen. Er erwischte ihn am Kopf, brachte ihm eine schmerzvolle Wunde bei und grub seine Zähne so tief in seinen Hals, dass der andere aufgab und jaulend das Weite suchte. Shadow blickte ihm mit blutverschmierter Schnauze nach und beobachtete, wie er sterbend zusammenbrach.

Ihm blieb keine Zeit, seinen Triumph auszukosten. Wenn er den Kugeln der Zweibeiner entkommen wollte, musste er sofort verschwinden. Er lief davon und merkte schon nach wenigen Schritten, wie sehr ihn die Verletzung am Rücken behinderte. Der Biss hatte keine lebensnotwendigen Organe und auch keine Muskeln verletzt, doch die Wunde blutete stark, und er brauchte sobald wie möglich Ruhe, um neue Kraft zu finden und die Wunde heilen zu lassen.

Indem er die aufkommenden Schmerzen ignorierte, lief er über das Plateau zu den Bäumen auf der anderen Seite. Über einen Pfad, den andere Tiere in das Erdreich getreten hatten, kletterte er zu einem schmalen Fluss hinunter und stieg hinein. Das eisige Wasser spülte das Blut von seinem Körper und betäubte den Schmerz, der vom Rücken überallhin ausstrahlte. Er hatte selten gegen so starke Feinde wie diese Hunde gekämpft.

Am jenseitigen Ufer verließ er den Fluss und floh in einen Wald. Die Zweibeiner würden ihre blutenden Hunde bald entdecken und ihm dann nur noch wütender und entschlossener folgen. Auch sie konnten Spuren lesen, das hatte er mehrmals erlebt, und mit ihren Feuer speienden Rohren waren sie gefährlicher als Elche. Vor allem, wenn sie sich in der Überzahl befanden, war es zu gefährlich, sie anzugreifen. Wie jeder Wolf würde sich auch Shadow nur auf einen Feind oder eine Beute stürzen, wenn er einigermaßen sicher sein konnte, dass sie ihm unterlegen waren. Auf einen ungleichen Kampf wie gegen die Jagdhunde ließ er sich nur ein, wenn er keine andere Wahl hatte. Und meist gingen solche Kämpfe immer zu Gunsten der anderen aus.

Mit seiner Rückenwunde blieb ihm nur die Flucht. Die Verletzung war nicht schlimm, aber schmerzhaft und behinderte ihn beim Laufen. Bei einem weiteren Kampf wäre er von vornherein im Nachteil gewesen. Das Wissen, die Zweibeiner noch immer hinter sich zu wissen, trieb ihn unbarmherzig an. Trotz seiner Schmerzen rannte er unaufhörlich, durch das verfilzte Unterholz des Waldes, über entwurzelte Baumstämme und abgebrochene Äste, aus dem Wald und über Wiesen. Weil er wusste, wie ungern Zweibeiner in den Bergen herumkletterten, lief er einen steilen Geröllhang hinauf und ließ sich auf einen weiten Umweg durch die Ausläufer der Berge ein, um seine Verfolger zu entmutigen und zur Aufgabe zu zwingen.

Sein Vorgehen zeigte die gewünschte Wirkung. Nachdem er bis zum Morgengrauen gelaufen und geklettert war, konnte er relativ sicher sein, die Zweibeiner abgehängt zu haben. Er suchte sich eine Einbuchtung in den Felsen, die ihn vor Wind und Wetter schützte und ihm die Möglichkeit gab, seine

Umgebung im weiten Umkreis zu beobachten und rechtzeitig reagieren zu können. Erschöpft von der anstrengenden Flucht legte er sich auf den Boden.

Nach einer Weile schlief er ein. Ein paar Stunden Schlaf würden ihm genügen, dann wäre es Zeit, die Berge zu verlassen und durch die Täler in den Niederungen weiter nach Norden zu laufen, einem neuen Leben entgegen.

Alana

Im Camper war es gemütlicher, als Alana gedacht hatte. Die Standheizung funktionierte, und das Bett, das Paul ihr überlassen hatte, war einigermaßen bequem. Er selbst schlief auf einer Luftmatratze auf dem Boden. Sie waren so müde, dass sie sich sogar das Abendessen sparten, und waren wenige Minuten später eingeschlafen. Zum Waschen war am nächsten Morgen noch Zeit.

Die Sonne war längst aufgegangen, als Alana mit einem von Pauls Handtüchern und ihrem Ersatzshirt aus der Umhängetasche in den Waschraum ging. Nach der heißen Dusche war ihr wohler zumute. Anschließend lud sie Paul, auch um sich bei ihm für seine Hilfe zu bedanken, zu einem reichhaltigen Frühstück im Coffeeshop neben dem Campground ein und prostete ihm mit Kaffee zu.

»Ich komm mir vor wie in einem Roadmovie«, sagte sie. »Die unschuldige Heldin, ihr geheimnisvoller Verehrer und der durchgedrehte Verbrecher, der ihnen auf den Fersen ist und geschworen hat, sie beide umzubringen.«

»Klingt dramatisch«, erwiderte er. »Arg weit hergeholt, würden manche Leute sagen, nur ein Verrückter folgt einer Frau, die ihm eine Abfuhr erteilt hat, quer durch die USA, um sich für die erlittene Schmach zu rächen.

Im wirklichen Leben würde sich ein Typ wie Scott Wilbur doch mit einer aufgetakelten Cheerleaderin trösten und beteuern, sich nie um die brave Alana bemüht zu haben.« Er bemerkte die Falten auf ihrer Stirn und fügte rasch hinzu: »Nicht meine Meinung. Du bist alles andere als brav. Eher … wie soll ich sagen?« Er schien plötzlich das Gefühl zu haben, zu weit gegangen zu sein, und war froh, dass die Bedienung kam und Kaffee nachschenkte. »Ach, ich weiß auch nicht.«

Sie genoss seine Verlegenheit und lachte. »Aufregend? Interessant?«

»Beides«, rutschte es ihm heraus. Er deutete auf den Fernseher, der über dem Tresen an der Wand hing und den Wanderwolf oder einen Artgenossen zeigte. »Hey, geht's da nicht um den Wolf, der sein Rudel verlassen hat?«

»Shadow«, erwiderte sie.

Der Ton des Fernsehers war abgestellt, aber der Wirt hatte die Untertitel für Gehörlose eingeschaltet, sodass der Kommentar des Nachrichtensprechers unten über den Bildschirm lief: »… weigert sich der *Fish & Wildlife Service* auch weiterhin, den genauen Aufenthaltsort von Shadow bekannt zu geben. Es gilt aber als sicher, dass der Wanderwolf bereits über dreihundert Meilen zurückgelegt hat und sich inzwischen in Montana aufhalten dürfte, wahrscheinlich in der Umgebung von Missoula. Östlich von Gibbonsville, an der Grenze zwischen Idaho und Montana, hat er einen Jagdhund getötet und einen anderen so schwer verletzt, dass er eingeschläfert werden musste.« Auf dem Bildschirm sah man die beiden Hunde im Gras liegen und zwei wütende Farmer, die sich lauthals und gestenreich aufregten.

»Der verdammte Wolf wollte unsere Kälber reißen«, wurde einer der beiden Farmer untertitelt, »und als wir uns an die Verfolgung machten, lauerte er unseren Hunden auf und stürzte sich wie ein Monster auf sie!« Sein Kumpan kam ins Bild und schüttelte drohend eine Faust. »Aber wir erwischen den Burschen, und dann hat er nichts zu lachen, das ist mal sicher! So weit laufen, dass er sich keine Kugel einfängt, kann er gar nicht. Die Bestie ist geliefert!«

Auf dem Bildschirm erschien eine Karte, die den ungefähren Wanderweg des Wolfes zeigte. Der Sprecher kommentierte: »Es wird vermutet, dass Shadow bis nach Kanada wandern könnte. Eine genaue Prognose wagte der *Fish & Wildlife Service* nicht abzugeben, Wanderwölfe seien unberechenbar.«

Das Bild wechselte zu einigen Tierschützern, die mit Transparenten vor dem *State Capitol* in der Hauptstadt Helena im Kreis liefen. Unten liefen die Untertitel durch: »Ungefähr hundert Tierschützer protestierten in Helena gegen die Regierung von Montana, die sich weigert, wandernde Wölfe betäuben und einfangen zu lassen, und den *Fish & Wildlife Service* ermutigt, diese Tiere zu erlegen, sofern sie eine Bedrohung für die Öffentlichkeit und vor allem Ranches und Farmen darstellen. Auch den Bürgern ist es erlaubt, sich mit Waffengewalt gegen wandernde Wölfe zu verteidigen.«

Ein Tierschützer kam ins Bild und sagte: »Das sind doch schießwütige Rednecks! Die Gefahr durch Wölfe wird stark übertrieben, und die Rancher und Farmer machen sich lächerlich, wenn sie behaupten, vereinzelte Wölfe würden eine ernsthafte Gefahr für ihren Tierbestand bedeuten. Das ist reine Panikmache, weiter nichts!«

»Vom *Fish & Wildlife Service* in Montana bekamen wir leider nur eine schriftliche Erklärung«, fuhr der Sprecher fort. »Wir respektieren die Bemühungen unserer Kollegen in Idaho, durch ihr Experiment mit den elektronischen GPS-Halsbändern genauere Erkenntnisse über das Verhalten von Wölfen zu erlangen, fühlen uns aber ebenso verpflichtet, für den Schutz und die Sicherheit unserer Bürger zu sorgen. Nach unserer letzten Zählung gibt es ungefähr fünfhundert Wölfe allein in Montana. Wir sind der Meinung, die Grenze des Zumutbaren ist erreicht, und wir dürfen auf keinen Fall zulassen, dass die Zahl weiter wächst und die Wölfe zu einer ernsthaften Gefahr für den Tierbestand werden. Das sind wir unseren Ranchern und Farmern schuldig.«

»Das ist doch Unsinn«, sagte Paul und nahm den Blick vom Bildschirm. Dort waren inzwischen eine Wetterkarte und die Schlagzeile »Der Winter steht vor der Tür!« zu lesen. »Die paar Kälber und Schafe tun den Besitzern doch nicht weh. Heftige Gewitter und Schneestürme töten viel mehr Tiere. Wölfe gehören seit mehreren Jahrhunderten zu den Bewohnern des Landes, und wir sollten froh sein, dass sie langsam wieder zurückkehren. Sie töten vor allem kranke und schwache Tiere und helfen, das Gleichgewicht in der Natur aufrechtzuerhalten. Aber sie haben leider ein schlechtes Image. In Märchen und Sagen, in Comics, in Horrorfilmen … Dabei sind sie intelligent und beschützen und unterstützen sich gegenseitig. Den Menschen werden sie ganz selten gefährlich. Wölfe sind schlau und gehen uns meist aus dem Weg.«

Alana blickte ihn erstaunt an. »Jetzt weiß ich auch, warum du *Wolves in the Wild* geschrieben hast. Du hast was für Wölfe übrig, stimmt's? Mir gefallen sie auch, solange sie mir nicht an den Kragen wollen. Allein, wie sie sich bewegen, elegant und irgendwie majestätisch. Bist du auch ein Tierschützer?«

»Ich mag Tiere«, erwiderte er, »aber ich bin noch nie mit einem Transparent vor das Kapitol gezogen, wenn du das meinst.« Er blickte sie begeistert an. »Wölfe sind irgendwie cool. So wie dieser Shadow. Der läuft Hunderte Meilen, weil ihm sein Instinkt sagt, dass irgendwo am Horizont die Wölfin seiner Träume auf ihn wartet. Das ist irre! Den kann man doch nicht erschießen!«

»Shadow ist schlau«, meinte Alana. »Der lässt sich nicht erschießen.« Sie blickte aus dem Fenster und sah einen Streifenwagen zum Campground abbiegen. Er hielt vor Pauls Camper. »Da hält ein Cop vor deinem Camper«, sagte sie.

Paul beugte sich erschrocken nach vorn. »Ein Cop?«

Sie beobachteten beide, wie der Polizist ausstieg, einmal um den Camper herumlief, durch das Seitenfenster in den Innenraum blickte und ins Büro des Managers verschwand. Zum Glück hatten sie bereits für den Stellplatz bezahlt.

»Hast du den Wagen gestohlen?«, fragte sie amüsiert.

»Die alte Kiste? Die Hälfte kommt vom Schrottplatz.«

Nach wenigen Minuten kam der Polizist wieder heraus, stieg in seinen Streifenwagen und fuhr davon. Er hatte nicht mal zu ihnen herübergesehen.

»Mann!«, stieß Paul erleichtert hervor.

Was der Polizist gewollt hatte, erfuhren sie, als sie nach dem Frühstück zum Camper zurückkehrten und der Manager aus seinem Büro kam. »Gerade war ein Cop hier«, sagte er. »Ich soll Ihnen sagen, dass Sie Ihr kaputtes Rücklicht reparieren lassen sollen. Falls er Sie damit fahren sieht, würde es einen Strafzettel geben.«

»Das machen wir. Kennen Sie eine Werkstatt?«

»Zwei Straßen weiter, neben Walmart.«

»Ich kaufe mir ein paar T-Shirts und frische Unterwäsche, während du deinen Camper reparieren lässt«, sagte Alana, als sie vom Campground fuhren, »und ein bisschen was zu essen, falls ich weiter bei dir mitfahren darf.«

»Klar fahren wir zusammen. Wie wär's mit San Francisco?«

»Klingt verlockend. Ein bisschen weit vielleicht.«

»Oder Coeur d'Alene, da soll's auch ganz schön sein.«

»Schon eher«, erwiderte sie lachend. Sie fühlte sich in der Gegenwart von Paul seltsam beschwingt, beinahe schwerelos und leichtsinnig, bereit für ein waghalsiges Abenteuer, auch wenn ihr der Gedanke, noch immer von

Scott Wilbur verfolgt zu werden, zu schaffen machte und sie nicht so locker wie sonst sein ließ. »Zwei, drei Tage werde ich schon freimachen können, bevor ich zum Museum nach Pinedale zurückmuss. Bis dahin ist die Sache mit Scott Wilbur hoffentlich ausgestanden. Er kann mir doch nicht ewig nachfahren.«

»Und wenn doch, rufst du seine Eltern an und sagst ihnen, was hier läuft. Die werden kaum zulassen, dass ihr Sohn in den Knast wandert.«

Daran hatte sie auch schon gedacht. Seine Eltern besaßen einen angesehenen Großhandel und konnten sich keinen Skandal leisten. Allein der Verdacht, er könnte eine junge Frau gestalkt haben, würde großen Ärger heraufbeschwören und auch ihr Image beschädigen. Alana hoffte inständig, dass Scott Wilbur von selbst vernünftig wurde und nach Denver zurückkehrte.

Sie erreichten die Werkstatt und parkten neben der Einfahrt. Der Besitzer versprach ihnen, das Rücklicht in spätestens einer halben Stunde auszutauschen. »Ich warte hier«, sagte Paul und machte es sich auf einem der Stühle im Büro bequem. Er holte seinen Notizblock heraus, um sich wieder in seine Songs zu vertiefen.

Alana ging zum Walmart nebenan und ließ sich Zeit beim Einkaufen. Die Unterwäsche war im Sonderangebot, nicht besonders sexy, aber okay, bis sie ihren Koffer wiederbekam. Bei den T-Shirts war sie wählerischer, wollte nicht wie eine Vogelscheuche vor Paul auftauchen und leistete sich ein hellblaues und ein pinkfarbenes Shirt mit aufgenähten Glitzersteinen. Auf dem blauen Shirt bildeten sie einen Hasen, auf dem pinkfarbenen einen Flamingo.

In der Lebensmittelabteilung kaufte sie Weintrauben, zwei Apfeltaschen, eine Tüte Kekse, eine Flasche Diet Coke und für abends etwas Käse und ein Baguette. Dauernd im Lokal zu essen, war ihr unangenehm und viel zu teuer.

Die halbe Stunde war bereits vorüber, als sie Walmart wieder verließ. Gerade als die automatische Tür nach außen schwenkte, fuhr ein Streifenwagen des *Sheriff's Office* im gemächlichen Tempo am Eingang vorbei und parkte nur ein paar Schritte weiter. Ein Deputy stieg aus und lächelte im Vorbeigehen.

Schon wieder ein Streifenwagen, dachte sie. Das konnte natürlich Zufall sein, ganz sicher sogar war es Zufall, aber seltsam war es doch. Als würden sie die Polizei und der Sheriff im Auge behalten, um sofort zugreifen zu können, sobald der Befehl dazu kam. Hatte Scott Wilbur der *Highway Patrol* in Gibbonsville irgendwelchen Blödsinn erzählt? Hatte er eine Lügengeschichte erfunden, um sie anzuschwärzen? So dumm konnte nicht mal er sein, hoffte sie.

Sie schüttelte ungläubig den Kopf und kehrte zu der Werkstatt zurück, nur um festzustellen, dass Paul verschwunden war. Auch sein Camper war nirgendwo zu sehen. Sie suchte vergeblich die nähere Umgebung nach ihm ab.

Verwirrt betrat sie die Werkstatt. Der Besitzer, ein breitschultriger Mann mit einem Schmetterlingstattoo am Hals, richtete sich von einer geöffneten Motorhaube auf und blickte sie fragend an. »Kann ich Ihnen helfen, Miss?«

»Mein Bekannter, der mit dem kaputten Rücklicht, ist der noch hier?«

»Nee, der ist schon seit ein paar Minuten weg«, antwortete er. »Ging schneller, als ich dachte.« Er zögerte. »Er hat Sie doch nicht sitzen lassen?«

»Keine Ahnung.« Sie wusste nicht, was sie sonst sagen sollte.

»Er hatte es plötzlich ziemlich eilig, das stimmt«, sagte der Werkstattbesitzer. »Als ob ihn eine Hummel gestochen hätte.« Er lachte über seinen eigenen Witz. »Nun ja, vielleicht ist er allergisch gegen Cops. Als er bezahlte, hielt ein Deputy vor dem Eingang. Deputy Cookston, der kommt gern mal auf einen Kaffee vorbei. Wir waren zusammen auf der Highschool, wissen Sie.«

Sie zwang sich zu einem Lächeln. »Das wird's gewesen sein. Paul hat in den letzten Wochen zwei Strafzettel für zu schnelles Fahren bekommen und hat große Angst, dass er seinen Führerschein abgeben muss. Unterwegs war er auch schon nervös. Er wartet sicher um die Ecke auf mich. Vielen Dank, Mister.«

Sie machte, dass sie wegkam, und ging einmal um den Block, suchte eine geschlagene Stunde nach Paul, bis sie sicher war, dass er tatsächlich das Weite gesucht hatte. Was war bloß in ihn gefahren? Hatte sie sich so in ihm getäuscht? Es sah fast so aus, als wäre er tatsächlich vor den Cops geflohen.

Aber warum?

Sie blieb unschlüssig stehen und griff seufzend nach ihrem Handy. Über die Auskunft erreichte sie den Werkstattbesitzer in Gibbonsville. »Mister Hodges?«, erinnerte sie sich an seinen Namen. »Alana Milner. Sie wollten mir eine neue Benzinpumpe in meinen Toyota einbauen. Ist der Wagen fertig?«

»Schon seit heute Morgen, Miss. Ich hab schon bei meinem Bruder im Motel angerufen, aber der sagte, Sie hätten bereits ausgecheckt. Wollen Sie Ihren Wagen nicht mehr? Für einen alten Corolla ist er noch gut in Schuss.«

»Ich musste dringend nach Missoula und bin per Anhalter gefahren«, redete sie sich heraus. »Sagen Sie, ist der Mann mit dem roten Sportwagen noch da?«

»Nee, der ist vor ein paar Stunden weg.«

»Nach Norden oder Süden?«

»Nach Norden, soweit ich weiß. Was ist jetzt mit Ihrem Wagen?«

»Könnten Sie mir den nach Missoula bringen? Jetzt gleich?«

»Hm«, meinte er, »ich könnte meinen Enkel schicken, der lungert sowieso nur rum. Zurück kann er den Bus nehmen. Aber das würde Sie einen Fünfziger extra kosten. Sagen wir vierzig, weil Sie's sind. Wo stecken Sie denn?«

»Vor dem Walmart.« Sie nannte ihm die Adresse.

»Und vergessen Sie nicht die zweihundert für die Reparatur. Johnny dürfte in ungefähr zwei Stunden bei Ihnen sein. Sieht ungefähr so aus wie ich, nur vierzig Jahre jünger.« Er kicherte. »Trägt 'ne Mütze der *Dallas Cowboys*.«

»Vielen Dank, Mister Hodges.«

»Nicht der Rede wert«, erwiderte er, »war mir ein Vergnügen. Nehmen Sie sich vor dem Typ in dem roten Civic in Acht, das ist ein schräger Bursche!«

Was immer er mit »schräg« meinte.

»Mach ich, auf Wiedersehen.«

Shadow

Während der letzten beiden Tage hatte sich Shadow nur von Mäusen und Kriechtieren ernährt. Keine Leckerbissen für einen Wolf, der während der letzten Tage nur auf der Flucht gewesen war und nur selten die Gelegenheit gefunden hatte, seinen Magen mit saftigem Fleisch zu füllen. Fast schon eine Demütigung für ihn, doch es war die einzige Nahrung, derer er in seinem Unterschlupf habhaft werden konnte. Wie alle Wölfe hielt er es zwei, drei Tage ohne Nahrung aus, vorausgesetzt, er ging nach der erzwungenen Pause wieder auf die Jagd und riss einen Elch, einen Hirsch oder eine andere fette Beute.

Seine Verfolger hatte er nicht mehr zu Gesicht bekommen. Für einen kurzen Augenblick war ihre Witterung an seine Nase gedrungen, aber gleich darauf wieder verschwunden und nicht mehr zurückgekommen. Sie hatten aufgegeben. Er war ihnen und ihren Jagdhunden entkommen und hatte ihnen gezeigt, zu welchen Taten auch ein einzelner Wolf fähig sein konnte. Die Wunde, die ihm die Kugel ins Fell gerissen hatte, war nicht dramatisch. Während der vergangenen Stunden hatte sich eine Kruste über dem Riss gebildet, und er spürte nur noch leichtes Ziehen. Kein Grund, länger in seinem Versteck zu bleiben. Allein die Wolken über den Bergen ermahnten ihn, sobald wie möglich weiterzuziehen.

Im Schutz der Abenddämmerung verließ er sein Versteck

und stieg in das angrenzende Tal hinab. Sein Instinkt führte ihn weiter nach Norden, im Schatten der Berge in das unbekannte Land, in dem seine Partnerin auf ihn wartete. Obwohl er keine Ahnung hatte, ob es sie wirklich gab, spürte er ihre Witterung. Eine Wölfin, mit der er kräftige und gesunde Welpen zeugen würde. In seinen Träumen sah er sich mit seinem Rudel bereits durch die Wälder streifen, eine eingeschworene Familie, die vor keinem Beutetier zurückschreckte.

Als er merkte, dass ihn die Verletzung nicht mehr behinderte, beschleunigte er seine Schritte. Er fiel in seinen gewohnten Rhythmus, einen zügigen Trott, der es ihm ermöglichte, selbst weite Entfernungen ohne längere Pausen zurückzulegen. Seine Wachsamkeit war ungebrochen. Seine Sinne reagierten auf alles, was in seiner Umgebung geschah, das Schnauben eines Elches, der sich rasch entfernte, das Summen der Insekten über den Wiesen, das Rauschen des Windes und die dunklen Wolken, die baldigen Schnee ankündigten.

Nach einigen Stunden erreichte er einen Felsvorsprung, der bei den Zweibeinern als Aussichtspunkt beliebt war, zu dieser späten Stunde und bei dem frostigen Wetter, das an diesem Abend herrschte, aber verlassen in der Dämmerung lag. Shadow lief bis zum Rand und blickte auf die vor ihm liegende Ebene hinab. Unter ihm leuchteten die Lichter einer großen Stadt. So viele Häuser hatte er nur einmal gesehen, als er mit seinem alten Rudel die Grenzen ihres Territoriums verlassen und in der Fremde gejagt hatte. Im Mondlicht erkannte er Straßen und weiter draußen Häuser mit eingezäunten Wiesen, auf denen Rinder und teilweise Schafe weideten. Ein Anblick, der ihn daran erinnerte, wie groß sein Hunger war.

Bisher hatte ihn sein Instinkt davor gewarnt, ein solches Tier zu töten, obwohl es leichter zu reißen war als ein junger Elch oder eine Hirschkuh in der Wildnis. Wenn er ein Schaf tötete, würden ihn wieder Zweibeiner jagen und ihm blutgierige Hunde auf den Hals hetzen. Manchmal war es klüger, auf Beute zu verzichten.

Seine Sinne arbeiteten auf Hochtouren, suchten die Stadt und ihre Umgebung ab. Er würde einen weiten Umweg nehmen müssen, um unbemerkt an so vielen Zweibeinern vorbeizukommen. Instinktiv wandte er sich nach Westen. In seinem gewohnten Trott lief er den bewaldeten Hängen entgegen, auch wenn er ahnte, dass sein eigentliches Ziel weit im Norden lag und er auf diese Weise viel Zeit verlor. Aber größere Siedlungen und asphaltierte Straßen waren tabu für ihn, und auf den Weiden und Feldern im Osten wäre er ohne ausreichende Deckung. Sein ausgeprägter Instinkt ermöglichte es ihm, dass er schnell und beinahe automatisch auf alles reagierte, was ihm seine Sinne mitteilten.

Was seine Sinne nicht erfassen konnten, war das Hindernis, auf das er nach ungefähr vier Stunden stieß, nachdem er die schützenden Bäume verlassen hatte und weiter nach Norden ziehen wollte. Vor ihm teilte der Interstate das Land, eine mehrspurige Schnellstraße, auf der sich ständig Lichter bewegten. Autos, große Kisten auf Rädern, die es auch in seinem alten Revier gegeben hatte, nur nicht in dieser ungeheuren Anzahl. Dass sie gefährlich waren, wusste er. Er hatte miterlebt, wie ein Welpe von einem Auto überfahren worden war, als dieser versucht hatte, eine geteerte Straße in seinem alten Revier zu überqueren.

Über eine Lichtung, die abseits der Stadt zwischen zwei Waldstücken lag und ihm genügend Schutz bot, näherte er sich dem Interstate. Der Mond war teilweise hinter Wolken verschwunden, und auch die Sterne waren kaum zu sehen, nur die Lichter auf der breiten Straße. Helle Flecken in der Dunkelheit, die sich rasend schnell bewegten und vom Röhren der Motoren begleitet wurden. Nur als dunkle Schatten waren die Trucks und Autos zu erkennen.

Obwohl es schon nach Mitternacht war, herrschte noch reger Verkehr. Zwischen den vorbeihuschenden Lichtflecken gab es immer wieder mal Pausen, aber diese Autos waren unberechenbar, und kaum hatte man eine Lücke erkannt, schloss sie sich wieder. Er musste auf seinen Instinkt und sein Glück vertrauen, wenn er unbeschadet auf die andere Seite kommen wollte. Eigentlich lagen zwei Straßen vor ihm, erkannte er, geteilt durch eine dunkle Böschung, auf der man eine Pause einlegen konnte, falls auf der zweiten Straße noch Verkehr war. Jeder Fluss war leichter zu überqueren.

Shadow hatte keine Wahl. Er musste dieses Hindernis überwinden, wenn er sein Ziel erreichen wollte. Zögernd stieg er über die Böschung zum Straßenrand hinunter. Seine Augen waren nur noch schmale Schlitze, seine Ohren lagen flach auf dem Schädel. Seine Mundwinkel zogen sich langsam nach hinten. Er duckte sich tief ins Gras und klemmte den Schwanz zwischen die Hinterbeine. Er hatte Angst, große Angst sogar. Ein solches Hindernis hatte sich ihm noch nie in den Weg gestellt. Er wusste nicht, wie er sich verhalten sollte, und ahnte gleichzeitig, dass er rasch handeln musste, wenn er nicht von einem der vorbeifahrenden Zweibeiner entdeckt werden wollte. Auch das Gras schützte ihn nur unzureichend vor den hellen Scheinwerfern der Autos.

Er fasste sich ein Herz und trat einen weiteren Schritt nach vorn. Nervös wartete er darauf, dass sich zwischen den Autos eine Lücke auftat und er ungehindert die Straße überqueren konnte. Zumindest bis zum Grünstreifen.

Als es endlich so weit war, zögerte er keine Sekunde. Er rannte los, kümmerte sich nicht um die Lichter, die schneller als erwartet näher kamen und hetzte über die Straße. Sie war breiter als vermutet, und er hatte das Gefühl, kaum vom Fleck zu kommen. Wie auf einem vereisten Hang, wenn man immer wieder zurückrutschte. Einer der Wagen war bereits so nahe, dass die Lichtkegel seiner Scheinwerfer auf sein Fell fielen und ihn deutlich von der dunklen Umgebung abhoben. Er war zu langsam, viel zu langsam für die Autos!

Der Zweibeiner hupte. Das Warnsignal, für seine an die Wildnis gewohnten Ohren ungewöhnlich laut, durchzuckte ihn wie plötzlicher Schmerz und jagte ihm einen solchen Schrecken ein, dass er sich nur mit einem gewaltigen Sprung auf den Grünstreifen rettete. Das Geräusch verklang in der Ferne, zusammen mit dem Brummen des Motors und dem Rauschen des Fahrtwinds.

Mit eingeknickten Hinterbeinen, als baute sich vor ihm ein gewaltiger Grizzly auf, blieb er minutenlang auf dem Grünstreifen liegen, ohne sich zu bewegen. Erst dann schöpfte er zumindest so viel Mut, um den Kopf zu heben. Auch auf der Gegenfahrbahn herrschte noch reger Verkehr, und als ein schwerer Truck mit einem lauten sirenenhaften Geräusch an ihm vorbeifuhr, wich er unwillkürlich einen Schritt zu-

rück und beging beinahe den Fehler, auf den Asphalt zu rutschen.

Nach dem Truck waren keine Lichter mehr zu sehen, und er nutzte die Pause, um zügig auf die andere Seite zu rennen. Dort verharrte er erleichtert zwischen einigen Büschen, blickte noch einmal auf den Interstate zurück und lief weiter nach Norden. Er spürte, dass noch ein extrem weiter Weg vor ihm lag.

Alana

Alana war froh, ihren Wagen wiederzuhaben. Hodges war sogar so nett gewesen, ihren Koffer aus dem Motel zu holen und auf den Rücksitz zu packen. Sie hatte Johnny nach ihrem Stalker befragt, aber auch nicht mehr von ihm erfahren, als sie ohnehin schon wusste, und ihn zum Busbahnhof gefahren. Sicherheitshalber ließ sie sich eine Quittung für die vereinbarte Summe geben, nicht dass der Junge einen Teil des Geldes ausgab und seinem Großvater vorschwindelte, sie hätte ihm nicht alles gegeben. Zur Belohnung gab sie ihm ein Trinkgeld.

Nur wenige Meilen westlich von Missoula bog sie vom Interstate auf den Highway 93 ab, eine schmale Straße, die nach Kalispell und zum »Glacier National Park« an der kanadischen Grenze führte. Paul war der Meinung gewesen, dort wäre sie am sichersten vor Scott Wilbur. Sie würde sich für drei, vier Tage in einem Motel am »Flathead Lake« einquartieren und dann nach Pinedale zurückfahren. Bis dahin hatte sich ihr Stalker vielleicht beruhigt.

Insgeheim hoffte sie, er hätte jetzt schon aufgegeben und wäre bereits auf dem Rückweg nach Denver. Immerhin war die Wahrscheinlichkeit groß, dass er ihre Spur verlor, falls er sich doch entschlossen hatte, ihr zu folgen. Denn niemand wusste diesmal, in welche Richtung sie gefahren war. Am ehesten würde sie ein Verfolger sicherlich auf dem Interstate vermuten, der von Osten nach Westen und zu großen Städten wie Coeur d'Alene oder Butte führte, in denen man leichter untertauchen konnte. Und am »Flathead Lake« gab es so viele Straßen, dass er schon großes Glück haben musste, wenn er sie dort aufspüren wollte.

Auf dem Highway fühlte sie sich sicherer, doch auf ihrer Seele lasteten noch immer schwere Gedanken. Die Sorge um Paul ließ die Angst vor Scott Wilbur beinahe unbedeutend und nichtig erscheinen. Sie wollte nicht glauben, dass Paul sie absichtlich auf so niederträchtige Weise im Stich gelassen hatte. So viel Menschenkenntnis traute sie sich zu. Oder konnte man sich so sehr in einem Menschen täuschen? War Paul nur auf ein schnelles Abenteuer aus gewesen und hatte das Weite gesucht, als er merkte, dass sie dafür nicht zu haben war?

Mach dir nichts draus, ermahnte sie sich in Gedanken, wohl wissend, dass sie sich nicht an ihren Ratschlag halten würde. Du hast doch schon genug Sorgen am Hals.

Sie schaltete das Radio ein. »... soll sich der Wolf inzwischen im nördlichen Montana aufhalten. Große Verwunderung herrschte darüber, wie er es geschafft hat, den verkehrsreichen Interstate zu überqueren. Ein Autofahrer behauptet, Shadow wenige Meilen westlich von Missoula gesehen und beinahe überfahren zu haben. Der Wolf wäre plötzlich vor seinem Wagen aufgetaucht und habe sich gerade noch durch einen waghalsigen Sprung in Sicherheit bringen können. Auf Nachfrage räumte er ein, es könne sich bei dem Tier auch um einen Schäferhund gehandelt haben. So weit die Nachrichten und jetzt das Wetter auf KGVO in Missoula ...«

Alana griff nach ihrem Wolfsmedaillon. Irgendwie berührte sie die Geschichte dieses Wolfes, als wäre er ein Seelenverwandter oder der Schutzgeist, von dem ihre Großmutter gesprochen hatte. Ein Wolf sei dafür verantwortlich gewesen, dass ihr Volk nicht untergegangen war und auf der »Wind River Reservation« ein erträgliches Auskommen gefunden hatte. Ein weißer Wolf, der ihrem Anführer geraten hatte, den Krieg gegen die Weißen zu beenden.

Ihr Handy meldete sich. Sie fuhr an den Straßenrand und kramte es aus ihrer Umhängetasche auf dem Beifahrersitz. Das Display zeigte das Foto ihrer Freundin. »Sandy! Ich weiß, ich hätte mich längst mal wieder melden sollen.«

Sandy lachte. »Immerhin hast du noch ein schlechtes Gewissen.«

»Ich hab viel am Hals, Sandy.«

»Bist du den Stalker endlich los?«

»Du wirst es nicht glauben, der Mistkerl ist noch immer hinter mir her. Er hat mich bis nach Gibbonsville verfolgt, ein Nest an der Grenze zu Montana. Das ist kein aufdringlicher Lover, Sandy. Das ist ein Verbrecher!«

»Du meinst, so wie die Typen in den Fernsehkrimis?«

»Wäre ihm zuzutrauen. Ihn der Polizei zu melden, hat keinen Zweck. Solange er nichts verbrochen hat, können die Cops nichts unternehmen. Ich werde mir irgendwo im Norden ein Zimmer nehmen und zwei, drei Tage warten, bis ich nach Pinedale zurückfahre. Vielleicht hat er sich dann beruhigt.«

»Du solltest seine Eltern anrufen. Wie heißt der Typ mit Nachnamen?«

»Wilbur. Scott Wilbur. Hey, du willst doch nicht …«

»Immer mit der Ruhe, Alana.«

»Scheiß Männer!«

»Nicht alle, Alana. Nicht alle. Brechmittel wie Scott Wilbur sind die Ausnahme, die sollte man mit der neunschwänzigen Peitsche vermöbeln und lebenslang in einen Kerker sperren.« Sie lachte grimmig. »Zum Glück sind die meisten Männer anders. Sieh dir meinen Mike an, er ist ein echtes Juwel.«

»Du bereust nicht, dass ihr zusammengezogen seid?«

»Im Gegenteil, wir wollen heiraten.«

»Er hat dir einen Antrag gemacht?«

»Deswegen rufe ich an!« Sie war mehr als aufgeregt. »Gestern Abend im *Grizzly Rose*, dem Country Club. Stell dir vor, Alan Jackson war da, einer meiner Lieblingssänger, und zwischen zwei Liedern sagte der plötzlich: ›Haben wir eine Sandy im Publikum? Hey, Sandy, dein Mike hat einen Ring für dich und würde ihn dir heute gerne anstecken. Wie sieht's aus?‹ Ich dachte, ich flippe aus, und natürlich hab ich ihn mir gleich anstecken lassen. Keine Ahnung, wie Mike das geschafft hat. Am Valentinstag wollen wir heiraten.«

»Wow! Herzlichen Glückwunsch!«

»Du wirst natürlich meine Brautjungfer. Aber genug von mir, wie sieht's bei dir aus?«

»Außer dass mich ein Irrer verfolgt?«

»Mit der wahren Liebe, meine ich.«

»Nun ja«, rutschte es ihr heraus. Warum, wusste sie selbst nicht.

»Nun ja?«, wiederholte Sandy. »Soll das heißen, du bist verliebt?«

»Unsinn!«, widersprach Alana. »Ich hab einen netten Typen getroffen und ein paar Worte mit ihm gewechselt, aber das war's dann auch schon. Ein Songschreiber. Zieht mit seiner Gitarre durch die Lande und singt Lieder.«

»Das klingt romantisch.«

»Wie gesagt, wir haben nur ein paar Worte gewechselt.«

»Aber du siehst ihn wieder?« Ihr Spott war nicht zu überhören.

»Nur wenn's der Zufall will«, sagte Alana. »Zurzeit hab ich andere Sorgen, wie du weißt. Zuerst muss ich mal diese Nervensäge abschütteln und dann gilt meine ganze Konzentration dem Museumsjob. Bei Gabe kann ich viel lernen. Gabe Norwood, der mir den Rendezvousplatz gezeigt hat. Auf historischem Boden zu stehen, war ein unbeschreibliches Gefühl.«

»Ich sehe schon, da werden deine Eltern schwer zu schlucken haben. Ich wette, die glauben noch immer, dass du Ärztin wirst. Alana Milner, M.D.«

»Sie werden es überleben. Chirurgen sind hart im Nehmen.«

»In *Grey's Anatomy* machen sie den ganzen Tag Liebe.«

»Wer weiß, was in deiner Schule alles passiert.«

»Nicht mit mir«, sagte Sandy bestimmt. »Wenn mir einer zu nahe kommt, kriegt er auf die Finger! Ich habe hoch und heilig geschworen, Mike bis in den Tod zu lieben und wenn's geht, auch darüber hinaus.« Sie lächelte, das konnte Alana auch durchs Telefon hindurch hören. »Bis ich Lehrerin werde, haben wir sicher schon einen Stall voller Kinder.«

»Mehrfache Mutter? Lehrerin? Wie soll das denn gehen?«

»Ich bin ein Multitaskingtalent, weißt du doch.« Sie legte eine kurze Pause ein und fragte dann: »Soll ich wirklich nichts sagen? Wegen Scott Wilbur, meine ich. Ich könnte der Polizei auf die Nerven gehen oder seine Eltern anrufen. Vielleicht sind die ganz froh, wenn ihr Sohn mal eins drauf bekommt.«

»Lass den Unsinn, okay?«

»Schon gut. Lass dich nicht unterkriegen, hörst du?«

Alana versprach es und fuhr nachdenklich weiter. Bei Sandy schien alles nach einem festen Plan zu funktionieren. Gute Noten auf der Highschool, ohne viel Aufsehen durchs College und sich einen biederen Burschen aus der Businessecke geangelt, ein netter Kerl, was sonst? Heiratsantrag als Event in einer Countrykneipe, feierliche Hochzeit am Valentinstag, ein Kind nach dem anderen, wahrscheinlich die beste Lehrerin an der örtlichen Highschool, und jeder fragt: Wie machst du das bloß, Sandy? Manchmal beneidete Alana ihre Freundin um ihr geregeltes Glück, aber die Tage häuften sich, an denen sie sich nach mehr sehnte. Eine Arbeit, die sie in vergangene

Welten entführte. Ein aufregendes Leben voller Überraschungen. Einen Partner wie Paul.

Sie erschrak so sehr über den Gedanken, dass sie das Steuer verriss und beinahe in den Graben fuhr. Was war bloß in sie gefahren? Da floh sie vor einem gemeingefährlichen Stalker und hatte nichts anderes im Sinn als einen jungen Mann, der anscheinend nichts von ihr wissen wollte und sie wie eine lästige Anhalterin in einer fremden Stadt zurückgelassen hatte. Selbst wenn er jemals wieder auftauchen sollte, würde sie ihn keines Blickes mehr würdigen.

Am späten Nachmittag erreichte sie Lakeside am »Flathead Lake« und quartierte sich in einem abgelegenen Motel ein. Dort würde Scott Wilbur bestimmt nicht nach ihr suchen. Wenn überhaupt, klapperte er die Motels am Seeufer ab. Jeder wohnte am Seeufer. Wenn er überhaupt jemals erschien. Sie bezweifelte, dass ihn der Zufall ausgerechnet in dieses Nest führen würde. Ein perfektes Versteck, bis sie wieder zum Museum zurückfuhr. Dieser Stalker würde sie nicht davon abhalten, ihr Leben so zu führen, wie sie wollte!

Die nächsten Tage verbrachte sie in ihrem Zimmer und in einem versteckten Lokal am Seeufer. In dem kleinen Bookstore an der Hauptstraße hatte sie sich einen dicken Wälzer über die Geschichte der Mountain Men gekauft und studierte ihn ausgiebig. Sie würde Gabe mit ihrem neu erworbenen Wissen beeindrucken. Sie freute sich schon auf die Arbeit mit ihm und die Eröffnung der Arapaho-Ausstellung, zu der John Little Wolf und einige seiner Verwandten kommen wollten. Gabe hatte bereits angedeutet, dass sie einige Tage in der »Wind River Reservation« verbringen würden, um mit anderen Indianern zu sprechen und einen alten Geschichtenerzähler zu bitten, an den Wochenenden im Museum aufzutreten. Auch über die Arapahos wusste sie bisher noch nicht alles.

Als sie am dritten Tag zum Frühstück ging, schneite es. Nicht besonders stark, aber so, dass sie ihre Wollmütze aus der Anoraktasche kramte und über beide Ohren zog. Zwei Spiegeleier auf Toast und ein Becher Kaffee, wenn auch in mieser Drugstorequalität, trösteten sie über die strenge Kälte hinweg. Wer in Denver wohnte, war alle Nachteile eines strengen Winters gewohnt, und sie stellte keine Ausnahme dar. Dennoch kam ihr die arktische Kälte, die über den See aus Kanada heranwehte, wesentlich unangenehmer vor.

Vielleicht lag es aber auch an der Angst, Scott Wilbur könnte noch immer nicht aufgegeben haben und jeden Augenblick in Lakeside auftauchen. Wie an den vergangenen Tagen blickte sie auch an diesem Morgen nervös nach Süden, aus Angst, den roten Sportwagen des Stalkers in der Ferne zu sehen.

Zu ihrer Erleichterung näherte sich lediglich der Lieferwagen eines Paketdienstes. Sie ließ ihn vorbeifahren und lief zu ihrem Motel am Hang zurück.

Die Maid hatte bereits aufgeräumt, und sie hatte es sich gerade auf dem gemachten Bett gemütlich gemacht, als es an der Tür klopfte. »Der Hausmeister«, rief eine männliche Stimme, »ich müsste mal die Heizung checken.«

Alana schöpfte keinen Verdacht und öffnete bereitwillig die Tür. Ein Mann hielt ihr einen Strauß roter Rosen entgegen. Es waren so viele Rosen, dass sie sein Gesicht verdeckten. Sie waren taufrisch und dufteten herrlich.

»Paul!«, flüsterte sie hoffnungsvoll.

Shadow

Der Schreck saß Shadow in allen Knochen. Die Überquerung des Interstates war seine gefährlichste Tat seit Langem gewesen. Niemals wäre er unter normalen Umständen ein solches Risiko eingegangen, und noch nie war er dem Tod so nahe gewesen. Auf die Gefahren der Wildnis war er vorbereitet, vereiste Hänge, tiefer Schnee, reißende Flüsse, das unberechenbare Wetter mit seinen Blizzards und Gewittern, die Jagdausflüge in fremde Territorien, die Zusammenstöße mit mächtigen Elchen. Lebensbedrohlich, aber auch in seinen Lebensmustern verankert und Herausforderungen, denen er gewachsen war.

Der Interstate war ein Hindernis gewesen, das er nicht gekannt hatte. Eine Bedrohung, so fremd und gefährlich, dass er am liebsten umgekehrt wäre. Noch unheimlicher als die Zweibeiner mit ihren Feuerwaffen. Ein Schock, der ihn noch Stunden später die Fellhaare aufstellen ließ. Die flackernden Scheinwerfer, die röhrenden Motoren, die durchdringenden Warnlaute, die aus den fahrenden Kisten gekommen waren, hatten ihn an den Rand des Todes getrieben, und nur das Glück hatte ihn vor einem schnellen Ende auf dem Asphalt bewahrt. Alle paar Meilen musste er stehen bleiben, weil die quälenden Eindrücke zurückkamen und ihn am Weiterkommen hinderten.

Er wanderte, wann immer er sich fit genug fühlte. Eine

unsichtbare Macht schien ihn nach Norden zu treiben, auch wenn er mit seinem Instinkt nicht erfasste, warum er sich ausgerechnet in diese Richtung wenden sollte. Doch alles im Leben hatte einen Sinn, verlief nach einem Plan, der jedem Lebewesen seinen Platz zuwies. So wie eine unsichtbare Macht entschied, ob die Sonne scheinen oder Regen auf das Land fallen sollte. Er folgte der inneren Stimme und suchte nach dem Platz, der für ihn bestimmt war.

Die Rückenverletzung behinderte ihn schon seit einiger Zeit nicht mehr, und auch die wirbelnden Flocken, die seit einigen Stunden vom Himmel fielen, machten ihm nicht zu schaffen. Mit seinem dicken Fell war er gegen arktische Temperaturen gewappnet. Noch war es Nacht, und der plötzliche Schneefall ließ das Land noch stiller und geheimnisvoller erscheinen. Nur das leise Rauschen des Windes in den Baumkronen begleitete ihn auf seiner langen Reise.

Jenseits des Interstates hatte er einen weiteren Highway überquert, nur eine schmale Straße, die verlassen in der Dunkelheit gelegen und ihm keine Schwierigkeiten bereitet hatte. Er war an einigen Farmen der Zweibeiner vorbeigekommen und war versucht gewesen, in eine ihrer Koppeln oder Ställe einzubrechen und ein Kalb oder ein Schwein zu töten. Da er aber immer noch unter dem Schock der Interstateüberquerung stand, fühlte er sich nicht bereit, sich auf eine weitere Verfolgungsjagd mit bewaffneten Farmern einzulassen. Er würde seinen Hunger bezähmen und warten, bis er weit genug von menschlichen Siedlungen entfernt war. Solange vereinzelte Lichter in den Tälern leuchteten und die Gefahr bestand, Zweibeinern zu begegnen, würde er nichts unternehmen.

Weiter nördlich, als sich das erste Grau über den Bergen im Osten zeigte, drang er in ein weites Waldgebiet ein, das dunkel und scheinbar verlassen vor ihm lag und frei von Zweibeinern zu sein schien. Er streifte durch das Unterholz und genoss die friedliche Ruhe und das spärliche Licht, das in feinen Bahnen durch die Baumkronen fiel. Am Ufer eines Baches blieb er stehen und stillte seinen Durst, bevor er weiterlief und eine Witterung in die Nase bekam, die sofort seine Sinne weckte und ihn an frisches Fleisch denken ließ.

Sein Jagdinstinkt setzte ein. Der vertraute Geruch der potenziellen Beute kam mit dem Wind und sagte ihm, dass sie ihn nicht riechen konnte. Das Bild eines Fuchses tauchte in seiner Vorstellung auf. Kein junger Elch und keine Antilope, aber besser als Erdhörnchen, Mäuse und anderes Getier. Eine stattliche Beute mit genügend Fleisch, um seinen Hunger zu stillen. Mit der Witterung wurde sein Hunger so übermächtig, dass er sich zwingen musste, bei der Jagd wie ein erfahrener Wolf vorzugehen. Es wurde höchste Zeit, dass er wieder was Anständiges zwischen die Zähne bekam. Er brauchte neue Kraft und Energie, wenn er in den verschneiten Bergen des Nordens überleben wollte.

Geduckt tastete er sich durch den Wald voran. Einen Fuchs musste er noch konzentrierter und vorsichtiger angreifen, das hatte er bereits sehr früh gelernt. Füchse hatten besonders ausgeprägte Sinne, konnten besser sehen und hören als die meisten anderen Vierbeiner. Auf seiner ersten Fuchsjagd hatte er einen Laut verursacht, den er selbst kaum gehört hatte, doch im selben Augenblick war der Fuchs davongerannt.

Er bewegte sich mit äußerster Vorsicht durch den Wald und

ließ sich Zeit. Geduld war die wichtigste Tugend eines erfolgreichen Jägers. Sein Körper war angespannt, die Schnauze nach vorn gerichtet, die Ohren aufgestellt, jeder Muskel bereit, ihn sofort zuschlagen zu lassen, wenn sich die Beute zeigte.

Noch hatte er sie nicht einmal gesehen. Doch die Witterung wurde immer stärker, und als er an den Rand einer Senke kam, die sich während eines Gewitters oder Sturms durch einen starken Erdrutsch gebildet haben musste, entdeckte er den Unterschlupf in der aufgeworfenen Erde, geschützt durch die verzweigten Wurzeln eines umgefallenen Baumes, und davor einen männlichen Fuchs, der ihn zu spüren schien und sich zu seinen Verwandten gesellte.

Shadow ahnte, dass ihm die Beute entkommen würde, wenn er auch nur einen Fehler beging, und wartete lange, bis er sich wieder bewegte. In quälend langsamen Schritten arbeitete er sich am Rand der Mulde entlang, bis er schräg oberhalb des Unterschlupfes war und nur noch ein paar Schritte bis zu seiner Beute hatte. Er würde sich auf das größte Tier der Familie konzentrieren, den männlichen Fuchs, der genug Fleisch auf seinen Rippen hatte, um seinen übermächtigen Hunger zu stillen. Ein Festmahl am frühen Morgen.

Gerade als der Fuchs etwas zu bemerken schien und misstrauisch den Kopf hob, schlug Shadow zu. Mit ein paar Sätzen war er bei seinem Opfer und stürzte sich fauchend auf ihn. Der Kampf war kurz und heftig. Shadow hatte sich sofort in die Kehle seiner Beute verbissen und zerrte ungeduldig daran, bis der Fuchs leblos zwischen seinen Zähnen hing und zu keiner Gegenwehr mehr fähig war. Seine Verwandten hatten entsetzt zugesehen und rannten hastig davon, als sie erkannten, dass ihrem Ernährer nicht mehr zu helfen war.

Shadow kümmerte sich nicht um sie und genoss sein morgendliches Festmahl. Er bevorzugte Weißwedelhirsche und Antilopen, war aber auch mit dieser Beute zufrieden und biss herzhaft in das warme Fleisch. Mitleid mit seinen Opfern kannte er nicht. Das Leben war ein einziger Kreislauf, und wer heute Jäger war, konnte morgen schon Opfer sein. Er musste töten, wenn er leben wollte, und war dafür mit den entsprechenden Eigenschaften ausgestattet worden. Er war schnell, ausdauernd, verfügte über ausgeprägte Sinne und scharfe Reißzähne, die selbst größeren Tieren zum Verhängnis werden konnten. Aber das Leben war auch ein Spiel und konnte sich schnell drehen. Wenn das Schicksal es wollte, wurde er bald von den Hufen eines Elchs getroffen.

Nachdem er ausgiebig gefressen hatte, überließ er die Reste des Kadavers den Aasfressern und stieg aus der Senke. Mit frischen Kräften lief er durch den Wald und über die steilen Ausläufer einiger Berge, die sich dunkel und bedrohlich in den fallenden Schnee erhoben, bis er einen kleinen See erreichte, der beinahe spiegelglatt zwischen einigen bewaldeten Hügeln lag. Das Wasser sah eisig kalt aus und würde in der Kälte schon bald zu Eis erstarren.

Am Ufer blieb er stehen und ließ sich die wirbelnden Flocken ins Gesicht wehen. Beinahe zu spät nahm er eine fremde Witterung wahr und sah drei dunkle Schatten aus dem Wald treten und durch den Schnee näher kommen.

Drei Zweibeiner. Mit schweren Lasten auf dem Rücken.

Shadow befürchtete, sie könnten einige dieser gefährlichen

Feuerwaffen bei sich haben und auf ihn schießen. Er wollte davonlaufen und sich in Sicherheit bringen. Stattdessen blieb er stehen und blickte den Zweibeinern neugierig entgegen.

Alana

Hinter dem Blumenstrauß tauchte das Gesicht von Scott Wilbur auf. Dass seine pinkfarbene Brille nicht zu den roten Rosen passte, war seltsamerweise ihr erster Gedanke, noch bevor sie vor Schreck die Luft einzog und er sein verlogenes Lächeln aufsetzte.

»Wie hast du mich gefunden?«, erschrak sie.

Er überhörte ihre Frage. »Hör mich bitte an, Alana! Ich möchte mich bei dir entschuldigen. Ich weiß, ich habe mich danebenbenommen, und du bist sicher mächtig wütend auf mich, aber ich meine es wirklich ehrlich.«

Sie brauchte ihn nur anzublicken, um zu erkennen, dass er es nicht ehrlich meinte. In seinen Augen war immer noch dieses fanatische Leuchten, das er wohl allen Frauen entgegenbrachte, nur dass es nicht alle merkten und sich von ihm blenden ließen. Er war kein Lover, der klammerte und einem auf die Nerven ging. Er war ein Verwirrter, der bis zum Äußersten gehen würde.

»Verschwinde!«, erwiderte sie. »Und lass dich nie wieder blicken!«

»Ich verstehe, dass du wütend bist. Ich habe mich nicht gerade wie ein Gentleman benommen und dich zu sehr bedrängt. Ich hätte die Sache langsamer angehen müssen. Tut mir leid, das war kein guter Stil! Ich wollte dir keine

Angst einjagen. Lass uns noch mal von vorn anfangen, einverstanden?«

Allein seine herablassende Art reichte schon, um sie in Rage zu bringen. »Du kapierst es nicht, Scott. Vielleicht muss ich deutlicher werden: Ich will nichts von dir wissen! Du bist nicht mein Typ! Und ich kann's nicht leiden, wenn mir einer auf die Pelle rückt und mir durch mehrere Staaten wie ein verdammter Stalker hinterherfährt. Es gibt genug Mädels, die dich anhimmeln. Geh zu denen. Aber lass mich in Ruhe! Hab ich mich klar ausgedrückt? Lass mich endlich in Ruhe oder ich hetze dir die Polizei auf den Hals und du landest für ein paar Jahre im Knast!«

»Du bist aufgebracht, das ist doch klar. Ehrlich gesagt, das wäre ich an deiner Stelle auch. Ich weiß nicht, was mit mir los war. Diese aggressive Anmache ist sonst gar nicht meine Art.« Ohne dass es ihr zuerst aufgefallen war, hatte er sie immer weiter in ihr Zimmer gedrängt. »Aber ab sofort wird alles anders. Ich liebe dich, Alana! Und ich spüre, dass auch ich dir nicht ganz gleichgültig bin. Du weißt es vielleicht selbst noch nicht, aber dein Herz schlägt für mich. So etwas spüre ich. Wir beide gehören zusammen und ...«

»Du spinnst doch!«, fuhr sie ihm wütend über den Mund. »Glaubst du wirklich, dass ich dir diesen Mist abnehme? Der Einzige, den du wirklich liebst, bist du selbst! Du willst, dass dich ständig jemand anhimmelt und dir sagt, wie großartig du bist. Dafür bin ich mir zu schade. Wenn du tatsächlich ein Gentleman wärst, würdest du auch ein Nein akzeptieren, und von mir kommt definitiv ein Nein. Steig in deinen Wagen und fahr nach Hause!«

»Warum sagst du so was, Alana?« Er war jetzt in ihrem Zimmer und stieß die Tür hinter sich zu. Mit einem raschen Griff verriegelte er sie. »Warum sagst du so hässliche Sachen? Siehst du denn nicht, dass ich es ehrlich meine? Würde ich dir Hunderte Meilen nach Montana folgen, wenn ich es nicht ehrlich meinte? Würde ich mir die Mühe machen und dir diese wunderschönen Rosen besorgen? Ich liebe dich, Alana! Ich liebe dich von ganzem Herzen!«

Sie nahm ihm die Blumen aus der Hand und warf sie in einen der beiden Sessel. »Und ich habe schon längst die Nase voll von dir! Wie kommst du dazu, mich in mein Zimmer zu drängen und die Tür zu verriegeln? Mach sie sofort auf und geh endlich! Oder muss ich wieder den Sheriff alarmieren?«

Seine Miene veränderte sich. Zuerst glaubte sie, er würde weinen, doch die Tränen in seinen Augen entsprangen nur der Wut, und das Blut, das ihm plötzlich ins Gesicht schoss, deutete an, dass er die Kontrolle über sich verlor. »So darfst du nicht mit mir sprechen, Alana!«, presste er hervor. »Nicht mit mir, hörst du?« Seine Stimme wurde schriller. »Ich liebe dich, und du hast nicht das Recht, mich auf diese Weise zu beleidigen!« Er stieß sie mit beiden Händen von sich weg. »Also lass gefälligst diese Schimpferei, verstanden?«

Alana war ein paar Schritte nach hinten gestolpert und prallte mit den Beinen gegen das Bett, setzte sich unfreiwillig. Mit einem Satz sprang sie wieder auf. »Was fällt dir ein?«, herrschte sie ihn an. »Gehört das auch zu einem Gentleman? Dass er bei einer Frau, die ihn nicht mag, handgreiflich wird?«

»Warum bist du so grausam zu mir?« Er erging sich plötzlich in Selbstmitleid. Seine Tränen schienen diesmal echt zu sein. »Warum glaubst du mir denn nicht, dass ich dich liebe? Ist der Mann mit der Gitarre daran schuld? Magst du ihn lieber?« Seine Augen funkelten wieder. »Du willst mir doch nicht sagen, dass du ihn lieber magst? Einen mittellosen Herumtreiber?«

»Lass Paul aus dem Spiel! Woher weißt du überhaupt von ihm?«

Seine Stimmungen änderten sich wie die Körperfarbe eines Chamäleons. Ein herablassendes Lächeln ersetzte nun seinen Tränenausbruch. »Du glaubst doch nicht, dass du so was vor mir geheim halten kannst. Johnny hat es mir erzählt, der Junge von der Werkstatt. Zuerst wollte er nicht, aber für ein paar Dollar tut der alles.«

»Ich hab nichts mit Paul. Und wenn, ginge es dich nichts an.«

»Du wirst ihn nicht mehr treffen. Versprich mir das.«

»Du spinnst doch!« Sie hatte langsam genug von ihm, wollte aber wissen, wie er sie gefunden hatte. »Und woher wusstest du, dass ich hier wohne?«

Sein Lächeln blieb. »Das war einfach. Bisher bist du immer in Motels abgestiegen, die etwas abseits lagen. Ich musste nicht lange nach dir suchen.«

»Du bist krank, Scott. Weißt du das?«

»So was darfst du nicht sagen.«

»Und ob ich so was sagen darf!«, fuhr sie ihn an. »Und jetzt geh endlich!« Sie ging zur Tür, entriegelte sie und öffnete sie weit. »Auf Wiedersehen!«

Scott stieß die Tür mit einem Fußtritt zu. Sie fiel krachend ins Schloss. Alana war so entsetzt, dass sie keine Gegenwehr leistete, als er sie an beiden Oberarmen packte und zu sich heranzog. »Gib mir wenigstens einen Kuss, Alana!«

Sie spürte seinen Atem und löste sich aus ihrer Erstarrung. Weil sie zu schwach war, um sich mit Gewalt aus seinem Griff zu befreien, stieß sie mehrere Schreie aus, rief laut um Hilfe, bis jemand gegen die Tür pochte und rief: »Hey, was soll der Lärm? Können Sie nicht woanders streiten? Wenn Sie nicht aufhören, hole ich die Polizei! Hören Sie endlich auf mit dem Lärm!«

Alana dachte nicht daran. Als Scott versuchte, ihr mit einer Hand den Mund zuzuhalten, wand sie sich verzweifelt in seinen Armen und rief: »Helfen Sie mir! Bitte helfen Sie mir! Der Mann hier …« Ihre Stimme versagte.

Ein Schlüssel drehte sich im Schloss, und der Besitzer des Motels erschien im Zimmer, ein untersetzter, aber breitschultriger Mann, der nicht so aussah, als würde er sich viel gefallen lassen.

»Haben Sie nicht gesagt, Sie wären allein?«, fragte er Alana. »Bei zwei Personen müssten Sie etwas nachzahlen.«

»Scott hat hier nicht übernachtet!«, beeilte sie sich zu

sagen. »Er ist gegen meinen Willen hier reingekommen! Er ist ein Stalker! Er fährt mir schon seit ein paar Tagen hinterher und belästigt mich! Er soll mich in Ruhe lassen!«

»Sie haben es gehört, Mister«, sagte der Motelbesitzer.

Scott setzte seine Unschuldsmiene auf. Zu Alanas Leidwesen beherrschte er das Lächeln eines braven Jungen, der kein Wässerchen trüben kann, ziemlich gut. »Alana ist ein wenig durcheinander«, sagte er wie ein verständnisvoller Ehemann. »Wir hatten Streit wegen irgendeiner Lappalie, und sie ist mir durchgebrannt.« Wieder dieses Lächeln. »Sie kann sehr impulsiv sein.«

»Er lügt!« Sie hatte die Zeit genutzt, um ihre Sachen zu packen und sich ihre Tasche umzuhängen. »Er ist ein gemeiner Lügner! Ich denke nicht daran, mir sein Geschwätz noch länger anzuhören. Du kannst mich mal, Scott!«

»Ihr Bier«, bemerkte der Besitzer trocken.

Alana nutzte die Anwesenheit des Mannes, um rasch in ihren Wagen zu steigen, und ließ den Motor an. Sie beobachtete, wie Scott sich anschickte, ihr nachzulaufen und sie zurückzuhalten, aber anscheinend Angst hatte, sich weiter vor dem Motelbesitzer zu blamieren. Bevor er sich anders entscheiden konnte, lenkte sie den Wagen aus der Parknische und fuhr zum Highway zurück.

»Idiot!«, schimpfte sie, während sie am Seeufer entlang nach Norden fuhr. Langsam glaubte sie wirklich, dass Scott Wilbur nicht ganz richtig im Kopf war. Wie konnte man diese ganzen Mühen auf sich nehmen, nur um sein eigenes Ego zu befriedigen? Denn darum ging es ihm doch offensichtlich, nur darum. Wäre er tatsächlich in sie verliebt, würde er wohl kaum einen solchen Tanz aufführen. Ob ihm bewusst war, was er da tat? Sie würde nie verstehen, warum ein junger Mann, der manierlich aussah, nur beste Kleidung trug und die hübschesten Mädchen haben konnte, sich so danebenbenahm.

Es hatte wohl was mit Macht zu tun, hatte sie mal irgendwo gelesen. Genauso wie bei einer Vergewaltigung ging es dem Täter nicht darum, eine bestimmte Frau anzumachen oder Sex mit ihr zu haben. Er wollte Macht ausüben, sie kontrollieren. Das gab Menschen wie ihm einen besonderen Kick.

Nur dumm, dass man Scott Wilbur seine heimtückischen Absichten nicht nachweisen konnte, und dass die Polizei erst eingreifen würde, wenn etwas Schlimmes passiert war. So weit wollte sie es nicht kommen lassen. Sie würde sich aus dem Staub machen und über eine andere Straße zurückfahren. In Pinedale würde sich vielleicht der Deputy um sie kümmern, der ihr schon mal geholfen hatte. Oder sie konnten Scott eine Falle stellen, wie in einem Krimi.

Sie erreichte das Nordufer des Sees und fuhr durch Kalispell, eine gesichtslose Kleinstadt, wo sie ein Sandwich kaufte, um sich nicht zu lange aufhalten zu müssen. Statt zum Glacier National Park bog sie auf eine schmale Straße in die Berge ab. Zwar hatte Scott Wilbur ihre Taktik, sich an abseits gelegenen Orten zu verstecken, bereits durchschaut, dennoch hoffte sie, ihn damit abzuhängen, falls er die Frechheit besaß, ihr weiter zu folgen. Im Stillen pochte sie darauf, dass ihn der Motelbesitzer dazu brachte, in die andere Richtung zu fahren und sie in Ruhe zu lassen. Reines Wunschdenken, das wusste sie auch. Selbst wenn es so war, würde er irgendwann umkehren und ihr weiter nachstellen.

Nach einiger Zeit merkte sie, dass die Straße lediglich zu einem Hotel führte, einem zweistöckigen Blockhaus mit großen Glasfenstern, malerisch am Berghang gelegen und wegen der Nähe zum Glacier National Park sicher eine beliebte Adresse. Die Parkplätze vor dem angrenzenden Restaurant, das ebenfalls in einem Blockhaus untergebracht war und wie die überdimensionale Hütte eines Fallenstellers aussah, waren bis auf den letzten Platz gefüllt.

Als sie wendete, um zur Hauptstraße zurückzufahren und einen anderen Fluchtweg zu finden, entdeckte sie einen Camper, der Pauls fahrbarem Untersatz erstaunlich ähnlich sah. Das gleiche Rostbraun und die gleiche zerbeulte Stoßstange am Heck. Sie stieg aus und betrachtete ihn genauer, blickte durch das Heckfenster und sah die Koje, in der sie geschlafen hatte. »Paul!«, flüsterte sie. Sie merkte erst jetzt, wie sehr sie ihn vermisst hatte. »Du bist hier!«

Als hätte er gewusst, dass sie nach einer Antwort suchte, ertönten plötzlich Gitarrenklänge aus dem Lautsprecher über dem Eingang zum Restaurant, und gleich darauf war Paul zu hören:

»*Wolves in the Wild,
howling at the moon,
living in the Northwoods,
winter's coming soon,
crossing mighty rivers and a mountain high,
heading for the unknown
and I still wonder why.*«

Pauls neuer Song, ein nachdenkliches Lied über Wölfe, das selbst über den schlechten Lautsprecher wie Poesie klang: *Wölfe in der Wildnis, die den Mond anheulen und in den Wäldern des Nordens leben. Der Winter kommt bald, sie überqueren mächtige Flüsse und einen hohen Berg, streben nach dem Unbekannten, und ich frage mich immer noch, warum sie das tun.*

Vor lauter Aufregung vergaß Alana, ihren Wagen abzuschließen, und ging langsam auf den Eingang zu. Mit jedem Schritt wurde sie aufgeregter, aber auch unsicherer. Was, zum Teufel, trieb sie zu einem jungen Mann, der ihr mitten in Missoula davongefahren war? Der sie mit seinem seltsamen Verhalten gedemütigt hatte? War es dieser Song wirklich wert, sich von ihm noch einmal zum Narren halten zu lassen?

Hinter ihr heulte ein Motor auf. Sie fuhr herum und sah Scott Wilbur in seinem roten Sportwagen auf den Parkplatz fahren. Er war der abgelegenen Straße gefolgt und hatte sie bereits wieder eingeholt.

Diesmal brauchte sie keine Schrecksekunde. Sie hastete zu ihrem Wagen, sprang hinein, startete den Motor und fuhr mit quietschenden Reifen auf die Straße zurück. Mit Vollgas jagte sie die schmale Straße in die Stadt hinab.

Shadow

Erst als die Zweibeiner ihn sahen, und einer von ihnen in panischer Angst zu schreien begann, rannte er davon. Eine gewisse Trägheit nach der langen Wanderung hatte ihn leichtsinnig werden lassen. Normalerweise hätte er sich den Zweibeinern niemals gezeigt, nicht einmal, wenn ihn der Hunger geplagt hätte. Nur in der allergrößten Verzweiflung, wenn es kein Wild mehr gab und auch keine andere Beute zu finden war, würde er Zweibeiner angreifen. Sie waren gefährlich, und man wusste nie, ob sie eine Feuerwaffe dabeihatten.

Im Schutz eines Waldes schüttelte er die Feuchtigkeit aus seinem Fell. Das Schneetreiben war stärker geworden und selbst unter den Baumkronen zu spüren, wenn auch nicht so stark. Er verdrängte die Bilder und Empfindungen, die ihm nach den aufregenden Erlebnissen der letzten Tage zu schaffen machten, und konzentrierte sich auf seine Aufgabe, dem Ruf einer unsichtbaren Macht nach Norden zu folgen, um dort mit einer Partnerin ein neues Rudel zu gründen. Nur wenn er die vielen Herausforderungen meisterte, die sich ihm auf seiner Wanderung in den Weg stellten, würde er sein Ziel erreichen.

Unter den Bäumen fiel er in seinen gewohnten Trott, eine Art Trab, der ihn weite Entfernungen mit möglichst wenig Kraftaufwand zurücklegen ließ. Er hätte gern gewusst, wie weit er noch laufen musste, um eine Partnerin zu finden, dann hätte er seine Kräfte besser einteilen können, aber die unsichtbare Macht, die ihn antrieb, ließ darüber nichts verlauten. Also lief er weiter, immer weiter, stets in der Hoffnung, das Ende seines Regenbogens möglichst bald zu erreichen, ein Territorium, in dem er mit seinem neuen Rudel jagen konnte, ohne jemals Hunger zu leiden. Hunger war das schlimmste aller Gefühle.

Die Reviere anderer Rudel wurden immer seltener. Obwohl er die Jagdgründe seines alten Rudels nur selten verlassen hatte, war ihm doch bewusst gewesen, dass immer mehr Zweibeiner in die Wildnis drängten. Der Raum für ihn und seine Artgenossen wurde kleiner. Sie fällten Bäume, bauten Straßen und stauten sogar manche Flüsse, bis sie nur noch als schmales Rinnsal verliefen. Mit ihrer Gegenwart wurde das Wild spärlicher, und sie waren öfter darauf angewiesen, in anderen Territorien zu wildern. Er erfasste diesen Wandel nur instinktiv, war nicht in der Lage, darüber nachzudenken, spürte aber die Auswirkungen, wenn er nach jagdbarem Wild suchte oder immer öfter die Witterung von Zweibeinern wahrnahm. Sein Ziel waren die felsigen Berge und dichten Wälder, ein Jagdparadies, das er im fernen Norden vermutete.

Ihm blieb nicht mehr viel Zeit. Der Wind hatte noch einmal aufgefrischt und trieb den Schnee in eisigen Schauern durch die Baumkronen. Der Winter hatte begonnen. Die Kälte machte ihm nichts aus, aber starke Schneestürme, wie sie in seiner alten Heimat häufig vorgekommen waren, würden ihn auf seiner Wanderung behindern. Den Kopf entschlossen *und beinahe trotzig in die böigen Schneeschauer gereckt, lief er durch den winterlichen Wald.*

Als er den Wald verließ, empfing ihn ein breites Tal mit schneebedeckten Hügeln, die sich entlang einiger Felsen zogen, die wie Vorboten der mächtigen Rocky Mountains aus dem Boden ragten, in dem Schneetreiben aber nur schemenhaft zu sehen waren. Kaum zu erkennen waren die scheinbar undurchdringlichen Wälder, die auf der anderen Seite des Tales an den Berghängen zu kleben schienen. Eine Wildnis, scheinbar meilenweit von den Siedlungen der Zweibeiner entfernt, doch als er über einen schmalen Hügelkamm lief, weil dort der Schnee am niedrigsten lag und er am schnellsten vorankam, blieb er verwirrt stehen und blickte misstrauisch auf eine Straße hinab.

Kein Highway wie der Interstate, den er vor einigen Tagen überquert hatte, eher ein Waldweg, wie es ihn auch in seinem ehemaligen Territorium gegeben hatte. Damals waren dort kräftige Zweibeiner aufgetaucht, hatten Bäume gefällt und die Stämme mit großen Fahrzeugen aus dem Wald geschafft. Der Anführer hatte diese Zweibeiner genauso verabscheut wie die Jäger, die zu bestimmten Jahreszeiten in den Wald gedrungen waren und sich an ihrer Beute vergriffen hatten. Am liebsten hätte er sie angegriffen und aus ihrem Territorium vertrieben, aber sie waren stark und in der Überzahl, und nur ein greiser Wolf, der unbedingt sterben wollte, würde sich an ihnen vergreifen.

Diese Straße führte an einem langen Zaun entlang und wand sich durch die Hügel nach Nordwesten. Shadow mochte weder Straßen noch Zäune. Straßen verrieten ihm, dass Sied-

lungen in der Nähe waren und Zweibeiner auftauchen konnten, Zäune behinderten ihn bei seiner Wanderung und zwangen ihn zu manchmal langen Umwegen. Weil ihm keine Wahl blieb, lief er auf die Straße hinab und sprang zwischen den Balken hindurch auf die andere Seite des Zauns. Die Witterung von Rindern erreichte seine Nase, kräftige Tiere, die in Herden zusammenlebten und keine Angst vor Wölfen hatten. Während seiner Zeit beim Rudel hatten sie nur einmal ein ausgewachsenes Rind gejagt und schmerzhafte Huftritte ertragen müssen, anders als bei kranken und verletzten Rindern oder Kälbern, die ihre Mütter verloren hatten und allein waren.

Auf einer eingezäunten Weide musste er besonders vorsichtig sein. Sobald er den Tieren zu nahe kam, lief er Gefahr, von einem zweibeinigen Wächter erschossen zu werden. Sein Instinkt und seine Sinne waren darauf trainiert, mit einer solchen Gefahr zu leben und blitzschnell auf eine Bedrohung reagieren zu können, dennoch zog er seine Mundwinkel nach hinten und zeigte seine Zähne, ein Zeichen von höchster Nervosität und Angst. Er war bereit, sich auf jeden zu stürzen, der sich ihm in den Weg stellte, auch wenn ihm klar war, dass er nichts gegen eine aus dem Hinterhalt abgefeuerte Kugel ausrichten konnte. Ein Risiko, das er eingehen musste, wenn er nicht schon wieder einen weiten Umweg gehen wollte. Nur wenn er angesichts des bevorstehenden Winters keine Zeit mehr verlor, erreichte er sein Ziel rechtzeitig.

Doch alle Vorsicht nützte nichts, als er den nächsten Hügelkamm erreichte und die Rinder im Schneetreiben stehen sah. Sie standen dicht gedrängt, um besser gegen den eisigen Wind geschützt zu sein. Er war nicht zum ersten Mal auf einer Rinderweide und wusste, dass sie ihr Futter und ihr Wasser gebracht bekamen, ein Luxus, der keinem Wolf zuteilwurde. Wölfe waren gezwungen, für ihre Nahrung zu kämpfen, auch wenn es immer schwerer wurde. Die Welt veränderte sich, das sahen auch die Wölfe jeden Tag.

Obwohl sich langsam der Hunger bei ihm meldete, hielt sich Shadow nicht lange bei den Rindern auf. Weder mit dem Rudel und schon gar nicht allein würde es ihm gelingen, eines der Tiere zu reißen. Viel wahrscheinlicher war, dass einer der Zweibeiner, dem diese Rinder gehörten, hier auftauchte und ihm das Leben schwer machte. Es wurde höchste Zeit, dass er verschwand.

In der Eile versäumte er es, das Land vor ihm aufmerksam zu beobachten, bevor er weiterlief. Damit besiegelte er beinahe sein Todesurteil. Zwei Reiter tauchten auf und entdeckten ihn sofort. Sie gaben aufgeregte Laute von sich, die er natürlich nicht verstand, aber zu deuten wusste. Während sie sprachen, zogen beide Feuerwaffen hervor und legten auf ihn an, waren so sicher, ihn zu erwischen, dass sie zu schnell abdrückten und ihn verfehlten. Beide Kugeln pfiffen dicht an ihm vorbei und ließen den frischen Schnee aufspritzen.

Die Schrecksekunden reichten ihm, um schleunigst die Flucht zu ergreifen und hinter dem nächsten Hügel zu verschwinden. Ohne sich nach den Verfolgern umzudrehen, rannte er im Schutz der Hügel über die Weide, hetzte in weiten Sätzen am Zaun entlang, den Hufschlag und das Schnauben der Pferde in den Ohren. Zweibeiner, die mit Rindern arbeiteten, ritten nur wendige Pferde und verstanden mit ihnen umzugehen, aber wenn es darauf ankam, war Shadow schneller und ihnen gegenüber im Vorteil. Er war in der Wildnis aufgewachsen und es gewohnt, dem drohenden Tod jeden Tag ins Gesicht zu blicken. Pferde wuchsen behütet auf und gingen Kämpfen aus dem Weg.

Zwei weitere Schüsse krachten. Diesmal gingen sie weit vorbei, eine Kugel zischte in den Schnee, die andere riss Holzsplitter aus dem Zaun. Das Schneetreiben erschwerte den Zweibeinern die Sicht, und auch die Pferde waren im Schnee nicht so schnell und wendig wie sonst. Sie fielen zurück.

Shadow hörte, wie der Hufschlag und das Schnauben abnahmen und die wütenden Laute der Zweibeiner verklangen. Kein Grund für ihn, schon zu triumphieren. Er sammelte noch einmal alle Kräfte und hetzte unbeirrt weiter.

Alana

Alana hatte Glück, dass hinter ihr ein Wagen rückwärts aus einer Parklücke stieß und Scott Wilbur den Weg versperrte. Nur so schaffte sie es, einen kleinen Vorsprung herauszufahren und vor ihm auf den Highway zu biegen. Die Idee, in die Stadt zu einer Polizeiwache zu fahren, verwarf sie gleich wieder. Scott würde vorher verschwinden und warten, bis sie wieder allein war, und selbst wenn die Polizei ihn sich zur Brust nahm, würde nichts dabei herauskommen. Er würde die Sache als gewöhnlichen Beziehungsstreit hinstellen, und die Officers würden ihnen raten, ihre privaten Probleme allein zu lösen.

Auf dem Highway trat sie das Gaspedal voll durch. Sie gab sich keinen Illusionen hin. Ihr Toyota war wesentlich langsamer als der Sportwagen ihres Verfolgers, und ihr Vorsprung würde schneller zusammenschmelzen, als ihr lieb war. Wäre der rote Sportwagen nicht in diesem Augenblick in ihrem Rückspiegel aufgetaucht, hätte sie vielleicht in eine Seitenstraße abbiegen und sich dort verstecken können, aber so blieb ihr nur die überstürzte Flucht.

Vorbei an einer Tankstelle, einem Großmarkt und einem Walmart fuhr sie nach Nordwesten, viel zu schnell für eine Ausfallstraße, aber es war keine Polizeikontrolle in der Nähe, und ein wütender Autofahrer, der ihr den

Finger zeigte, weil sie ihm die Vorfahrt genommen hatte, war der Einzige, der sich über sie aufregte. Eine Kreuzung schaffte sie gerade noch, bevor die Ampel auf Rot schaltete, und Wilbur gezwungen war, anzuhalten. Bei der Vorstellung, wie er wütend in seinem Wagen saß, musste sie grinsen. Die Ampel brachte ihr eine weitere halbe Meile ein, aber der Sportwagen war immer noch in ihrem Rückspiegel, und es war ihr nicht möglich, ihn mit irgendeinem waghalsigen Manöver abzuhängen. So was klappte nur in spektakulären Fernsehkrimis.

Noch dazu war das Schneetreiben während der letzten Stunden immer stärker geworden und behinderte sie noch stärker als der langsam dichter werdende Verkehr. Weder die Scheinwerfer noch die Scheibenwischer kamen dagegen an. Immerhin hatte sie erst vor Kurzem neue Winterreifen aufziehen lassen, auch die Bremsbeläge des Toyotas waren relativ neu. Leider machte das ihren Wagen nicht schneller. Sie konnte froh sein, dass der Sportwagen ihres Verfolgers anscheinend schlechter gegen das winterliche Wetter gewappnet war und Wilbur auch kein besonders guter Fahrer war.

Ihre Zufriedenheit darüber hielt sich in Grenzen. Als sie den Stadtrand erreichte, war der Sportwagen noch immer in ihrem Rückspiegel zu sehen, wenn auch nur als kleiner roter Punkt, und sie hatte keine Ahnung, wie sie ihrem Verfolger auf Dauer entkommen könnte. Warum floh sie überhaupt? Scott Wilbur würde sie doch sowieso erwischen, wenn nicht hier, dann in ein paar Tagen, auf einem anderen Highway, in einer anderen Stadt.

Irgendwann musste sie sich dem aufdringlichen Kerl stellen, auch wenn es gefährlich war.

»Du verdammter Dreckskerl!«, rief sie in der Hoffnung, sich danach besser zu fühlen. »Warum tust du mir das an, du miese, hinterhältige Kanalratte?«

Sie schlug so fest mit der Faust aufs Lenkrad, dass ihr der Schmerz bis in den Ellbogen fuhr. Als ob ihr verstauchter Fuß, der immer noch schmerzte, nicht genug wäre. Wie war sie nur in diesen Schlamassel geraten? Was hatte sie getan? Inzwischen konnte sie die Verzweiflung, die ein Stalker bei seinen Opfern auslöste, gut nachvollziehen. Diese Ohnmacht, ihm hilflos ausgeliefert zu sein. Und nicht einmal an die Polizei konnte sie sich wenden. Sie würde tatenlos zusehen, bis etwas passiert war, das sich manchmal nicht mehr reparieren ließ.

Außerhalb der Stadt schien das Schneetreiben noch stärker zu sein, als wäre es dabei, zum ersten Blizzard dieses Winters anzuwachsen. Noch waren keine Räumfahrzeuge unterwegs. Ähnlich wie in Denver kam der erste Einsatz immer zu spät. Doch der Schnee war griffig, und ihre neuen Reifen fanden festen Halt, anders als beim Wagen ihres Verfolgers, der anscheinend mit wesentlich schlechteren Reifen ausgerüstet war und Scott Wilbur zwang, weiter vom Gas runterzugehen. Im Spiegel war er kaum noch zu erkennen.

Kein Grund für sie, übermütig zu werden. Auch sie tat sich schwer, ihr Tempo beizubehalten und ihren Wagen nicht aus der Spur gleiten zu lassen. Wer aus Denver kam, war es gewohnt, mit solchen Verhältnissen zurechtzukommen, aber an einer Verfolgungsjagd hatte sie noch nie teilgenommen. Beinahe wie in einem Hollywoodfilm, obwohl keine quietschenden Reifen und kein röhrender Motor zu hören waren, von dramatischer Musik ganz zu schweigen. Hier lief alles relativ ruhig ab, beinahe undramatisch, bis auf den Schnee, der immer heftiger fiel und ihr die Sicht erschwerte. Die Bäume standen so nahe an der Straße, dass der Schnee, den der Wind aus den Baumkronen fegte, manchmal wie aus Kübeln auf die Frontscheibe klatschte.

Ihre Zuversicht wuchs, als der Sportwagen ganz aus ihrem Rückspiegel verschwand, und sie immer besser vorankam. Der viele Schnee, den sie eben noch verflucht hatte, wurde zu ihrem besten Verbündeten. Der Gedanke, dass Wilbur seinen Wagen nur mühsam unter Kontrolle hielt und wahrscheinlich Frust schob, weil er nicht den Geländewagen seines Vaters genommen hatte, ließ sie sogar schmunzeln. Bis ihr Motor zu stottern anfing und sie auf schmerzliche Weise an die marode Benzinpumpe erinnerte. Oder war es diesmal etwas anderes? Sie straffte sich und umklammerte das Lenkrad mit beiden Händen. Was war nur los? Der Wagen durfte jetzt nicht kaputt gehen, auf keinen Fall!

»Nun mach schon!«, beschwor sie ihn. »Lass mich bloß nicht im Stich!« Sie drückte noch fester aufs Gaspedal, ohne dass sich was änderte.

Vor ihr tauchte ein Parkplatz auf. Eine Ausbuchtung des Highways, ansonsten dichter Fichtenwald zu beiden Seiten, ein paar Laubbäume, die sich nur mühsam gegen die mächtigen Nadelbäume zu behaupten schienen. Bis zum Parkplatz musste sie kommen, wenigstens bis dorthin, und dann im Wald verstecken. Was anderes blieb ihr gar nicht übrig, wenn sie eine Konfrontation mit ihrem Verfolger vermeiden wollte. Oder erholte sich der Motor noch mal? Sie trat das Gaspedal ein paarmal bis zum Anschlag durch, doch das Stottern blieb, bis der Motor ganz abstarb und sie im Leerlauf auf den Parkplatz rollte. Dort blieb ihr Wagen in einer Schneeverwehung stecken.

Ihr blieben nur wenige Minuten. Sie griff nach ihrer Umhängetasche und schlüpfte in die Handschuhe, zog ihre Wollmütze weit über die Haare und stieg aus dem Wagen. Im Weglaufen verschloss sie die Tür. Sie rannte über die Straße und kletterte den steilen Hang zum Wald hinauf, verschwand zwischen den Bäumen, als hinter ihr Scott Wilbur auftauchte, schon an dem Parkplatz vorbeifuhr, ihren Wagen aber doch noch entdeckte und so fest auf die Bremse trat, dass sein Civic ins Schleudern geriet und er von Glück sagen konnte, dass gerade kein Gegenverkehr war. Alana sah nicht mehr, wie er parkte, war zu sehr damit beschäftigt, sich von einem Baumstamm zum nächsten zu hangeln, bis sie den Hang erklommen hatte und besser vorankam.

Der Wald erstreckte sich über einige steile Hügel und wirkte düster und unheimlich. Der Wind rauschte in den Kronen und ließ Schnee und Eiskristalle auf sie herabregnen. Auf dem Boden lag der Schnee noch nicht so tief, dass er sie behindert hätte. Es gab sogar noch trockene Stellen. Besorgniserregend war nur, dass sie deutliche

Spuren hinterließ und es Wilbur leicht machte, ihr zu folgen und sie einzuholen. Auch wenn er ein gestriegelter Angeber war, würde er sich durch das heftige Schneegestöber nicht aufhalten lassen.

Sie rannte geduckt durch das Unterholz. Die Äste hingen teilweise so tief, dass sie darübersteigen oder sich einen anderen Weg suchen musste. Obwohl der Nachmittag gerade erst begonnen hatte und man auf dem Highway trotz des starken Schneefalls einigermaßen sehen konnte, war es unter den Bäumen so dunkel, als wäre gerade die Nacht hereingebrochen. Nur mühsam kam sie vorwärts. Mit ausgestreckten Armen bahnte sie sich einen Weg durch das verfilzte Unterholz, immer darauf gefasst, im nächsten Augenblick die Schritte ihres Verfolgers zu hören, bis sie völlig überraschend das Ende des Waldes erreichte und vor einigen Hügeln stand, die sich auf einer weiten Lichtung unter dem wirbelnden Schnee zu ducken schienen. Der Schnee lag in jungfräulicher Reinheit über den Hügeln, wahrscheinlich Weideland, glaubte sie, denn in dieser Gegend gab es einige Ranches und Farmen, darüber hatte sie bereits im Internet gelesen. Jenseits der Lichtung war wieder Wald zu erkennen.

Ihr blieb keine Zeit zum langen Nachdenken. Sie musste die andere Seite erreichen, bevor Wilbur sie einholte. Wenn sie Glück hatte, verdeckte der fallende Schnee ihre Spuren und führte ihn in die Irre. Ohne sich darum zu kümmern, dass sie keine Schneeschuhe anhatte und bis über die Knöchel im Schnee einsank, lief sie los. Mit gesenktem Kopf, um dem böigen Wind besser standhalten zu können, wagte sie sich in das Schneetreiben und stapfte, wo es möglich war, über die vom Wind blank gefegten Hügelkämme, um nicht noch tiefer im Schnee einzusinken. Der Wind war inzwischen so stark, dass es ihr schwerfiel, sich auf den Beinen zu halten. Auch in ihren festen Winterstiefeln fand sie kaum Halt, selbst unter ihren Anorak kroch die Kälte.

Auf halbem Weg blieb sie stehen und blickte zurück. Noch war Scott Wilbur nicht zu sehen. Gut möglich, dass er ihr gar nicht gefolgt war, schon aus Angst um seine kostbare Kleidung, aber auf diese vage Möglichkeit wollte sie sich nicht verlassen. Ihre Spuren verschwanden rasch unter dem Schnee, noch schneller als von ihr erhofft, und waren schon jetzt kaum noch zu erkennen.

Bloß nicht nachlassen, machte sie sich Mut. Wenn du den Wald erreichst, kannst du ihn vielleicht abschütteln. Sie mobilisierte neue Kräfte und lief noch angestrengter und schneller, drehte sich erst wieder um, als sie nur noch wenige Schritte vom Waldrand entfernt war, und atmete erleichtert auf, als ihr Verfolger nicht zu sehen war. Im Schatten der Bäume blieb sie keuchend stehen. Nichts war anstrengender, als durch tiefen Schnee zu laufen, und nichts war verstörender, als einen durchgeknallten Stalker hinter sich zu wissen.

Als sein blauer Anorak in der Ferne auftauchte, rannte sie weiter. Der Wald war etwas lichter als der andere, oder kam ihr das nur so vor? Der Wind blies den Schnee zwischen den Bäumen hindurch und wirbelte im Unterholz, stemmte sich ihr immer wütender entgegen. Schon bald riss er halbe Äste und Zweige los und trieb sie scheinbar wütend durch das Halbdunkel. Aus dem heftigen Schneetreiben war ein Blizzard geworden, der es darauf angelegt zu haben schien, ihr das Leben so schwer wie möglich zu machen. Doch sie gab nicht auf. Ebenso wütend stemmte sie sich ihm entgegen und rannte weiter.

Nach einer Zeit, die ihr wie mehrere Stunden vorkam, wurde der Wald noch lichter. Vor ihr fiel das Land so plötzlich und steil nach unten, dass sie beinahe gestürzt wäre und gerade noch abbremsen konnte. Anscheinend fiel der Wald in eine tiefe Schlucht ab. Sie brauchte ungefähr zehn Minuten, um einen vom Schnee fast vollkommen bedeckten Pfad zu finden, der in zahlreichen Windungen steil nach unten führte, wegen des Schnees aber so gefährlich und glatt war, dass es ein großes Wagnis bedeutete, ihn zu benutzen.

Für sie gab es keinen Weg zurück. Nur wenn sie in die Schlucht hinabstieg, hatte sie eine Chance, ihrem Verfolger zu entkommen. Der Wind, der an dieser Stelle besonders stürmisch blies, würde ihre Spuren verdecken. Falls Wilbur ihr tatsächlich so weit folgte, würde er vielleicht hier umkehren und auf später verschieben, was er in dieser Wildnis nicht bewerkstelligen konnte. Er war nicht der Typ, der in einer solchen Gegend gut zurechtkam.

Auch sie war nicht für die Wildnis geschaffen, trieb aber regelmäßig Sport und hielt sich gern in freier Natur auf. Nicht genug, um längere Zeit abseits der Zivilisation bestehen zu können. Daran änderte auch ihr indianisches Erbe nichts. Sie fand die ungestüme Natur faszinierend, mochte Tiere, besonders Wölfe und männliche Elche mit gewaltigen Schaufeln, und erfreute sich an Bergen, Wäldern, Seen und Wasserfällen. Zu ihren schönsten Erinnerungen gehörte eine Wanderung im Rocky Mountains National Park nahe Denver. Aber damals war eine Rangerin dabei gewesen, die ihnen jede Entscheidung abgenommen hatte und sie niemals auf einen solchen Pfad geschickt hätte.

Obwohl ihr keine Wahl blieb, zögerte sie eine Weile vor dem Abstieg und ging erst, als sie glaubte, das ferne Knacken von Zweigen zu hören. Die Angst vor ihrem Verfolger war Antrieb genug. Die ersten Schritte fielen ihr erstaunlich leicht, der Schnee war griffig, und sie fand festen Halt. In der einen Kurve musste sie sich an einem Baum festhalten, um nicht abzurutschen, dann ging es wieder besser, und sie stieg rasch tiefer hinab. Das Heulen des Windes klang hier dumpfer, als käme es aus weiter Ferne. Die Fichten, deren Äste unter der Last des Schnees weit nach unten hingen, schwankten nicht so stark wie weiter oben.

Noch war der Grund der Schlucht nicht zu sehen, als führte der Pfad in bodenlose Tiefe. Irgendwo in der Ferne verlor sich der Weg in dem dunklen Nebel, der zwischen den Baumkronen zu hängen schien. Doch sie durfte nicht aufgeben, musste weiter nach unten steigen, bis sie sicher sein konnte, dass Scott Wilbur aufgegeben hatte. Was dann kam, würde sie entscheiden, wenn es so weit war. Noch brauchte sie ihre ganze Kraft, um sich auf den Abstieg in die Schlucht zu konzentrieren. Ein falscher

Schritt konnte sie das Leben kosten. Sie versuchte nicht daran zu denken, sah nur den schmalen Pfad vor sich.

An einer steilen Stelle unterhalb einiger schroffer Felsen war der Schnee besonders hart und vereist, eine natürliche Falle, die auch ihr zum Verhängnis wurde. Schuld daran war das klagende Heulen eines Wolfes, scheinbar so nahe, dass sie vor Schreck zusammenzuckte und das Gleichgewicht verlor.

Sie rutschte mit den Beinen nach vorn weg, hing für einen Moment in der Luft und fiel den Hang hinab. Der Schnee linderte ihren Sturz, als sie immer weiter nach unten rutschte, in einem Gestrüpp hängen blieb und so fest gegen einen Baum prallte, dass sie das Bewusstsein verlor. Sie sah nicht mehr, wie das Unterholz über ihr zusammenschlug und ein Schneeregen über ihr niederging, um sie wenig später fast vollständig zu bedecken. Sie sah auch nicht, wie sich ein Wolf näherte und wenige Schritte von ihr entfernt stehen blieb.

Shadow

Shadow wusste zwischen guten und schlechten Zweibeinern zu unterscheiden. Die beiden Reiter, die mit ihren Feuerrohren auf ihn geschossen hatten, gehörten zu den schlechten. Die junge Frau, die vor ihm im Schnee lag und bald aufwachen würde, gehörte zu den guten. Die Frau, der er schon einmal begegnet war. Ihre Witterung berührte ihn auf seltsame Weise, beinahe so, als hätte die unsichtbare Macht, die ihn nach Norden trieb, auch sie geschickt.

Sein Instinkt sagte ihm, dass die Zweibeinerin in großer Gefahr war. Sie hatte kein dickes Fell und würde erfrieren, wenn sie länger im Schnee lag. Er leckte einmal über ihre Wange und versuchte, sie aufzuwecken. Sie bewegte sich unter seiner Berührung. Er leckte noch einmal und stieß mit der Schnauze gegen das Medaillon, das sie um den Hals trug. Den eingravierten Wolf erkannte er nicht, es war mehr eine zufällige Berührung. Er wusste nun, die Gefahr war gebannt, die Zweibeinerin würde sich erholen und sich aus eigener Kraft aus dem Schnee retten.

Ihren Verfolger ahnte er mehr, als dass er ihn witterte. Ohne den Grund für sein Eingreifen zu kennen, lief er ihm entgegen und sah ihn erschöpft am Waldrand stehen, als hätte er Angst, auch nur einen Schritt weiterzugehen.

Mit einem furchterregenden Knurren und Fauchen zeigte er dem Zweibeiner seine Abneigung. Shadow ahnte, dass er der Frau im Schnee Böses wollte. Er gehörte zu den Schlechten. Im Rudel wäre er ihn noch stärker angegangen, aber hier reichte es ihm, dass der Zweibeiner vor Schreck beinahe in die Knie ging und in seiner Panik auf die Lichtung rannte, ungeachtet der heftigen Windböen und des Schnees.

Zufrieden, den Verfolger der Frau im Schnee in die Flucht gejagt zu haben, stieg er bis zum bewaldeten Steilufer hinab und lief oberhalb des schmalen Flusses weiter, den er um die Mittagszeit entdeckt hatte. Solange der Sturm tobte, kam er unter den Bäumen schneller voran. Ein Gefühl, das er sich nicht erklären konnte, verriet ihm, dass noch ein weiter Weg und etliche Gefahren vor ihm lagen.

Als er das Ende des Waldes erreichte, blieb er stehen und blickte misstrauisch in den wirbelnden Schnee hinaus. Aus dem Sturm war ein ausgewachsener Blizzard geworden, einer jener gefürchteten Schneestürme, die mit ungestümer Macht über das Land fegten. Sie brachten massenweise Schnee und bittere Kälte und machten allen Lebewesen das Vorwärtskommen schwer.

Er ließ sich davon wenig beeindrucken. Die schneidende Kälte spürte er nicht unter seinem dicken Fell, und der treibende Schnee störte ihn zwar, zwang ihn aber nicht, sich irgendwo zu verkriechen. Er war stark genug, um sich dem Sturm zu stellen. Auch wenn er in einem Blizzard langsamer vorankam und seine Sinne nicht so scharf sein konnten wie bei klarem Wetter, suchte er nicht nach einem Unterschlupf. Mehr als alle anderen Lebewesen litten die Zweibeiner unter einem solchen Schneesturm, und die Gelegenheit war vielleicht günstig, um unentdeckt an den besiedelten Gebieten, die vor ihm lagen, vorbeizukommen. Die beiden Reiter hatte er bereits abgeschüttelt.

Bevor er aus dem Wald trat, suchte er das Land, das vor ihm lag, nach Hindernissen ab. Viel konnte er nicht erkennen. Direkt vor ihm fiel das Land steil nach unten ab, und auf seiner Seite des Flusses waren schroffe Felsen und bewaldete Hügel zu erkennen. Aber schon das jenseitige Ufer verschwand hinter einem dichten Schneevorhang, und lediglich sein Instinkt sagte ihm, dass auch dort bewaldete Hügel und schneebedecktes Grasland warteten.

Auf den Ebenen tobte ein Blizzard immer am schlimmsten, also folgte Shadow dem Fluss weiter durch die Schlucht nach Norden. Der Schnee fegte ihm direkt ins Gesicht und ließ ihn blinzeln. Der Wind stellte seine Fellhaare auf. Instinktiv wählte er den richtigen Weg, vermied er störendes Geröll und andere Hindernisse, die unter dem Schnee verborgen lagen. Er behielt den Kopf oben, auch wenn er es mit gesenktem Kopf leichter gehabt hätte. Seine nach vorn gereckte Schnauze zeigte, wie entschlossen er war. Er würde ein guter Anführer sein und sein neues Rudel sicher und unbeschadet durch alle Gefahren des Lebens führen.

Selbst dicht am Ufer war das Plätschern des Flusses nicht zu hören. Zu lautstark tobte sich der Wind in der Schlucht aus. Er pfiff und heulte und sang ein schauriges Lied. Eisige Schneeschauer hingen als dichte Wolken in der Luft und zerstoben auf den Felsen, die an vielen Stellen aus dem Boden ragten.

In diesem Augenblick hatte er das Gefühl, das einzige Lebewesen in weitem Umkreis zu sein. Im Rudel hatte sich einer auf den anderen verlassen können. Ein Gefühl, das er wie kein anderes vermisste. Zusammen waren sie stark und praktisch unbesiegbar gewesen. Wenn er sich jetzt umdrehte, erblickte er niemanden. Er war einsam und allein.

Schon deshalb ließ er sich durch nichts aufhalten. Und wenn der Blizzard zu dreifacher Stärke anwachsen würde, wäre er nicht stark genug, seinen Vorwärtsdrang zu bremsen. Er nahm jede Prüfung an. Die Herausforderungen würden ihm helfen, ein guter Anführer seines Rudels und erfahren genug zu sein, seine Partnerin und ihre Nachkommen vor allen Gefahren zu beschützen und mit Nahrung zu versorgen. Selbst die Zweibeiner würden sich an ihm die Zähne ausbeißen.

Als er an eine Biegung kam und sich die Schlucht nach Norden öffnete, bekam er die volle Wucht des Blizzards zu spüren. Der Wind traf ihn mit solcher Gewalt, dass er für einen Augenblick den Boden unter den Füßen verlor und sich neu orientieren musste. Der Schnee hüllte ihn minutenlang in einer eisigen Wolke ein und öffnete sich erst, als er einige Schritte gegangen war. Auf dem Fluss waren schaumbedeckte Wellen zu erkennen, gefährliche Stromschnellen, die ihm anzeigten, wie gefährlich es war, den Fluss an dieser Biegung zu überqueren. Ein missmutiges Knurren blieb seine einzige Reaktion.

Beinahe wütend stemmte er sich dem stürmischen Wind entgegen, immer noch aufrecht, mit erhobenem Kopf und nach vorn gestellten Ohren. Er kämpfte sich am Ufer entlang und erreichte den Ausgang der Schlucht, wo die Stärke des Windes noch einmal zunahm und ihn zwang, mit seiner ganzen Kraft dagegenzuhalten. Vor ihm lag Weideland, das sich in sanften Hügeln nach Nordwesten ausdehnte und sich in dem düsteren Nebel verlor, der bereits am frühen Abend den Horizont verdunkelte.

Er hatte keine Ahnung, was ihn jenseits der Weiden erwartete, hoffte auf dichten Wald, der ihn vor den Zweibeinern schützen würde. Der Blizzard und die hereinbrechende Nacht würden ihn über das offene Land geleiten und ihm helfen, auch dort unentdeckt zu bleiben. Auch jetzt schon entdeckte er einige Lichter im Osten, ein untrügliches Zeichen dafür, dass die Zweibeiner nicht weit waren. Einige der Lichter bewegten sich, Autos auf einer Straße. Gefährliches Terrain für einen einsamen Wolf. Er durfte sich nicht allzu weit nach Osten treiben lassen, wenn er überleben wollte, auch dann nicht, wenn der Wind drehte. Auf den Weiden war er ebenfalls gefährdet, aber die Chance, in diesem Wetter keinen Zweibeinern zu begegnen, war wesentlich größer.

Er war bereits in diese Richtung unterwegs, als ihm flackernde Lichter auf der Straße im Osten auffielen. Er sah, dass sie auffällige und unterschiedliche Farben hatten, konnte diese aber nicht genau erkennen. Seine Augen waren eher darauf ausgelegt, Bewegungen auszumachen, und tatsächlich bewegten sich diese Lichter genauso hektisch wie ein flüchtiges Kaninchen. Dazu ertönten ebenso hektische Laute, die ihn auf gewisse Weise an das Jaulen seiner Artgenossen im Rudel erinnerten. Ein Auto, verriet ihm die schnelle Bewegung der Lichter, ein Zweibeiner, der es eiliger als alle anderen hatte.

Alana

Als Alana die Augen öffnete, dämmerte es bereits. Sie lag unter abgebrochenen Fichtenzweigen, und auf ihrem Körper hatte sich so viel Schnee angesammelt, dass sie perfekt getarnt war. Sie brauchte eine ganze Weile, um zu verinnerlichen, was mit ihr geschehen war. Sie spähte durch die Fichtenzweige den Pfad hinauf, ohne zu erkennen, wie weit sie den Hang hinabgestürzt war.

Ihr Kopf dröhnte, aber ihr war nicht schwindlig, und es gelang ihr sofort, sich zu orientieren. Keine Gehirnerschütterung. Die Schmerzen würden bald nachlassen, und außer einer dicken Beule würde nichts zurückbleiben. Vorsichtig tastete sie mit einer Hand ihren Körper ab. Auch sonst war sie nicht ernsthaft verletzt, sofern sie das beurteilen konnte. Es war nichts gebrochen, nicht mal verstaucht, und es gab keine feuchten Stellen, die eine Blutung bedeuten konnten. Dennoch tat ihr alles weh. Prellungen, nahm sie an, die waren immer schmerzhaft, würden nach einiger Zeit aber von selbst nachlassen. In dem vielen Neuschnee war sie einigermaßen weich gefallen, und den Aufprall auf den Stamm einer knorrigen Fichte hatte ihr Anorak abgefedert.

Der Wind heulte noch immer in den Baumkronen über ihr. Der Flockenwirbel schien aus allen Richtungen zu kommen. Im Unterholz wirbelte er Äste und Zweige hoch, und immer wieder flatterten Schneeschleier durch den Wald. Es war kalt, so kalt, dass sie die Kälte bis unter ihren gefütterten Anorak spürte. Sie konnte von Glück sagen, dass die Fichtenzweige, das Gestrüpp und der angehäufte Schnee sie gegen die frostigen Temperaturen geschützt hatten. So dicht bei den Bäumen war sie einigermaßen vor dem Sturm gewappnet, und zusätzlich hielt ein Felsbrocken besonders starke Windböen ab.

In der Erinnerung an einen Traum griff sie sich an die rechte Wange. Ein Wolf hatte sie mit seiner Zunge berührt, eine liebevolle Geste, wie man sie eigentlich nur von treuen Hunden erwartete. Aber eben nur ein Traum, denn Wölfe waren nicht dafür bekannt, besonders zutraulich gegenüber Menschen zu sein. Sie berührte das Amulett, das sie von ihrer indianischen Großmutter bekommen hatte. Hing der Traum mit ihrem Erbe zusammen? Hatte sie einen Schutzgeist, wie der Arapaho behauptet hatte?

Sie wollte gerade die Zweige zur Seite schieben, als sie ein verdächtiges Geräusch hörte. Irgendjemand stieg den Pfad hinab. Scott Wilbur? Sie drehte vorsichtig den Kopf und blickte erneut nach oben, sah eine schattenhafte Gestalt näher kommen. In der Dämmerung, die kaum Licht in den Wald fallen ließ, war sie nur schemenhaft zu erkennen. Ein Mann, so viel war sicher.

Mit klopfendem Herzen beobachtete sie, wie der Mann sich an einem Baum festhielt, als er auszurutschen drohte, sich wieder fing und unablässig näher kam. Sie konnte von Glück sagen, dass sie ungefähr fünfzig

Schritte vom Pfad entfernt lag und einigermaßen geschützt war. Ihre Spuren waren nicht mehr zu sehen, wie sie zu erkennen glaubte. Der Wind hatte sie unter neuem Schnee begraben. Nur ein indianischer Spurensucher, wie es ihn in den alten Westernfilmen gegeben hatte, würde bei diesen Wetterverhältnissen noch etwas entdecken.

Als er die Stelle erreicht hatte, an der sie wohl gestürzt war, blieb der Mann stehen. In dem spärlichen Licht, das der Schnee spiegelte, erkannte sie das Gesicht von Scott Wilbur. Der Wahnsinnige hatte noch nicht aufgegeben und scheute nicht mal vor einem Blizzard zurück. Entweder unterschätzte er die Gefahren eines solchen Schneesturms, oder er war so besessen von der Idee, sie zu finden, dass er die Anstrengung und den Stress bewusst auf sich nahm.

»Hey, Alana!«, tönte seine Stimme durch den Wald. Er sprach so laut, dass man ihn sogar in dem heulenden Wind hörte. »Bist du hier irgendwo? Du musst hier irgendwo sein! Sag doch was, Alana! Dir ist doch nichts passiert?«

Sie hielt vor Schreck den Atem an. Ihr einziger Trost war, dass sie durch die Zweige und den Schnee einigermaßen geschützt war und die Dämmerung ihr einen zusätzlichen Vorteil verschaffte. Nur durfte sie sich nicht bewegen.

»Hörst du mich, Alana? Ich bin's … Scott! Keine Angst, ich will dir nichts tun!« Er ließ seinen Blick wandern, vermutete sie weiter unten und sprach deshalb so laut er konnte. Er schrie fast. »Ich weiß, dass du wütend auf mich bist. Ich hab mich schlecht benommen und entschuldige mich dafür.« Beinahe dieselben Worte wie vor dem Motel in Pinedale. »Hör mich doch an, Alana!«

Sie hütete sich, ihm eine Antwort zu geben. Und wenn er noch so sehr um Vergebung flehte und den reuigen Sünder rauskehrte, würde sie nicht nachgeben. Sie wusste, was sie erwartete, wenn sie auf ihn hörte und ihr Versteck verließ. Hier draußen, fernab der Straße, konnte er mit ihr tun, was er wollte.

»Wir haben beide Mist gebaut«, rief er. »Sei doch vernünftig! Warum benehmen wir uns nicht wie zwei Erwachsene und lassen diesen ganzen Zoff hinter uns? Kehr um, Alana! Wir fahren in die nächste Stadt und suchen uns ein schönes Lokal. Ich lade dich zum Essen ein, und wir räumen alle Differenzen aus dem Weg. Das sind doch alles nur Missverständnisse. Ich liebe dich über alles und weiß, dass ich dir auch nicht gleichgültig bin. Okay?«

Gar nichts ist okay, hätte sie ihm am liebsten geantwortet. Hör auf, solchen Unsinn zu reden, und mach, dass du endlich wegkommst! Ich habe endgültig genug von dir! Bei dir ist mehr als eine Schraube locker. Verschwinde, Scott! Doch sie hütete sich davor, auch nur einen Laut von sich zu geben.

Scott wurde ungeduldig. »Nun sei doch nicht so verdammt stur! Ich bin kein Unmensch! Ich liebe dich über alles, wie oft muss ich das denn noch sagen? Ich möchte mein Leben mit dir verbringen, Alana, also komm endlich aus deinem Versteck, dann reden wir über alles! Du bist hier doch irgendwo.«

Sie beobachtete, wie er ein paar Schritte weiter nach unten ging, und hoffte schon, er würde zum Fluss hinuntersteigen, aber er blieb wieder stehen und rief: »Bist du zum Fluss runter? Du willst doch nicht in den Sturm raus? Da draußen ist er viel stärker, da ist der Wind so stark, dass er dich umhauen kann!« Er verließ den Pfad und stapfte durch den tiefen Schnee, kam jetzt genau auf sie zu, hielt aber nach einigen Schritten inne. Sie hielt vor Schreck den Atem an. Ihr Herz klopfte bis zum Hals, als er das Unterholz absuchte.

»Du verdammtes Miststück!«, verlor er erneut die Nerven. »Wieso tust du mir das an? Warum hältst du mich zum Narren? Ich treibe mich tagelang in der Gegend rum, hab keine Ahnung, wo ich bin, und du machst dich heimlich lustig über mich!« Er stampfte mit dem Fuß auf. »Zur Hölle mit dir! Das lasse ich mir nicht bieten! Ich bin kein kleiner Junge, den man ungestraft zum Gespött der Leute machen kann. Nicht mit mir, Alana! Wenn du nicht hören willst, musst du eben fühlen. Manche Frauen muss man zu ihrem Glück zwingen, und du gehörst anscheinend dazu. Beweg endlich deinen Arsch!«

Alana tat das genaue Gegenteil. Ohne sich von seinen bedrohlichen Worten beeindrucken zu lassen, blieb sie in ihrem Versteck, krampfhaft darum bemüht, sich nicht zu bewegen und keinen Laut zu verursachen. Am liebsten hätte sie ihren raschen Herzschlag angehalten, aus Angst, er könnte ihn hören.

Er stapfte einen weiteren Schritt auf sie zu, und sie befürchtete schon, er hätte ihr Versteck entdeckt, als sich wieder der Wolf meldete. Sein Heulen, das von dem böigen Wind in den Wald getragen wurde und in dem Sturm noch schauriger klang, ließ Scott für einen Moment erstarren und trieb ihn gleich darauf auf den Pfad zurück. Er suchte sein Heil in überstürzter Flucht, stolperte den steilen Pfad hinauf, rutschte alle paar Schritte aus und stemmte sich ächzend wieder hoch. Nachdem er die Anhöhe erklommen hatte, rannte er keuchend davon.

Obwohl ihr ganzer Körper schmerzte und sie durch das ständige Verharren in einer Stellung einen Krampf bekommen hatte, musste sie grinsen. Der Wolf hätte sich keinen besseren Zeitpunkt für sein Geheul aussuchen können. Wahrscheinlich nur ein willkommener Zufall, aber wer wusste das schon? Sie berührte ihr Wolfsmedaillon und rieb es wie einen magischen Zauberstein.

Sie wartete, bis sie einigermaßen sicher sein konnte, dass Scott nicht zurückkehren würde, und befreite sich von den Zweigen und dem Schnee. Jede Bewegung bereitete ihr große Schmerzen. Es kostete sie große Überwindung, den Schnee von ihrer Kleidung zu klopfen, und beim ersten Schritt aus ihrem Versteck hätte sie am liebsten laut geschrien. Der Sturz schien alle ihre Muskeln in Mitleidenschaft gezogen zu haben, und sie wollte gar nicht wissen, wie viele blaue Flecken sie am nächsten Tag haben würde. Immer noch besser, als wenn sie sich etwas gebrochen oder verstaucht hätte. Sie würde die Schmerzen nach und nach aus ihrem Körper laufen, wie die Footballer sagten, alles halb so schlimm.

Der Aufstieg war so anstrengend, dass sie mehrmals

stehen bleiben und nach Luft schnappen musste. Daran war auch der Wind schuld, der aus allen Richtungen in den Wald zu dringen schien und sie mehrmals aus dem Gleichgewicht brachte. Ihre Prellungen schmerzten noch immer und zwangen sie einige Male, eine Pause einzulegen. Ihr Plan ging jedoch auf. Nach einer Weile nahm der Schmerz ab, oder sie hatte sich bereits so daran gewöhnt, dass er ihr kaum noch etwas ausmachte. Sie hatte schon Schlimmeres erlebt und würde sich nicht so schnell unterkriegen lassen.

Auf der weiten Lichtung war es bereits dunkel. Der Blizzard hatte etwas nachgelassen, aber der Schnee fiel immer noch in dicken Flocken und erschwerte ihr die Sicht. Einige der Spuren, die Scott Wilbur auf seiner überstürzten Flucht hinterlassen hatte, waren zumindest teilweise noch zu erkennen. Auch ohne ein indianischer Späher zu sein, erkannte sie, dass er sich auch auf dieser Lichtung noch nicht von seinem Schrecken erholt hatte und in weiten und hektischen Schritten über die Lichtung geflohen war. Sie zog den Reißverschluss ihres Anoraks so hoch es ging und folgte den Spuren, bis sie sich plötzlich im Schnee verloren und sie nicht mehr wusste, wo sie sich befand.

Eine Weile stapfte sie ziellos durch den Schnee und verlor die Orientierung in dem heftigen Flockenwirbel. Gabe Norwood würde sie wahrscheinlich auslachen, wenn sie ihm davon berichtete, aber sie war eben kein Mountain Man und auch keine Indianerin wie ihre Großmutter. Sie brauchte einen Kompass oder ein GPS-

Gerät, wenn sie sich in der Wildnis orientieren wollte. Als ihr einfiel, dass ihr Smartphone über solche Funktionen verfügte, kramte sie es rasch aus ihrer Anoraktasche, stellte jedoch fest, dass sie ihren Akku lange nicht mehr geladen hatte und kaum noch Spannung darauf war. Viel genützt hätte es sowieso nicht. Der Kompass brachte nicht viel, weil sie nicht genau wusste, in welcher Richtung ihr Wagen stand, und die Karte mit den GPS-Angaben zeigte nur eine grüne Fläche, die wohl den Wald darstellen sollte.

Sie versuchte es auf gut Glück und erreichte den Wald an einer Stelle, die genauso aussah wie die, an der sie am Nachmittag gestanden hatte. Der Waldrand sah jedoch überall gleich aus und man konnte sich leicht verirren. Sie trat unter die Bäume und war erleichtert, dem Schneetreiben nicht mehr ungeschützt ausgesetzt zu sein. Aber die Prellungen schmerzten wieder stärker und sie fror. Heißer Tee wäre jetzt gut gewesen.

Sie tröstete sich mit einem Riegel Schokolade aus ihrer Umhängetasche und lief weiter, ohne zu wissen, in welche Richtung sie sich bewegte. Es gab keine Straße und keinen Pfad, nur düsteren Wald, in dem sie kaum ihre Hand vor den Augen sehen konnte. Der Marsch bedeutete eine einzige Qual. Mit jedem Schritt wurde ihre Zuversicht, den Highway bald zu erreichen, geringer, und der Gedanke, die Nacht im dunklen Wald verbringen zu müssen, stimmte sie nicht gerade froh. In ihrem Wagen würde sie wenigstens warme Decken und ein Dach über dem Kopf haben, auch wenn der Motor nicht mehr ansprang.

Wie aus dem Nichts flackerte plötzlich Licht in der Ferne auf. Sie blieb überrascht stehen und blickte genauer hin. Was sie im ersten Augenblick für eine Laterne oder eine Fackel gehalten hatte, war ein beleuchtetes Fenster. Es gehörte zu einer Blockhütte, die in der Dunkelheit allerdings nur zu erahnen war. Jemand hatte eine Petroleumlampe in der Hütte entzündet. Auf Ranches und auch in Naturschutzgebieten gab es einige solcher Hütten. Unterkünfte für Ranger, Cowboys oder müde Wanderer. Die Hütten standen offen, und jeder konnte sie benutzen, vorausgesetzt, er verließ sie so, wie er sie angetroffen hatte. Ein Brauch, den man aus dem Wilden Westen übernommen hatte.

Sie näherte sich der Hütte vorsichtig. Sie hatte keine Ahnung, wer sich darin befand, und wollte kein unnötiges Risiko eingehen. Ungefähr fünfzig Schritte vor der Tür blieb sie zwischen den Bäumen stehen. Sie erstarrte, als ein junger Mann nach draußen trat und sich suchend nach allen Seiten umsah.

Shadow

Shadow war froh, als der Sturm nachließ und er sich nicht mehr gegen den Wind stemmen musste. Gegen das Schneetreiben, das ihm beinahe die Sicht nahm, hatte er nichts. Es schützte ihn vor Zweibeinern, die Jagd auf ihn machten und ihn mit ihren Feuerrohren erschießen wollten. In einem solchen Wetter wagten sie sich selten nach draußen, weil sie leichter froren und im Flockenwirbel schlecht sehen konnten. Er erkannte seine nähere Umgebung selbst in einem Blizzard und nahm sie auch mit seinen anderen Sinnen wahr.

Seitdem der Wind nachgelassen hatte, war Shadow wieder in seinen gewohnten Trott gefallen. Obwohl er dort leichter ausgemacht werden konnte, hielt er sich auf den Hügelkämmen, wo meist weniger Schnee lag und er weniger Hindernisse zu überwinden hatte. Er blieb wachsam, war jederzeit auf einen Angriff gefasst und bereit, in Deckung zu gehen oder überstürzt zu fliehen. Er war schnell, vor allem aber ausdauernd und lediglich den lauten Maschinen unterlegen, mit denen manche Zweibeiner durch den Schnee rasten. Im Tiefschnee abseits der Wege waren sie ihm auch damit unterlegen.

Er dachte nicht wie ein Mensch. In seinem Kopf waren undeutliche Bilder von dem Territorium, das er am Ende seiner langen Wanderung betreten würde, und der Partnerin, die er dort treffen würde. Er sah seine Familie, sein ganzes Rudel, und lief weiter nach Norden, denn dort würden seine Träume in Erfüllung gehen. Das sagte ihm sein Instinkt, die innere Stimme, die er manchmal hörte, die unbekannte Macht, die ihn führte und beschützte.

Als er in respektvoller Entfernung an einer kleinen Siedlung der Zweibeiner vorbeilief, begannen einige Huskys zu heulen. Seine Verwandten, halbwilde Artgenossen, die sich den Zweibeinern angeschlossen hatten und ihre Schlitten zogen. Er war solchen Gespannen schon begegnet, vermummten Zweibeinern, die einen Schlitten mit sechs, acht oder mehr Huskys durch die Wildnis steuerten. Meist fuhren sie um die Wette, so wie er mit anderen Wölfen seines Rudels manchmal um die Wette gelaufen war.

Er antwortete den Huskys nicht, hielt sie nicht für würdig und wollte kein Jaulkonzert heraufbeschwören, das nur ihren Besitzer alarmiert hätte. So schnell wie möglich lief er an der Siedlung vorbei, an einem langen Zaun entlang über die offene Weide, weg von den Häusern und der Straße. Er war froh, dass der Wind dort wieder von der Seite kam, so brauchte er keine Angst zu haben, dass die Hunde der Zweibeiner seine Witterung aufnahmen.

Die Hoffnung, jenseits der Weiden auf einen Wald zu treffen, erfüllte sich nur teilweise. Auf den Hügeln des zerklüfteten Landes, das sich weiter nordwestlich erstreckte, verteilten sich lediglich ein paar kleinere Wäldchen. Fichten, aber auch Birken und Espen, die längst ihr Laub verloren hatten und sich wie kahle Gerippe vom Schnee abhoben. Sie wuchsen am Ufer des schmalen Flusses und auf den Hängen der Hügel, die sich wie eine verschneite Wüste nach Norden ausdehnten.

Vereinzelte Schotterstraßen und vor allem die Zäune ver-

rieten ihm, dass auch in dieser scheinbar menschenleeren Gegend höchste Wachsamkeit geboten war. Auch wenn eine Begegnung mit Zweibeinern unwahrscheinlich war, musste er doch damit rechnen. Die Cowboys der Ranches waren widerstandsfähiger als die Zweibeiner in den Siedlungen. Sie waren auch im starken Schneetreiben unterwegs und bewachten ihre Rinderherden. Die Tiere blieben selbst während der kalten Jahreszeit draußen, meist auf geschützten Winterweiden, wo sie besser vor dem Wind geschützt waren. Sie suchten unter dem Schnee nach Gras, wurden aber auch von den Zweibeinern gefüttert.

Auf einem der Hügel blieb Shadow zwischen einigen Bäumen stehen und blickte in das weite Tal hinab, das sich vor ihm ausbreitete. Obwohl der Schnee noch immer seine Sicht behinderte, erspähte er eine Rinderherde, die wie in jedem Sturm zusammengerückt war, um besser gegen den eisigen Wind gewappnet zu sein. Sie waren empfindlicher gegen Kälte als er. Zu gerne hätte er eines der Rinder gerissen, aber so war er ihnen hoffnungslos unterlegen und brauchte es nicht einmal zu versuchen. Selbst wenn er eines der ausgewachsenen Rinder allein angetroffen hätte, wäre das Risiko, bei einem Angriff getötet zu werden, zu groß gewesen. Er hatte nur bei Kälbern eine Chance, kranken oder schwachen Jungtieren, die ihm nicht gewachsen waren.

Nur widerwillig ließ er die Rinder links liegen, doch allein ihr Anblick steigerte seinen Hunger. Er hatte schon lange nichts mehr gefressen und brauchte dringend Nachschub. Aber genauso wenig hütete er sich, ein unkalkulierbares Risiko einzugehen und sich an eine ganze Herde heranzuwagen. Er brauchte Geduld. Damit umzugehen, hatte er schon als junger Welpe im Rudel gelernt. Er hatte seinen Anführer nie gemocht, musste ihm aber zugestehen, dass er ein ausgezeichneter, wenn auch strenger Lehrmeister gewesen war. Er hatte sie gewarnt, übermächtige Tiere wie ausgewachsene Elche oder Hirsche anzugreifen, und ihnen beigebracht, dass es bei jeder Jagd auf den richtigen Zeitpunkt ankam. Wer in seiner Fressgier zu schnell zuschlug, ging oftmals leer aus. Leider hatte sich die Fürsorge des Anführers in spürbare Abneigung verwandelt, sobald Shadow älter geworden war. Die Angst, ein jüngerer Wolf könnte ihm die Führung des Rudels streitig machen, war wohl zu groß gewesen. Ob ihn schon ein anderer Wolf abgelöst hatte?

Shadow gingen solche Erinnerungen nur als flüchtige Bilder durch den Kopf. Und wenn er hungrig war, gab es überhaupt keine Bilder mehr, und sein ganzes Handeln konzentrierte sich darauf, sobald wie möglich an Nahrung zu kommen. Im entscheidenden Moment, wenn er eine mögliche Beute dicht vor sich sah, dachte er nicht einmal mehr an feindliche Zweibeiner, die mit Feuerwaffen hinter ihm her waren. So auch in einem der nächsten Täler, das er im Schutz eines lang gestreckten Hügels durchquerte. Weil er den Wind im Rücken hatte, ein Fehler, den er sich niemals geleistet hätte, wenn er nur auf der Jagd und nicht auf der Wanderschaft gewesen wäre, sah er das verirrte Kalb erst spät. Und weil der Hunger seine Sinne vernebelte, war er kaum überrascht, die willkommene Beute so ungeschützt anzutreffen.

Ein Kalb, das zitternd vor Kälte allein im Schnee verharrte, war ein Geschenk. Selbst bei einem kranken Kalb war meist die Mutter in der Nähe und konnte zu einer erbitterten Gegnerin werden, falls man ihr Junges angriff. Dieses Kalb hatte keine Mutter dabei, war wahrscheinlich in dem Blizzard von ihr getrennt worden und bot sich als Beute geradezu an. Das Fleisch würde ihm die Kraft geben, die weiteren Herausforderungen zu meistern.

In der Gewissheit, auf wenig Gegenwehr zu stoßen, verzichtete Shadow darauf, sich anzuschleichen oder die Beute durch eines der Manöver, die er bereits als Welpe gelernt hatte, in die Enge zu treiben. Er griff frontal an, beobachtete zufrieden, wie das Kalb in Panik geriet und schon nach wenigen Schritten zitternd stehen blieb. Dann fiel er es von der Seite an. Mit seinen scharfen Zähnen schnappte er nach der Kehle des Tieres und biss so heftig zu, dass es in die Knie ging und röchelnd in dieser Stellung verharrte, bis der Blutverlust zu groß war und es zu Boden sackte. Wenige Atemzüge später war es tot.

Shadow hatte gerade erst den ersten Fetzen aus dem Fleisch des Kadavers gerissen, als er glaubte, eine Bewegung in dem Schneetreiben zu erkennen. Zwei dunkle Schatten, die sich rasch näherten.

»Da ist die verfluchte Bestie!«, rief einer der beiden.

Und der andere drohte: »Jetzt haben wir dich!«

Shadow verstand auch ohne die Worte zu kennen, was die Männer vorhatten. Schweren Herzens ließ er von seiner noch warmen Beute ab und rannte davon. Gerade noch rechtzeitig, denn im gleichen Augenblick krachten zwei Schüsse, und die Kugeln schlugen an der Stelle ein, an der er gerade noch gestanden hatte. Er hörte die Männer fluchen und lief so schnell er konnte, änderte alle paar Sekunden die Richtung, um den Männern das Zielen zu erschweren.

Die beiden Cowboys, denen er schon einmal begegnet war, verfolgten ihn auf ihren Pferden. Der dumpfe Hufschlag klang ihm in den Ohren. Jeden Augenblick konnten sie wieder schießen und ihn mit einer Kugel erwischen. Er hatte gesehen, was diese Kugeln anrichten konnten, und schlug einen weiteren Haken, hetzte auf die andere Seite eines Hügels und holte alles aus seinem Körper heraus. Er hatte das Glück, dass es selbst erfahrenen Cowboypferden schwerfiel, durch Schneewehen zu galoppieren, und es beinahe unmöglich war, während des Reitens gezielt zu schießen und zu treffen. Das beherrschten nur die Cowboys und Indianer in den Westernfilmen. Die Kugeln der Cowboys, die Shadow verfolgten, schlugen weit neben ihm in den Schnee.

Shadow rannte um sein Leben. Mit offenem Maul, alle Muskeln angespannt, verließ er die Deckung des Hügels und rannte über eine verschneite Schotterstraße, sprang zwischen den Balken eines Weidezauns hindurch und zwang seine Verfolger, bis zum nächsten Tor zu reiten, um ihm weiter auf den Fersen bleiben zu können.

»Der ist weg!«, fluchte der eine.

»Verfluchtes Mistvieh!«, schimpfte der andere.

Shadow hörte sie nicht mehr. Er war im Schneetreiben und der Dunkelheit untergetaucht und hielt erst an, als er mehrere Meilen gelaufen war und in den Ausläufern der nahen Berge einen sicheren Unterschlupf gefunden hatte.

Alana

Der junge Mann schien ihre Anwesenheit zu ahnen und blieb zögernd vor der Tür stehen. Misstrauisch blickte er in ihre Richtung. Als der schwache Lichtschein aus der Hütte fiel und sein Gesicht zu sehen war, erkannte sie ihn.

»Paul!«, flüsterte sie überrascht. Und dann lauter: »Paul! Bist du das, Paul?«

»Alana! Da bist du ja, Alana!«

Sie hatte ihre Deckung verlassen und lief auf ihn zu. Er breitete die Arme aus, und sie wäre ihm beinahe um den Hals gefallen, aber sie machten beide einen Rückzieher und wussten einen Augenblick nicht, was sie sagen sollten.

»Paul!«, grüßte sie ihn verlegen.

»Alana! Ich hab dich überall gesucht! Als ich deinen Wagen am Straßenrand stehen sah, hab ich sofort angehalten und bin dir in den Wald nachgelaufen. Ich war stundenlang in diesem verfluchten Schneesturm unterwegs.«

»Wir hatten Glück«, erwiderte sie lächelnd.

»Wo warst du denn die ganze Zeit? Ich befürchtete schon, Scott Wilbur hätte dich verfolgt und wäre dir nachgestiegen. Und dann dieser Sturm!« Er seufzte. »Ich hatte Angst um dich, Alana! Große Angst!« Er nahm einige Scheite von dem Brennholz, das gestapelt vor der Hütte lagerte. »Komm rein!«

Sie folgte ihm in die Hütte und trat vor den bullernden Ofen – ein altmodischer Kanonenofen, wie ihn einst die Goldgräber benutzt hatten. Die Wärme tat ihr gut. »Wie hast du die Hütte gefunden? Hast du eine Landkarte?«

»Nur die auf meinem Smartphone, und das funktioniert hier nicht.« Er stieß die Tür mit dem Absatz zu und legte die Holzscheite zu dem anderen Brennholz vor dem Ofen. »Bin aus Zufall darüber gestolpert. Ich war einige Stunden da draußen und schon vollkommen durchgefroren, als ich sie sah. Ein Geschenk des Himmels, sonst hätte ich mich vielleicht verirrt oder wäre irgendwo jämmerlich erfroren. Ich kenn mich in der Wildnis nicht so aus.«

»Ging mir ähnlich.«

»Ich wollte mich nur ein wenig aufwärmen, dann hätte ich weiter nach dir gesucht«, sagte er. Er deutete auf die zerfledderte Matratze an der Wand. »Obwohl ich ehrlich gestanden hundemüde war und kaum noch die Augen offen halten konnte.«

»Und jetzt bist du wieder munter?«

»Ich brauchte dich nur anzusehen.«

Alana wusste nicht, was sie von dem Kompliment halten sollte. Nur ein dummer Spruch, der ihm so rausgerutscht war? Oder hatte er tatsächlich was für sie übrig? Sie zog Anorak, Mütze und Handschuhe aus und legte die Sachen auf einen der Stühle, die um einen einfachen Holztisch herum standen, die einzigen Möbelstücke in der Hütte. Sie deutete auf die Kanne, die mit klapperndem Deckel auf der Herdplatte stand. »Hast du etwa Tee gekocht?«

»Auf dem Tisch lagen zwei Beutel. Leider hab ich keine Becher.«

»Aber ich.« Sie setzte sich, nahm ihre Umhängetasche von den Schultern und schraubte den Deckel der Thermosflasche auf. »Leider nur einen. Was dagegen, wenn wir uns den Becher teilen? Milch und Zucker hab ich auch nicht dabei.«

Er nahm die Kanne vom Ofen und setzte sich ebenfalls. Nachdem er den Becher gefüllt hatte, ließ er sie zuerst trinken. »Pass auf, der ist sehr heiß!«

Sie nippte vorsichtig daran und stellte den Becher auf den Tisch. Der Tee schmeckte furchtbar, aber das sagte sie ihm nicht. Wahrscheinlich hatten die Beutel schon mehrere Monate in der Hütte gelegen. »Ah, das tut richtig gut.«

»Ich hab irgendwo gelesen, dass die Fallensteller früher immer was zu essen in verlassenen Hütten wie diesen ließen, damit einsame Wanderer nicht verhungerten, falls sie sich verirrt hatten. Jeder ließ was von seinem Proviant da.« Er trank einen Schluck und verzog das Gesicht. »Hier war gar nichts.«

»Ich hab vorgesorgt.« Sie kramte die Schokolade und eine Tüte mit Keksen aus ihrer Umhängetasche und legte beides auf den Tisch. »Bedien dich!«

»Du bist ein Engel!« Wieder eines dieser seltsamen Komplimente. Er aß einen Keks und nahm gleich noch einen. »Scott Sowieso ... dieser Stalker ... war er wirklich hinter dir her? Oder ... ist er etwa immer noch in der Nähe?«

»Ich glaube, der lässt sich nicht mehr blicken.«

»Haben sie ihn verhaftet?«

»Schön wär's.« Seitdem sie Paul getroffen hatte, spürte sie ihre Kopfschmerzen kaum noch und auch die Prellungen taten nicht mehr so weh. Der heiße Tee wärmte sie von innen. »Ein Wolf hat ihn in die Flucht gejagt.«

»Ein Wolf? Der Wanderwolf? Der aus dem Fernsehen?«

»Gut möglich«, überlegte sie. »Er musste sich gar nicht blicken lassen. Wilbur rannte schon davon, als er ihn heulen und knurren hörte. So schnell war der noch nie unterwegs. Du hättest sehen sollen, wie er den Hang hochstolperte. Ich hätte ihn filmen sollen, dann könnte ich ihn damit erpressen. Das Filmchen würde sich gut machen auf Facebook. Aber so bin ich nicht.«

»Obwohl er's verdient hätte!« Paul war ehrlich wütend, beruhigte sich aber schnell wieder. »Und du hattest keine Angst vor dem Wolf? So ganz allein?«

Sie berichtete ihm, was geschehen war, ohne die Geschichte unnötig zu dramatisieren. »Von mir wollte er nichts wissen. Vielleicht hatte er Mitleid mit mir, weil ich mir bei dem Sturz wehgetan hatte.« Sie griff sich an die Brust. »Ich möchte nicht wissen, wie viele blaue Flecken ich mir heute zugezogen habe.«

»Willst du dich hinlegen?«

»Nein, danke. So schlimm ist es nun auch wieder nicht.«

»Gott sei Dank. Ich hatte echt Angst um dich.«

»Und warum hast du mich dann wie ein dummes

Schulmädchen in Missoula stehen lassen? Du hättest mich wenigstens zum Busbahnhof bringen und dich verabschieden können. Eigentlich müsste ich böse auf dich sein.«

Paul hatte wohl schon damit gerechnet, dass sie ihm Vorwürfe machen würde. »Tut mir leid, Alana. Ich wollte dich nicht verletzen. Ehrlich nicht!«

»Und warum hast du's dann getan?«

Er nahm einen weiteren Keks aus der Tüte, behielt ihn aber in der Hand. Seine Reue war nicht gespielt. »Ich bin durchgedreht. Ich hatte Angst, dass wir uns zu nahe kommen. Ich ziehe mit meiner Gitarre durch die Gegend und trete mal hier und mal dort auf, und du musst in dein Museum zurück. Das würde doch niemals gut gehen. Lieber ein Ende mit Schrecken als … du weißt schon. Ich hatte Angst vor der Trennung, bevor es richtig begonnen hatte.«

»Und deswegen bist du durchgebrannt? Weil du Angst hattest?«

»Schlimm, nicht wahr?« Er hielt immer noch den Keks in der Hand.

»Dumm!«, korrigierte sie ihn. »Dumm und gemein!«

»Ich weiß, ich hab's die ganze Zeit bereut und gehofft, dass ich dich wiedersehen würde. Ich wollte mich wenigstens bei dir entschuldigen. Aber als ich deinen Wagen am Straßenrand stehen sah, wurde mir klar, dass ich mich längst …«, er zögerte verlegen, »… dass ich mich längst in dich verliebt hatte.«

»Und deswegen bist du in den Blizzard raus?«

»In den Blizzard bin ich raus, weil ich Angst um dich hatte. Wegen Scott Wilbur und wegen dieses verfluchten Sturms. Wie hast du den überstanden?«

»Im Wald ging es einigermaßen. Hast du Ärger mit der Polizei?«

Die plötzliche Frage irritierte ihn. »Wie kommst du denn darauf?«

»Immer wenn ein Polizist oder ein Deputy in der Nähe war, wurdest du nervös: kurz vor Missoula, als der Streifenwagen an uns vorbeifuhr. Aber auch auf dem Campground – und als du mich in Missoula zurückgelassen hast, fuhr ein Deputy vorbei. Wahrscheinlich sehe ich Gespenster, oder hast du was ausgefressen?«

»Nein.«

»Nein?«

»Doch«, verbesserte er sich. »Ich hätte es dir gleich sagen sollen, dann hätte ich mir die ganze Theaterspielerei erspart. Ich … ich hab meine Eltern beklaut. Ich hab einige Hunderter aus der Kasse in unserem Restaurant genommen. Ohne das Geld hätte ich niemals losfahren können. Mein Erspartes hatte ich bereits für den Camper ausgegeben, da waren meine Eltern schon auf hundertachtzig. Ich würde ihr Lebenswerk mit Füßen treten, wenn ich das Studium abbräche und wie ein Bettler durch die Lande zöge. Sie würden mir keinen Penny für diese Schnapsidee geben und ich sollte selbst sehen, wie ich zurechtkäme.« Er kämpfte gegen die Tränen an. »Ich brauchte die Hunderter für eine neue Gitarre! Die alte hatte mein Vater in seiner Wut zertrümmert!«

»Du konntest deine Eltern nicht umstimmen? Warum hast du keinen Job angenommen und gewartet, bis du genug Geld zusammengespart hattest?«

»Ich wollte ihnen eins auswischen.«

»Indem du sie bestiehlst?«

»Ich weiß, wie das klingt.«

»Aber das ist noch nicht alles, oder?«

»Nein, es kommt noch schlimmer.«

Sie kam sich wie eine verständnisvolle Therapeutin vor, die sich geduldig die Probleme ihres Patienten anhört, um anschließend nach einer Lösung zu suchen. Noch verstörender waren jedoch die seltsamen Gefühle, die er allein durch seine Anwesenheit in ihr auslöste, und die auch sein reuiges Geständnis nicht vertreiben konnte. Sie mochte ihn, ganz egal, was er verbrochen hatte.

»Was denn noch?«

»Nachdem ich weg war, verhafteten sie einen unserer Angestellten. Meine Eltern glaubten, dass er das Geld genommen hatte. Es stand in der Zeitung, ich hab's im Internet gelesen. Ich hab meinen Eltern eine E-Mail geschickt und ihnen alles gebeichtet, aber es war schon zu spät. Der Name des Angestellten stand in der Zeitung, und er war unten durch, obwohl er unschuldig war.« Er wagte nicht, ihr in die Augen zu blicken. »Meine Eltern zogen die Anzeige zurück, sie hätten einen Fehler bei der Abrechnung gemacht, und er wurde sofort aus der Untersuchungshaft entlassen, aber er verlangte eine Entschädigung von ihnen, und sie mussten bezahlen. Meine Eltern riefen mich an. Sie wollten, dass ich sofort nach Hause komme und die Entschädigung bis auf den letzten Penny zurückzahle, und wenn ich dafür putzen gehen müsste. Aber ich … ich schaltete mein Handy aus und fuhr weiter nach Norden. Ich weiß, wie dumm das war, denn irgendwann werden sie mich finden, aber ich konnte nicht anders. Ich hatte gerade *Wolves* geschrieben und war voll dabei. Zu Hause hätte ich doch keine einzige Note und keine Zeile zustandegebracht.«

»Ich stand vor dem Restaurant in Kalispell, als du *Wolves in the Wild* gesungen hast. So einen schönen Song hab ich lange nicht gehört.« Sie griff nach seinen Händen. »Du musst zurückfahren, Paul!«

»Ich weiß.«

»Du musst dich bei dem Angestellten entschuldigen und die Entschädigung an deine Eltern zurückzahlen, sonst wirst du deines Lebens nicht froh.«

»Das weiß ich alles.«

»Und? Wirst du's tun?«

»Morgen früh. Spätestens morgen früh.«

Sie saßen sich eine Weile schweigend gegenüber, jeder in Gedanken versunken, und merkten gar nicht, dass sie noch immer Händchen hielten. Alana fühlte sich wohl in seiner Gegenwart, daran änderte auch sein Geständnis nichts. Wer so schöne Lieder wie *Wolves in the Wild* schrieb, konnte nicht schlecht sein. Er hatte die Nerven verloren. In seiner Wut, von seinen Eltern nicht verstanden zu werden, hatte er eine riesengroße Dummheit begangen.

Dennoch mochte sie ihn.

»Ich mag dich auch«, sagte sie. »Ich mag dich wirklich. Das mit der Entfernung kriegen wir hin. Von Pinedale nach Idaho Falls ist es nicht weit.«

»Hundertfünfzig Meilen. Ich hab nachgesehen.«

»Keine drei Stunden.«

»Ein Katzensprung.«

Er beugte sich über den Tisch, und sie küssten sich. Sehr zärtlich, beinahe vorsichtig, als hätten sie Angst, etwas zu zerstören. Seltsamerweise hielt er immer noch den Keks in der Hand, als er um den Tisch herumkam und sie in die Arme nahm. Sie küssten sich und verloren den Boden unter den Füßen.

Shadow

Shadow kannte keine Grenzen und merkte nicht, dass er sich in Kanada befand. Er hatte mehrere schmale Flüsse und Bäche überquert und einen riesigen See gemieden, der von einem Horizont zum anderen zu reichen schien, und war trotz des eisigen Wetters rasch vorangekommen. Es hatte längst aufgehört zu schneien, aber der Wind wehte eisig und schneidend über das Land.

Obwohl die Gegend, die er an diesem Nachmittag durchquert hatte, einigermaßen dicht besiedelt war, hatte er es geschafft, den Zweibeinern aus dem Weg zu gehen. Um jede Farm hatte er einen weiten Bogen geschlagen. Er wollte nicht, dass ihn ein Wachhund witterte und laut zu bellen anfing. Wenn ein Hund erst einmal bellte, dauerte es nicht lange, bis sein Herrchen mit einem Feuerstock aus dem Haus gerannt kam und das Feuer auf ihn eröffnete.

Auf die Beute, die seinen Magen gefüllt und ihm neuen Mut für den letzten Teil seiner Wanderung gegeben hatte, war er durch Zufall gestoßen. Oder hatte ihn die unbekannte Macht, die ihn nach Norden trieb, für das entgangene Kalb entschädigt? Das Schaf war aus seiner Koppel entkommen und hilflos durch den Schnee geirrt, hatte sich ihm praktisch angeboten. Er hatte es mit einem raschen Biss getötet und sich gierig darüber hergemacht. Er mochte Kalbfleisch wesentlich lieber als Schaffleisch, aber ein Schaf war immer noch besser als Mäuse oder Abfälle aus den Tonnen der Zweibeiner.

Niemand hatte ihn beim Fressen gestört, und niemand hatte ihn verfolgt. Und er spürte die unbändige Kraft, die ihn nach der üppigen Mahlzeit beseelt hatte, noch jetzt und fühlte sich unbesiegbar. Er wurde deshalb nicht leichtsinniger. Wachsamkeit war ihm angeboren und hinderte ihn daran, ein zu großes Risiko einzugehen. Selbst in dem dichten Wald, den er gegen Morgen durchquerte, benahm er sich nicht leichtsinnig. Er duckte sich hinter einen Baum, als er ein verräterisches Geräusch hörte, und trottete beim Anblick eines übermütigen Eichhörnchens erleichtert weiter. Mit seinem vollen Magen dachte er nicht daran, sich an einer so kleinen Beute zu vergreifen.

Mit der ersten Helligkeit, die durch die Baumkronen fiel und glühenden Nebel in den Wald trieb, spürte Shadow die Müdigkeit in seinen Beinen. Er soff aus einer kühlen Quelle und suchte sich ein Versteck im Unterholz. Schon nach wenigen Augenblicken war er eingeschlafen. Doch im Unterbewusstsein war er bereit, bei der kleinsten Gefahr, die sich seinem Versteck näherte, sofort aufzuspringen und sich gegen seine Feinde zu verteidigen. Keine Umstellung für ihn, denn auch im Rudel war er zu äußerster Vorsicht gezwungen.

Er erwachte am frühen Abend und fühlte sich gut erholt. Schlaf war ein Luxus, den er wie ein kostbares Geschenk annahm. Doch wenn er auf der Jagd oder wie jetzt auf der Wanderung war, fühlte er sich auch bereit, jederzeit darauf zu verzichten. Genauso wie er nicht jeden Tag fressen musste, um am Leben zu bleiben. Er war ein starker und ausdauernder

Wolf, der kaum Feinde hatte, aber auch hart gegen sich selbst sein musste, wenn er in einem Kampf gegen einen überlegenen Gegner eine Chance haben wollte. Nur die Stärksten überlebten in der Natur, nur Lebewesen, die sich durchsetzen konnten. Wölfe wie sein ehemaliger Anführer, die hart gegen sich und andere waren.

Er wartete, bis es dunkel wurde, und zog weiter. Die Nacht war klarer als an den vergangenen Tagen, und sogar der Mond ließ sich blicken. Beste Bedingungen für einen Wolf, weil er dann am leichtesten an Beute kam, und besonders für ihn, weil die meisten Zweibeiner um diese Zeit schliefen. Inzwischen war er nach Westen unterwegs, und sein Instinkt verriet ihm, dass sein endgültiges Ziel jetzt im Südwesten lag. Es war nicht mehr weit. Ein Revier, das noch kein anderes Rudel bevölkerte, ein Waldgebiet, in dem er mit seiner Partnerin und seinen Nachkommen heimisch werden konnte. Es würde Wild geben in diesem Wald, so viel Wild, dass sie immer genug zu fressen haben würden, selbst im Winter, wenn die heftigen Schneestürme aus dem Norden heranbrausten.

In dieser Nacht kam er an mehreren Siedlungen vorbei und sah nicht ein Licht brennen. Um mögliche Hunde nicht zu wecken, hielt er weiten Abstand und war froh, über eine verlassene Forststraße und einige Felder in einen nahen Wald laufen zu können. Im Wald fühlte er sich am sichersten, doch die Freude darüber währte nicht lange, denn kaum hatte er den Schutz der Bäume verlassen, sah er einen breiten Fluss in der Ferne glitzern und erkannte, dass ein weiteres, scheinbar unüberwindbares Hindernis vor ihm lag.

Im Osten stieg bereits die Sonne über den Berggipfeln em-

por und brachte den Schnee zum Glitzern, als er in ein weites Tal hinabstieg. Nicht weit von ihm flackerten die Lichter einer größeren Stadt auf, die langsam zum Leben erwachte, auf den Straßen fuhren Autos mit hellen Scheinwerfern. Kein guter Ort und keine gute Zeit, sich an den Fluss heranzuwagen. Er blieb in sicherer Entfernung im Schatten einiger Bäume stehen und wägte seine Chancen ab.

Am einfachsten wäre es gewesen, über die Brücke ans andere Ufer zu laufen, doch die lag mitten in der Stadt, und er würde niemals die andere Seite erreichen, ohne von den Zweibeinern entdeckt zu werden. Sein Instinkt sagte ihm, dass es zwecklos wäre, die Nacht abzuwarten, weil man auch dann nicht unentdeckt über die Brücke kommen würde, und führte ihn flussabwärts in eine ländliche Gegend, in der kaum Zweibeiner lebten. Es gab einige Farmen, und ihm stieg schon wieder der verlockende Duft von Kälbern in die Nase, aber jetzt war keine Zeit zum Jagen, wenn er am Leben bleiben wollte.

Er suchte sich einen sicheren Platz zwischen einigen Bäumen oberhalb des Ufers und blickte auf den Fluss hinab. Er war an dieser Stelle besonders ruhig, es gab keine Stromschnellen und keine aus dem Wasser ragenden Felsen, an denen man sich verletzen konnte, aber der Fluss war immer noch breit, und er würde viel Kraft brauchen, um ihn zu überqueren.

Er verließ seine Deckung und stieg zum Flussufer hinab. Mit verschärften Sinnen suchte er seine Umgebung ab, stets bereit, beim geringsten Anzeichen von Gefahr sofort wegzulaufen und in den Wald zu fliehen. Die Luft war rein. Keine unnatürliche Bewegung, keine verräterischen Schatten, keine Witterung, die auf die Anwesenheit von Zweibeinern oder anderen Tieren hinwies.

Entschlossen stieg er in den Fluss. Er brauchte eine Weile, um sich an das eisige Wasser zu gewöhnen, kam aber gut zurecht und war voller Zuversicht, das Hindernis zu überwinden. Er würde das andere Ufer erreichen und seinem Ziel einen großen Schritt näher kommen. Dem Paradies, das schon seit so vielen Tagen durch seinen Kopf geisterte. Das Leben im neuen Rudel.

Er hatte bereits die Mitte des Flusses erreicht, als er die beiden Zweibeiner am Ufer stehen sah. Noch hatten sie ihn nicht gesehen, aber wenn er weiter schwamm, konnten sie gar nicht anders, als ihn zu entdecken. Er saß in der Falle. Er hatte sich tagelang nach Norden gekämpft, war über eine breite Straße mit vielen Autos gelaufen und den Kugeln wütender Zweibeiner entkommen, hatte schroffe Berge erklommen und einem Blizzard getrotzt, nur um in diesem Fluss, nur wenige Meilen vor seinem Ziel, doch noch zu sterben.

Alana

Alana öffnete die Augen und blinzelte in das ungewohnt helle Licht. Die Sonne war aufgegangen und schien durch das schmutzige Fenster. Es dauerte eine Weile, bis sie sich daran erinnerte, wo sie sich befand. Als sie erkannte, dass Paul nicht neben ihr lag, ahnte sie Böses.

»Paul!«, rief sie in der Hoffnung, er könnte nach draußen gegangen sein. »Paul! Wo bist du, Paul?«

Sie hatte in ihren Kleidern geschlafen, um besser gegen die nächtliche Kälte geschützt zu sein, falls das Feuer heruntebrannte, und war sofort auf. Mit wenigen Schritten war sie bei ihren Stiefeln, die sie neben dem Ofen abgestellt hatte, und zog sie an. Beinahe automatisch legte sie Feuerholz nach.

Der Zettel auf dem Tisch war mit einem Stein beschwert. Sie ahnte, was darauf stand, und las es widerwillig: »Alana – du hast recht. Ich muss nach Hause und die Sache in Ordnung bringen. Vorher kann ich dir nicht in die Augen sehen. Bitte verzeih mir und verurteile mich nicht zu sehr. Ich hab dich lieb, Alana, aber ich will ein reines Gewissen haben, wenn ich zurückkomme. Ich hoffe, du gibst mir dann eine zweite Chance. In Liebe, Paul.«

Sie las die Nachricht gleich noch ein zweites Mal, diesmal mit Tränen in den Augen, und setzte sich für ein paar Minuten. Die Teekanne war noch halb voll. Sie trank einen halben Becher und aß ein paar Kekse und etwas Schokolade, um wieder in Gang zu kommen. Sie vermisste Paul, vermisste ihn sogar sehr und wünschte sich, er wäre nicht gegangen. Aber gleichzeitig respektierte sie seine Entscheidung, nach Hause zurückzukehren und mit seinen Eltern ins Reine zu kommen. Er hatte einen Fehler begangen und musste versuchen, ihn wenigstens so gut es ging zu korrigieren. Der Angestellte, den er für eine Weile hinter Gitter gebracht hatte, würde ihm wahrscheinlich niemals verzeihen.

Während sie in ihren Anorak schlüpfte, sich die Handschuhe anzog und die Wollmütze über ihre Haare stülpte, ließ sie ihren Blick noch einmal durch die Hütte wandern. Sie hatten sich geküsst und liebe Worte in die Ohren geflüstert, aber nichts getan, was sie später vielleicht bereut hätten. Als gäbe es eine schweigende Übereinkunft, ihrer Leidenschaft erst freien Lauf zu lassen, wenn die Umgebung stimmte und Paul sich mit seinen Eltern versöhnt hatte.

Alana verließ die Hütte und blinzelte für einen Augenblick in das ungewohnte Sonnenlicht. Es tat gut, die warmen Strahlen auf ihrem Gesicht zu spüren. Die Luft war klar und kalt, und der Wind hatte sich beruhigt und wirbelte kaum noch Schnee auf. Pauls Spuren waren noch deutlich zu sehen. Sie folgte ihnen bis zur Straße, ein einstündiger Marsch über die verschneite Schotterstraße, und blieb erstaunt stehen, als sie einen Streifenwagen mit flackernden Warnlichtern vor ihrem abgestellten und schneebedeckten Wagen stehen sah.

»Ist das Ihr Wagen, Miss?«, fragte der Deputy, als sie näher kam. Er war ein stämmiger Mittvierziger mit grauen Augen und buschigen Brauen. Er hielt einen Notizblock in der Hand. »Sie wissen, dass Sie Ihren Wagen nicht tagelang am Rande eines Highways parken dürfen? Gestern habe ich drüber hinweggesehen.« Er setzte seine dienstliche Miene auf. »Führerschein und Papiere bitte!«

Sie kramte beides aus ihrer Umhängetasche und reichte es ihm. »Ich hatte eine Panne, Officer. Der Motor starb ab, und jetzt springt er nicht mehr an.«

»Und warum bleiben Sie dann nicht bei Ihrem Wagen?«

»Ich ...«, zögerte sie.

»Bei einer Panne sind Sie verpflichtet, die Motorhaube aufzuklappen, damit jeder weiß, dass etwas mit Ihrem Wagen nicht stimmt. Und Sie sollten so schnell wie möglich das Sheriffbüro oder die Highway Patrol anrufen. Wäre in Ihrem Fall aber gar nicht nötig gewesen, weil sicher jemand gehalten und Ihnen geholfen hätte, wenn Sie nach Vorschrift gehandelt hätten. Klar?«

»Klar, Officer«, erwiderte sie, »aber ich war noch nicht fertig. Normalerweise hätte ich so gehandelt, wie Sie gesagt haben, aber ... es hört sich vielleicht komisch an, aber ich wurde verfolgt.« Sie berichtete in knappen Worten, was geschehen war, und ahnte nichts Gutes, als sie beobachtete, wie sich ein dünnes Lächeln auf die Miene des Deputys stahl. Er würde sie nicht für voll nehmen und die Sache als Beziehungskiste veralbern, und so war es auch.

»Sie sind vor einem Mann davongelaufen?«, fragte er amüsiert. »Sie hatten Krach mit Ihrem Liebsten und wollen mir einen dummen Beziehungsstreit als Stalking verkaufen? Denken Sie lieber noch mal nach, bevor Sie weiterreden, Miss. Ich könnte Ihre Geschichte sonst als bewusste Irreführung verstehen.«

»Ich sage die Wahrheit, Officer! Der Kerl folgt mir schon seit ein paar Tagen. Ständig hab ich seinen roten Sportwagen im Rückspiegel. Rufen Sie Ihren Kollegen in Pinedale an, der weiß, dass ich mir nichts aus den Fingern sauge. Der hat ihn sogar eine Nacht eingesperrt. Scott Wilbur ist ein Stalker!«

»Scott Wilbur? Er fährt einen roten Honda Civic?«

»Sie kennen ihn?«

»Und ob«, antwortete der Deputy, »ich hab ihn gestern Nacht ins Gefängnis gesperrt. Er hat in der *Burger Barn* gewütet, so heißt der Hamburgerimbiss in der Nähe von Whitefish. Führte sich wie ein Berserker auf und warf mit Flaschen, Gläsern und Tellern um sich. Er kann von Glück reden, dass niemand verletzt wurde. Er tobte und schrie dabei, er würde der verdammten Hexe das Maul stopfen.«

»Damit meinte er wohl mich.«

Der Deputy steckte seinen Notizblock ein. »Sieht so aus, Miss. Steigen Sie ein.« Er deutete auf den Streifenwagen. »Ich nehme Sie nach Whitefish mit und bitte die Cops, Ihre Aussage aufzunehmen. Um Ihren Wagen kümmert sich ein Freund, dem gehört eine Werkstatt in der Stadt. Er macht Ihnen einen Sonderpreis und lässt

Ihnen den Wagen bringen, sobald er fertig ist. Schicken Sie eine Textnachricht mit ihrer Handynummer an mich. Ich gebe Ihre Nummer weiter, und er ruft Sie an, sobald der Wagen fertig ist.« Er nannte ihr seine Nummer.

»Sehr freundlich von Ihnen, Officer.«

Sie setzte sich auf die Rückbank und schickte ihm die Nachricht. Sie war erleichtert, dass Wilbur hinter Gittern gelandet war, wenn auch nur für seinen Anfall in der *Burger Barn*. Der Dämpfer würde ihm eine Lehre sein. Sie hatte kein Mitleid mit ihm. Er sollte leiden und am besten für ein paar Monate im Knast landen, wenn es auch kaum dazu kommen würde. Für so etwas gab es Bewährung oder eine Geldstrafe. Hoffentlich fiel sie so hoch aus, dass es ihm wehtat. Und jeder in Denver sollte erfahren, dass er ein mieser Stalker war.

Der Deputy hatte seinen Freund, den Werkstattbesitzer, angerufen und blickte sie über den Innenspiegel an. »Könnte sein, dass Ihre Aussage wegen der Stalkerei wenig bringt, aber Scott Wilbur wird es auf jeden Fall mit der Angst zu tun bekommen. Und sobald der Richter davon hört, wird er wohl in der *Burger-Barn*-Sache nicht gerade zimperlich urteilen. Es ist wichtig, dass Sie sich dagegen wehren, Miss. Sie wundern sich bestimmt, warum ich kein Blatt vor den Mund nehme, aber ich hab eine Tochter, die ist nur ein paar Jahre jünger als Sie. Ich hab jeden Tag Angst um sie. Ich weiß, was da draußen los ist.«

Whitefish lag nur wenige Meilen nördlich von Kalispell und war keine besonders große Stadt. Die Büros der Polizei lagen in einem eindrucksvollen Gebäude, das eher einem Ferienhotel ähnelte und erst ein paar Jahre alt zu sein schien. Der Deputy führte sie zu dem verantwortlichen Officer. Nachdem er ihm in wenigen Worten die Lage geschildert hatte, verabschiedete er sich von ihr und sagte: »Viel Glück, Miss. Lassen Sie sich nicht unterkriegen!«

Der Officer, der ihre Aussage entgegennahm, war eine junge Frau, die selbst in ihrer Uniform attraktiv aussah und vollstes Verständnis für ihre Klagen hatte. Sie stellte unendlich viele Fragen, tippte genauso flink mit und ließ sie ihre Aussage und die Anzeige gegen Scott Wilbur unterschreiben. Stalking war ein Verbrechen.

»Könnte ich ihn mal sehen? Den Gefangenen, meine ich?«

»Das ist keine gute Idee«, sagte die Polizistin.

»Ich würde ihm gern eine runterhauen und ihm sagen, dass er meinetwegen zur Hölle …« Sie unterbrach sich mitten im Satz. »Vielleicht auch nicht.«

»Es würde nichts bringen, glauben Sie mir.«

»Okay, kennen Sie ein gutes Lokal? Ich habe noch Zeit zu überbrücken, bis mein Wagen fertig ist.«

Sie überlegte kurz. »In dem Café gegenüber gibt's guten Kaffee.«

Alana bedankte sich und genoss den Cappuccino mit extraviel Milchschaum. Das war schon etwas anderes als der dünne Tee in der Blockhütte. Sie bestellte ein belegtes Croissant und Rührei dazu, genoss ihr spätes Frühstück nach den kargen Mahlzeiten der vergangenen Tage.

Zu gerne hätte sie Paul angerufen, als ihr einfiel, dass sie nicht einmal seine Nummer besaß.

Ihr Handy klingelte. Obwohl ihr Akku kaum noch geladen war, erschien das Bild ihrer Freundin auf dem Display.

»Sandy«, meldete Alana sich überrascht. »Hier ist eine Menge passiert! Stell dir vor, Scott Wilbur ist im Gefängnis!« Sie berichtete von ihrer aufregenden Flucht durch den Blizzard und die Verhaftung durch den Deputy.

»Du hast ihn angezeigt?«

»Es wird nicht viel nützen, aber …«

»Das wird seinen Eltern gefallen«, ließ Sandy sie nicht ausreden. »Ich hab sie angerufen und gepetzt und stell dir vor, sie haben sich direkt darüber gefreut, dass ihm endlich eine mal Kontra gibt. Die sind nämlich gar nicht so dumm, wie wir dachten. Ihr Sohn mimt den großen Macker, sonst keiner!«

»Du hast sie angerufen?«, staunte Alana.

»Klar, und ich werde sie gleich noch mal anrufen und ihnen sagen, dass ihr Sohnemann in Untersuchungshaft sitzt. Wetten, dass sie ihm gleich auf die Pelle rücken? Ich möchte jedenfalls nicht in seiner Haut stecken. Wenn die mit ihm fertig sind, denkt er nicht mal mehr daran, eine Frau aufzureißen.«

»Meinst du wirklich?«

»Ganz sicher. So wie die sich anhörten.«

»Das ist noch nicht alles, Sandy.«

Ihre Freundin bekam es mit der Angst zu tun. »Was denn noch?«

»Ich glaub, ich hab mich verliebt.«

»Was?«

Es piepste in ihrem Handy, ein anderer Anruf. Wahrscheinlich der Werkstattbesitzer, der ihr sagen wollte, dass ihr Wagen fertig war. Oder die Polizei.

»Ich muss auflegen, Sandy. Ein wichtiger Anruf, sorry.«

»Du kannst doch nicht …«

Sie würgte ihre Freundin ab und hatte den Werkstattbesitzer am Apparat. »Miss Alana Milner? Ihr Wagen ist fertig. War nur eine Kleinigkeit. Wenn Sie mir verraten, wo Sie gerade sind, bringen wir Ihnen den Wagen vorbei.«

Shadow

Shadow rührte sich nicht mehr. Er ließ sich scheinbar willenlos von der Strömung treiben, wehrte sich kaum, als sein Kopf unter Wasser tauchte, und entfernte sich immer weiter von den beiden Zweibeinern. Erst als sie außer Sichtweite waren, bewegte er sich wieder und schwamm weiter. Mit kräftigen Schlägen kämpfte er gegen die stärker werdende Strömung an und erreichte das andere Ufer an einer Böschung, die eigentlich zu steil für ihn war. Mit einem gewaltigen Satz sprang er an Land und kletterte darüber hinweg. Im Schatten einiger Bäume erholte er sich von der Anstrengung und lief weiter.

An dem Lattenzaun, der in einiger Entfernung aus dem abendlichen Dunst ragte, erkannte er, dass er sich in der Nähe einer Farm befand. Der Geruch von Kälbern und Schweinen regte seinen Jagdtrieb an. Die Flussüberquerung hatte viel Kraft gekostet, und er hätte schon jetzt wieder ein halbes Kalb vertilgen können. Stattdessen entfernte er sich so schnell wie möglich von der Farm, schlug einen großen Bogen um die beiden Zweibeiner, die immer noch am Ufer standen und darauf warteten, Fische aus dem Fluss ziehen zu können. Ein Bild, das er aus seinem ehemaligen Territorium kannte, in dem öfter Zweibeiner aufgetaucht waren, nur um geraume Zeit am Ufer der Flüsse und Seen verbringen zu können.

Shadow schaffte es, unentdeckt an der Farm vorbeizukom-

men, und beschleunigte seine Schritte, als ein Hund laut zu bellen begann. Er brauchte nicht einmal den Kopf zu wenden, um zu wissen, dass in dem Farmhaus ein Licht anging und der Besitzer nach draußen kam, um herauszufinden, warum sein Wachhund bellte. Die hereinbrechende Dunkelheit schützte Shadow gegen seine Blicke, aber wirklich in Sicherheit war er erst, als er die andere Seite eines lang gestreckten Hügelkamms und bald darauf einen Wald erreichte, in dem er weit genug von der Farm und den Siedlungen entfernt war.

Auch weil er inzwischen spürte, dass er sein Ziel beinahe erreicht hatte, lief er die ganze Nacht hindurch. Mit traumwandlerischer Sicherheit bahnte er sich einen Weg durch den dichten Wald. Der würzige Geruch der Fichten und der an vielen Stellen aufgeworfenen Erde hing angenehm in seiner Nase. Seine Bewegungen waren elegant, seine Muskeln bewegten sich im Takt seiner lockeren Schritte und zeigten, wie stark und beweglich er war. Die Wanderung hatte ihn zu einem selbstbewussten Anführer gemacht, der keine Hemmungen haben würde, eine Wölfin zu umgarnen und mit ihr ein neues Rudel zu gründen. Bald würde es so weit sein, spürte er, vielleicht schon morgen.

Als die Sonne aufging und ihre Strahlen den verschneiten Wald zum Leuchten brachten, wusste er, dass er seine Mission erfüllt hatte. Er verließ den Wald und kletterte auf einen Felsvorsprung, ließ die Sonne sein Fell wärmen und blickte auf ein Paradies aus schroffen Bergen und anmutigen Tälern hinab, sah einen gefrorenen Fluss und einen erstarrten Wasserfall, die hell in der Sonne leuchteten, und orangefarbenen Nebel, der zwischen den schneebedeckten Fichten hing.

Shadow war weniger von dem magischen Anblick beeindruckt. Er witterte das Wild, das in den Wäldern lebte, die jungen Hirsche und Elche, die er reißen würde, sah die Wiesen, auf denen im Sommer seine Partnerin mit den Welpen herumtollen würde. Die Gegend war frei von der Witterung anderer Wolfsrudel und nichts hinderte ihn daran, in diesem Paradies sein Territorium zu markieren.

Durch den teilweise tiefen Schnee stieg er in das vor ihm liegende Tal hinab. Mit seinem ganzen Körper pflügte er durch den trockenen Schnee, der bei jedem Schritt aufwirbelte und wie Silberstaub in der Sonne glänzte. Eine angenehme Witterung erreichte ihn, zog ihn wie eine magische Kraft in das Tal hinab und auf einen weiten Hang mit vereinzelten Fichten. Hinter den Bäumen stiegen zerklüftete Felsen empor, dahinter leuchteten ferne Gipfel.

Die Wölfin, die auf dem Hang im Schnee spielte, schien auf ihn gewartet zu haben. Sie war nicht im Geringsten überrascht, als Shadow sich ihr näherte und in einiger Entfernung zögernd stehen blieb. Er wartete, bis sich die Wölfin nach ihm umdrehte, ging weiter auf sie zu, blieb wieder stehen und nahm ihre Witterung wie einen vertrauten Geruch wahr. Etwas, das ihm das Gefühl gab, an der richtigen Stelle zu sein. Bei der Partnerin, nach der er sich seit Wochen gesehnt hatte, in einem Land, das sein neues Zuhause war.

Shadow wurde mutiger, ging mit lockeren Bewegungen um die Wölfin herum und wedelte ausgelassen mit dem Schwanz. Er näherte sich ihr und leckte ihr das Gesicht, spürte etwas in seinem Inneren, das er bisher noch nie empfunden hatte. Mit seinem ganzen Körper drängte er sich an die Wölfin, leckte ihr mehrmals die Wange und fühlte, wie sie seine Liebkosungen erwiderte.

Er hatte seine Partnerin gefunden.

Endlich.

Schon bald sprangen sie ausgelassen durch den Schnee und zeigten einander durch ihre Bewegungen und Gesten, dass sie bereit waren. Bereit für eine neue Zukunft in einem Land, das wie ein Zauberreich in der Sonne glänzte.

Alana

Alana fuhr bereits durch die Außenbezirke von Kalispell, als sie die Warnlichter sah. Ungefähr eine Viertelmeile vor ihr versperrten zwei Streifenwagen der Polizei mit rot-blauen Warnlichtern die Fahrbahn. Ein Abschleppwagen mit gelbem Warnlicht war dabei, einen verunglückten Wagen zu bergen.

Sie hatte leise Musik im Radio laufen und schlug mit ihren Fingern den Takt dazu. Zum ersten Mal seit langer Zeit war sie wirklich entspannt. Scott Wilbur saß hinter Gittern und würde seine verdiente Strafe bekommen, vielleicht nicht von der Justiz, aber von seinen Eltern, die schon dafür sorgen würden, dass er sich nichts mehr zuschulden kommen lassen würde. Sie war beinahe sicher, dass sie ihn ordentlich unter Druck setzen und ihm vorschlagen würden, auf ein anderes College zu wechseln. Auch wenn er längst erwachsen war, würde er ihnen gehorchen müssen. Er hatte keine andere Wahl.

Endlich brauchte sie keine Angst mehr zu haben. Sie konnte nach Pinedale zurückkehren und würde wieder für das Museum arbeiten. Sie brannte darauf, noch mehr über die Mountain Men und ihre abenteuerliche Geschichte zu erfahren und mit den Arapahos über ihre Kultur zu sprechen. Gabe Norwood und John Little Wolf waren erfahrene Lehrmeister und würden ihr helfen, sich auf ihr neues Studium vorzubereiten. »Sorry, Mom! Sorry, Dad! Damit werdet ihr leben müssen!«, sagte sie. Ihre Eltern würden darüber hinwegkommen und ihre Entscheidung irgendwann gutheißen. »Als Ärztin hätte ich nur Unsinn angestellt, als Chirurgin allemal. Ich würde euch nur schaden.«

Seltsam, dass so viele junge Leute mit ihren Eltern im Clinch lagen. Sie hatte ihre Mom und ihren Dad immer mit den berühmten Eislauf- oder Tenniseltern verglichen, die auf Teufel komm raus wollten, dass ihre Kinder noch erfolgreicher als sie wurden und das erreichten, was sie sich selbst erträumt hatten. Ihren Eltern war es nicht genug, dass sie unzählige Menschen vor dem Tod bewahrt hatten. Sie wollten die ganze Welt retten, ein neues Medikament gegen Krebs entwickeln und dafür den Nobelpreis bekommen.

Der Stau löste sich langsam auf, und ein Polizist winkte die Wagen an der Unfallstelle vorbei. Als sie ihn erreichte, musste sie noch einmal bremsen und den Abschleppwagen vorlassen. Mit dem Unfallwagen im Schlepptau fuhr er vor ihr auf die Straße. Die Sonne spiegelte sich in den Scheiben des Campers.

Ein rostbrauner Camper!

»Paul!«, rief sie entsetzt. Sie ließ das Fenster herunter und beugte sich zu dem Polizisten hinaus. »Officer! Wie geht es dem Fahrer? Ist er schwer verletzt? Sagen Sie schon! Er ist doch nicht ... ich muss es unbedingt wissen!«

»Fahren Sie bitte weiter!« Er ging nicht auf sie ein.

»Der Camper gehört einem Freund von mir!« Die aufkommende Panik ließ ihre Stimme zittern. »Sagen Sie mir wenigstens, in welches Krankenhaus sie ihn gebracht haben! Bitte, Officer! Ich möchte ihn besuchen. Wo ist Paul?«

»Im Medical Center«, sagte er. »Und jetzt fahren Sie weiter, schnell!«

Sie machte, dass sie weiterkam, und fand das *Kalispell Regional Medical Center* in ihrem Navi. Bis dorthin waren es nur ein paar Minuten. Sie parkte vor dem schmucklosen Gebäude und lief zur Notaufnahme, einem Raum mit mehreren Stühlen, zwei stummen Fernsehern und einem Tisch mit Zeitschriften. Etliche Leute warteten ungeduldig darauf, dass sie an die Reihe kamen.

Sie lief zur diensthabenden Schwester, die hinter einem Glasfenster saß und an einem Computer arbeitete. »Paul Lombard! Ist er hier? Er hatte einen Unfall vor der Stadt! Ist er hier? Ich muss ihn unbedingt sehen, Schwester!«

Die Schwester blieb ruhig. »Sind Sie mit ihm verwandt?«

»Nein, aber ...«

»Sie können ihn nicht sehen. Sie bringen ihn gerade in den OP. Es wird einige Zeit dauern, bis er wieder ansprechbar ist. Sobald er von der Intensivstation auf eine normale Station verlegt wird, können Sie zu ihm. Vorher leider nicht.«

»Aber ich muss ihn sehen. Ich liebe ihn, ich ... ist es schlimm?«

Die Schwester hatte ein Einsehen. »Ein gebrochenes

Bein und etliche Prellungen. So, und jetzt gehen Sie bitte. Ich habe zu tun, das sehen Sie doch.«

»Kann ich irgendwo warten?«

»Das wird ein Weilchen dauern.«

»Ich möchte warten, Ma'am.«

Die Schwester ließ sich noch mal erweichen. »Der Warteraum liegt im ersten Stock. Ich sage der Schwester Bescheid. Seine Eltern sind auch schon unterwegs. Reden Sie mit ihnen, vielleicht ergibt sich dann eine Möglichkeit, ihn zu sehen.«

Alana hinterließ ihren Namen und fuhr im Aufzug zum Warteraum hinauf. Er war größer und auch besser eingerichtet als das Wartezimmer der Notaufnahme, die pastellfarbenen Stühle waren gepolstert, und es gab zwei Automaten mit Snacks und Getränken. Auf einem der Monitore an der Wand liefen die Nachrichten, ohne Ton, aber mit den laufenden Untertiteln für Gehörlose.

»So schön kann Liebe sein«, stand unter dem Bild der lächelnden Sprecherin. »Shadow, der Wanderwolf, der vor ungefähr drei Wochen sein Rudel in Idaho verließ und gestern im Staat Washington auftauchte, hat eine Partnerin und im Nordosten des Staates eine neue Heimat gefunden.« Auf den Aufnahmen, die ein Hubschrauber gemacht hatte, waren Shadow und seine Partnerin beim übermütigen Spiel im Schnee zu sehen. »Der *Fish & Wildlife Service* überwachte seine Wanderung mit Hilfe eines GPS-Halsbandes, das ihm in den kommenden Tagen wieder abgenommen werden soll. Auf seiner erstaunlichen Wanderung legte Shadow über sechshundert Meilen zurück, überquerte dabei verkehrsreiche Interstates, reißende Flüsse und besiedeltes Gebiet, bis er die Wölfin, die für ihn bestimmt war, in den Wäldern des Staates Washington aufspürte.« Ein Mitarbeiter des *Fish & Wildlife Service* erschien im Bild. »Shadow ist ein Phänomen. Es gleicht einem Wunder, dass er es schaffte, so viele Hindernisse unbeschadet zu überqueren. Vielleicht wollte er uns auch daran erinnern, dass Wölfe ein Teil unserer Natur sind. Mag sein, dass sie vereinzelt auch Kälber und Schafe reißen, aber sie tun auch viel für das Gleichgewicht der Natur, indem sie kranke oder zu schwache Tiere in der Wildnis töten. Wölfe sind nicht unsere Feinde. Sie sind uns ähnlicher, als viele denken, und haben nichts mit den bösen Wölfen in alten Märchen gemein.«

Alana berührte ihr Amulett und sank in ihrem Sessel zurück. Sie freute sich für Shadow, fühlte sich ihm irgendwie verwandt und träumte sogar von ihm, als sie nach einer Stunde einschlief. Sie erlebte noch einmal, wie sie hilflos im Schnee lag und der Wolf sich über sie beugte und ihre Wange leckte. Ein seltsames Gefühl, das sie erschreckte, aber nicht unangenehm war.

»Alana Milner? Entschuldigen Sie, sind Sie Alana Milner?«

Sie schreckte aus dem Halbschlaf und blickte in die Gesichter eines Mannes und einer Frau. Auch ohne sie zu erkennen, wusste sie sofort, wen sie vor sich hatte. »Mr und Mrs Lombard? Sie sind Pauls Eltern, nicht wahr?«

»Wir wollten Sie nicht wecken, Alana.«

Natürlich wollten sie das. »Kein Problem. Wie geht es Paul?«

»Sind Sie seine Freundin?«

»Wir haben uns unterwegs kennengelernt. Ich arbeite für das ›Mountain Man Museum‹ in Pinedale, Wyoming, und fange nächstes Jahr mit meinem Studium an: amerikanische Geschichte, Ethnologie, *Indian Studies*.« Sie wartete, bis sich die beiden gesetzt hatten und sie fragend anblickten. »Ich liebe Paul. Ich liebe ihn, und ich bin sicher, er liebt mich auch. Ist er … ist er okay?«

»Die OP ist gut verlaufen«, antwortete der Vater, »aber es wird noch ein, zwei Stunden dauern, bis wir zu ihm dürfen. Wir haben uns gleich ins Flugzeug gesetzt, als wir von dem Unfall hörten. Sie sind mit dem Wagen hier?«

Sie nickte. »Hören Sie, ich weiß, welche Probleme es zwischen Ihnen und Paul gab. Er hat mir alles erzählt. Er wollte zurück nach Idaho Falls und alles wiedergutmachen. Sich bei dem Angestellten entschuldigen, der unschuldig in Untersuchungshaft saß, und Ihnen das Geld zurückzahlen, sobald er genug in irgendeinem Job verdient hat.« Sie zögerte einen Augenblick. »Und er wollte Ihnen den wunderschönen Song vorspielen, den er geschrieben hat.«

»Er hat einen Song geschrieben?«, fragte seine Mutter.

»*Wolves in the Wild*«, antwortete sie, »das wird bestimmt ein Hit.«

»Meinen Sie?«

»Man muss daran glauben, oder nicht?«

Es dauerte nicht zwei, sondern drei Stunden, bis ein Arzt erschien und ihnen erlaubte, Paul in der Wachstation zu besuchen. »Kommen Sie«, forderte der Vater sie auf. »Wenn ich das richtig sehe, gehören Sie bald zur Familie.«

Alana war froh, dass seine Eltern nicht sahen, wie sie errötete, und folgte ihnen und dem Arzt in das Krankenzimmer. Paul lag mit einem eingegipsten Bein und einem Pflaster an der Stirn in seinem Bett und lächelte, als er seine Eltern und sie sah. »Alana! Mom! Dad!«, flüsterte er in dieser Reihenfolge.

»Paul! Mein Junge!«, begrüßte ihn seine Mutter. »Was machst du denn für Sachen? Der Arzt sagt, die Operation sei gut verlaufen. Wie ist das passiert?«

»Ich hab nicht aufgepasst, Mom. Nicht nur heute Morgen. Ich …«

»Das hast du uns doch alles schon erzählt. Dein Dad und ich sind froh, dass du deinen Fehler wiedergutmachen willst. Ist doch so, Herbie, oder?«

»Du bist auf dem richtigen Weg, mein Junge«, sagte der Vater.

»Alana sagt, du hättest ein Lied geschrieben? Über Wölfe? Das musst du uns unbedingt vorspielen. Nicht jetzt … sobald du wieder gesund bist, okay?«

»*Wolves in the Wild.*«

»Wir haben Alana im Warteraum getroffen«, sagte seine Mutter.

Alana ging zu ihm und beugte sich vorsichtig über ihn. Bevor sie irgendetwas sagte, küsste sie ihn sanft und lächelte dankbar, als er seine Arme um sie legte und sie vorsichtig zu sich heranzog. »Es wird alles gut«, sagte sie.

»Ich liebe dich«, flüsterte er.

»Ich liebe dich auch«, erwiderte sie ebenso leise.

»Es wird eine Weile dauern, bis ich wieder fit bin.«

»Aber dann.«

»Aber dann«, wiederholte er.

Sie blickte ihn lächelnd an und glaubte, ihr Spiegelbild in seinen Augen zu erkennen. »Wie gesagt, von Idaho Falls nach Pinedale ist es nicht weit.«

»Für dich würde ich auch quer durch die USA fahren.«

»Wie der Wanderwolf?«, vergewisserte sie sich.

»Wie der Wanderwolf. Hat er eine Partnerin gefunden?«

»Und ob«, sagte sie, »ein perfektes Paar.«

»So wie wir.«

»So wie wir«, bestätigte sie und küsste ihn wieder.

Nachwort – Die Wahrheit über Wanderwölfe

Wanderwölfe gibt es tatsächlich. Auf ihrer Suche nach einem neuen Territorium und einer neuen Partnerin durchstreifen sie halbe Kontinente, getrieben von einem Instinkt, der sie auch größte Herausforderungen annehmen lässt. Meist verlassen sie mit der Geschlechtsreife, im Alter von ungefähr einem Jahr, ihr Rudel, um irgendwo ein eigenes Rudel zu gründen und ein neues Leben zu beginnen. Sie ziehen durch Wälder und Täler, kämpfen sich über verschneite Gebirge und durch reißende Flüsse, schleichen durch besiedelte Gebiete, überqueren verkehrsreiche Schnellstraßen und sogar Landesgrenzen.

Legendären Ruf erreichte OR-7, ein Wanderwolf aus Oregon, der 2011 vom *Oregon Department of Fish and Wildlife* mit einem GPS-Halsband ausgerüstet wurde und sein Rudel im September verließ. Bis Anfang November lief er nach Südwesten und überquerte zahlreiche Highways und den belebten Interstate 84. Im Dezember trieb er sich vor allem im Kaskadengebirge und im Gebiet der *Sky Lakes Wilderness* herum. Er tötete einen Hirsch und mehrere Kälber. Im späten Dezember überquerte er den Klamath River und den Highway 97 und ließ sich in den nördlichen Waldgebieten von Kalifornien blicken. Einem Instinkt folgend hielt er sich von privatem Land fern. Wieder in Oregon, nach einer Wanderung, die ihn über tausend Meilen durch zwei Staaten geführt hatte, fand er am Rogue River eine Partnerin und gründete ein neues Rudel.

Mehr als siebenhundert Meilen legte ein Wanderwolf aus dem US-Bundesstaat Washington zurück. Der zwei Jahre alte Wolf trennte sich im Juni 2016 von seinem Rudel, wanderte ins benachbarte Idaho und streunte einige Wochen durch das kanadische British Columbia, bevor er die Grenze nach Montana überquerte, einen Stausee durchschwamm und im September die Berge westlich von Judith Gap erreichte. Weil er dort vier Schafe riss, wurde er von einem Agenten der *Wildlife Services* am 29. September erschossen. Die Verantwortlichen in Montana verzichteten darauf, nach einer gewaltfreien Lösung zu suchen und den Wolf nur zu betäuben, da mit weiteren gerissenen Kälbern und Schafen zu rechnen war. Zudem waren die vielen Ranchbesitzer in Montana ohnehin nicht gut auf Wölfe zu sprechen. Einige Tierschützer und sogar der Gouverneur kritisierten den Schützen allerdings dafür, einen Wolf mit GPS-Halsband getötet zu haben.

Ein Grund für die Abneigung gegen Wölfe mag aber auch an dem falschen Image liegen, dass diese Tiere bei vielen Menschen haben. Vor allem in Europa und Nordamerika ist er noch immer als blutgierige Bestie verschrien, die vor allen darauf aus ist, Beute zu schlagen und auch vor Menschen nicht zurückschreckt. In der Mythologie und in den Märchen zahlreicher Völker taucht er als unheilvoller Bösewicht auf, als »Großer Böser Wolf« wie in den Comics von Walt Disney. Besonders das Märchen vom »Rotkäppchen«, das 1697 zum ersten Mal in einer Fassung von Charles Perrault auftauchte, trug zum negativen Bild des Wolfes bei. Im Mittelalter erregten die Geschichten von Werwölfen die Gemüter und verbreiteten Angst und Schrecken, sehr zum Gefallen der katholischen Kirche, die den Wolf mit dem Teufel gleichsetzte.

Großes Ansehen genoss der Wolf jedoch bei den Indianern, als Schutzgeist und Totemtier, als erfahrener Jäger, von dem jeder Krieger etwas lernen konnte. In ihren Legenden taucht der Wolf als weises und geheimnisvolles Wesen auf, das keine Furcht kennt und jede Gefahr meistert. Heute versuchen Tierschützer angestrengt, das Image des Wolfes wiederherzustellen, vor allem vor dem Hintergrund der Wiedereinführung der Tiere im *Yellowstone National Park* und anderen Wildnisgebieten der Vereinigten Staaten.

Auch in Europa ist der Wolf wieder heimisch geworden. Er sorgt jedoch auch hier immer noch für Angst und Verwirrung, weil viele Menschen die Bestie aus den Märchen und Legenden vor Augen haben. In Wirklichkeit passen Menschen nicht in das Beuteschema von Wölfen. Soweit möglich, schlagen Wölfe einen großen Bogen um Menschen und greifen äußerst selten an, meist nur, wenn die Zweibeiner den Fehler machen, überstürzt die Flucht zu ergreifen und damit den Jagdinstinkt der Wölfe wecken, oder wenn eisige Kälte alle Beutetiere vertrieben hat.

Von drei europäischen Wanderwölfen erzählt der zweiteilige Film »Die Odyssee der einsamen Wölfe«.

Ligabue marschierte 2004 von Parma über den Appenin in die französischen Alpen. Alan verließ fünf Jahre später sein Rudel in der Lausitz, wanderte durch Sachsen und Brandenburg nach Polen, überquerte die vierhundert Meter breite Deichsel bei Danzig und gründete fünfzehnhundert Kilometer von seiner Heimat entfernt ein neues Rudel in Weißrussland. Und Slavko schaffte immerhin tausend Kilometer auf seiner Wanderung von Slowenien über die österreichischen Alpen nach Norditalien.

»Wölfe waren immer fähig, weite Entfernungen zurückzulegen und neue Partner zu finden«, sagt Scott Becker, ein Experte des *Washington Fish and Wildlife Department.*

Denn auch Wölfe sind ihr Leben lang auf der Suche, nach reichen Jagdgründen und einer glücklichen Beziehung – wie die Menschen.

Danksagung

Den Anstoß, einen Roman über einen Wanderwolf zu schreiben, bekam ich durch die zweiteilige TV-Dokumentation »Die Odyssee der einsamen Wölfe« und die Berichte der deutschen Wolfsbiologin Ilka Reinhardt. In den USA durfte ich zahlreiche Interviews mit Angestellten des *Fish & Wildlife Service* führen und auf Zeitungsberichte und Dokumentationen über amerikanische Wanderwölfe zurückgreifen. Bei einem Aufenthalt im *International Wolf Center* von Ely (Minnesota) durfte ich ausführlich mit der Wolfsexpertin Adriane Morabito sprechen und Wölfen auf Augenhöhe begegnen. Schon vor etlichen Jahren war ich bei der Verlegung von kanadischen Wölfen in den *Yellowstone National Park* dabei und führte ein ausführliches Interview mit dem damaligen Wolfsexperten Doug Smith. Wichtige Informationen über das Verhalten von Wölfen lieferten mir vor allem die Standardwerke »Der Wolf« von Erik Zimen und »The Company of Wolves« von Peter Steinhart.

Sehnsucht, Liebe, große Abenteuer!

Die »Alaska Wilderness«-Reihe des Erfolgsautors Christopher Ross.

Alle Titel auch als E-Book erhältlich!

Christopher Ross
Verschollen am Mount McKinley (Bd. 1)
ISBN 978-3-7641-7004-2

Christopher Ross
Die Wölfe vom Rock Creek (Bd. 2)
ISBN 978-3-7641-7003-5

Christopher Ross
Allein am Stony Creek (Bd. 3)
ISBN 978-3-7641-7019-6

Christopher Ross
Schutzlos am Red Mountain (Bd. 4)
ISBN 978-3-7641-7038-7

Christopher Ross
Die Geister vom Rainy Pass (Bd. 5)
ISBN 978-3-7641-7065-3

Christopher Ross
Entscheidung am Wonder Lake (Bd. 6)
ISBN 978-3-7641-7074-5

www.ueberreuter.de
www.facebook.com/UeberreuterBerlin